시간의
조정자

시간의 조정자 4

김욱 新무협 판타지 소설

초판 1쇄 찍은 날 § 2003년 12월 15일
초판 1쇄 펴낸 날 § 2003년 12월 25일

지은이 § 김욱
펴낸이 § 서경석

편집장 § 문혜영
편집 § 장상수 · 서지현
마케팅 § 정필 · 강양원 · 이선구 · 김규진 · 홍현경

펴낸곳 § 도서출판 청어람
등록번호 § 제1081-1-89호
등록일자 § 1999. 5. 31
어람번호 § 제2-0298호

주소 § 경기도 부천시 원미구 심곡1동 350-1 남성B/D 3F (우) 420-011
전화 § 032-656-4452 팩스 § 032-656-4453
E-mail § eoram99@chollian.net

값 8,000원

ISBN 89-5505-924-8 04810
ISBN 89-5505-805-5 (SET)

김욱 新무협 판타지 소설

시간의 조정자

4

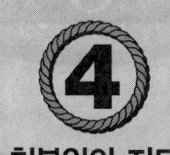

천부인의 지도

도서출판
청어람

4권 | 천부인의 지도

I 장
죽음의 문턱에서

음월의 기지로 두 번째 관문을 비교적 쉽게 통과한 바람 일행은 세 번째 관문에 들어섰다.

그곳은 사방 십 척의 정방형 방이었다. 천장이 보이지 않을 정도로 까마득히 높다는 점을 제외하면 그저 평범한 석실일 뿐이었다. 그러나 이번 관문의 무서운 점은 방이 끊임없이 위치를 바꾼다는 데 있었다.

방에는 네 개의 출입구가 있었는데, 한 번 열고 다른 방으로 들어가면 한동안 문이 굳게 잠긴 채 방이 움직이는 것이다. 육중한 마찰음과 함께 움직이던 방이 멈추면 문은 다시 열 수 있었지만 그것은 의미가 없었다. 이런 방이 도대체 몇 개나 이어져 있는지도 몰랐고, 방향은 더더욱 종잡을 수 없는 상황이었으니…….

이번엔 음월의 총명한 두뇌도 소용이 없었다. 그저 운에 맡긴 채 계속 방을 옮겨다니고 있을 뿐이었다.

그렇게 얼마나 많은 시간을 허비했을까? 모두가 지칠 대로 지쳐 바닥에 주저앉고 싶어질 즈음이었다.

쿠웅! 그그그극!

묵직한 진동음이 어디선가 들려왔다. 왠지 섬뜩한 느낌이 드는 그런 소리였다. 그와 동시에 방들의 움직임이 서서히 멈추고 있음을 느낄 수 있었다.

"이상하군요. 그동안 겪었던 것보다 빠르게 방의 움직임이 멈추고 있어요."

"맞아요. 보통 방을 옮기고 나서 반 각 정도 움직였는데, 지금은 훨씬 빨리 멈췄어요."

음월의 말에 은강이 대꾸했다.

그때 문가에 서 있던 역리상이 소리쳤다.

"어찌 된 일인지 문이 열리지 않아!"

"그렇다면 혹시?"

음월은 빠르게 돌아다니며 나머지 세 개의 문을 모두 움직여 보았다. 그러나 열리는 문은 하나도 없었다.

"어떻게 된 거예요?"

은강의 물음에 음월이 답하였다.

"아무래도 갇힌 것 같아요."

"그럴 리가⋯ 우리는 계속 같은 방법으로 이 안을 헤매고 있었는데 왜 이제 와서 기관이 달리 작동하지요? 우리가 특별히 건드린 것도 없는데⋯⋯."

"모르지요. 다른 누군가가 건드려선 안 될 것을 건드렸는지도."

"그럼 이제 어떻게 되는 거죠?"

"아마 이제부터는 두 번째 단계로 움직일 것 같군요."

"두 번째 단계라니, 그게 무슨 말이에요?"

"제가 생각하기에 이곳 불환동부는 열리는 순간 기관이 작동하는 구조로 되어 있었던 것 같아요. 누가 특별한 것을 건드리지 않아도 알아서 작동을 시작하는. 그것만으로도 웬만한 사람들은 불환동부를 벗어날 수 없을 것이라 빙혈신수는 생각했겠지요. 하지만 세상에는 간혹 상상외로 강한 사람들이 있다는 사실도 빙혈신수는 알고 있었을 거예요. 그래서 그런 자들이 들어섰다는 신호를 감지하면 조금 더 어려운 단계로 기관이 작동하게 만들어두었을 거예요. 물론 제 추측에 불과하지만."

"강한 사람이 들어오는 것을 기관이 무슨 재주로 감지해요? 누군가 몰래 보면서 조종하고 있다면 모를까."

"보지 않아도 가능한 방법이 있지요. 예를 들어 커다란 석실에 있던 아수라상 같은……."

"그게 어쨌게요?"

"그것은 어마어마한 규모예요. 누군가 그걸 부수겠다고 덤볐다면 두 가지 면에서 빙혈신수에게 도전하는 셈이 되지요. 그것을 없애려는 의도가 사기를 이기지 못해 죽어가는 사람들을 구해주기 위함이라면 입동자를 모두 죽이려 했던 빙혈신수의 의도에 반하게 되고, 단순히 힘을 과시하기 위함이었다 해도 빙혈신수에게 정면으로 도전장을 내는 셈이니 참을 수가 없는 일이겠지요. 그러니 빙혈신수는 그럴 때를 대비해 더욱 강력한 기관 장치가 작동하게 설계해 두었을 가능성이 커요."

"결국은 앞으로 더욱 험난한 일이 벌어질 거라는 얘기네요?"

"그렇지요."

"도대체 어떤 멍청한 녀석이 쓸데없는 걸 건드린 거야?"

은강이 초조한 기색으로 중얼거리고 있을 때였다.

철커덩!

까마득한 천장에 주먹만한 구멍이 열리더니 손바닥만한 나무 조각 하나가 떨어져 내렸다.

"뭐지?"

나무 조각에는 글씨가 몇 자 적혀 있었다.

생유독자(生唯獨者).

"홀로 있는 자만이 살아남는다니, 이게 무슨 말이야?"

나무 조각의 글을 읽으며 의아한 표정을 짓는 은강과 달리 음월은 뭔가 불길한 예감을 감지한 듯 면사가 부르르 떨고 있었다.

"빙혈신수… 그자가 설마……."

그녀의 말이 채 끝나기도 전이었다. 석실 한쪽 벽이 거북한 마찰음을 내며 일행 쪽으로 밀려오기 시작했다.

그그그극!

"벼, 벽이 통째로 밀려 나오면 어쩌라는 거야?"

하얗게 질려 소리치는 은강에게 진소희가 말했다.

"소리치는 것은 사태 해결에 도움이 안 돼요. 무섭더라도 참아봐요, 뭔가 방법이 있을 테니까."

"모두 압사당하게 생겼는데 무슨 방법이 있겠어요?"

"바람 대협과 음월을 믿어봐요. 저들이라면 분명히 방법을 찾아낼 수 있을 거예요."

그때 음월과 바람은 각자의 무기를 빼 든 채 다가오는 석벽을 노려보고 있었다.

"차아압!"

먼저 검을 그은 것은 바람이었다.

파가가각!

바람의 검이 훑고 지나간 석벽에서 불꽃이 튀어 오름과 동시에 긴 검흔이 새겨졌다. 하지만 석벽은 여전히 건재했고, 계속 밀려 나오고 있었다.

"아아압!"

이번에는 음월의 도가 석벽에 작렬했다.

콰가가각!

그러나 결과는 마찬가지였다. 그사이 벽면은 절반가량이나 밀려 들어왔고, 이제 석벽 간의 거리는 다섯 자 정도밖에 되지 않았다. 더 이상 좁혀진다면 검이나 도를 그어낼 수조차 없는 상황이었다.

'이번에 성공하지 못하면 끝이다.'

바람은 잠시 호흡을 가다듬으며 혼신의 힘을 끌어올렸다. 그러자 그의 검에 푸르스름한 검기가 맺히기 시작했고, 그것은 곧 섬전을 쏘아낼 듯 격렬한 기운으로 증폭되어 갔다.

"섬검뇌전(閃劍雷電)!"

드디어 바람의 입에서 기합성이 터져 나오고, 푸른 기운이 검을 떠나 맹렬한 기세로 석벽에 부딪쳐 갔다.

빠가가가각!

고막이 터질 듯한 굉음과 함께 석벽에서 돌부스러기가 수없이 뿜어져 나왔다. 그리고 드러난 상황…

검기에 가격당한 석벽이 한 자 깊이로 넓게 패어 있었다. 그러나 구멍이 뚫리지는 않았다. 한 자나 패었는데도 건재한 석벽이라면 바람의 힘으로는 역부족이었다. 게다가 이제는 검을 휘두를 공간조차 없었다.

그그그그그……

석벽 간의 남은 거리는 석 자. 일행은 나란히 선 채 다가오는 석벽을 바라볼 수밖에 없는 상황이었다.

"안 돼! 난 이렇게 죽기 싫단 말야!"

공포감 때문일까? 은강이 울음을 터뜨리고야 말았다.

"나도… 나도 이렇게 죽는 건 원치 않았어! 내가 왜 이렇게 죽어야 하냐고!"

역리상도 울부짖기 시작했고, 진소희와 음월은 조용히 눈을 감은 채 다가오는 죽음을 기다리고 있었다. 하지만 바람은 검을 갈무리한 뒤 내공 실은 정권을 흠집 난 석벽에 꽂아 넣고 있었다.

쿠웅, 쿵!

발작적인 행동은 아니었다. 마지막 순간까지 최선을 다해보겠다는 의지일 뿐이었다.

쿠우웅, 쿠쿵!

벽을 때리고 있는 것은 바람뿐이 아닌 듯 이곳저곳에서 은은한 진동음이 들려오고 있었다. 아마 다른 석실에 갇혀 있는 자들도 꽤 있는 모양이었다.

그그그그그……

하지만 바람의 노력을 비웃기라도 하듯 석벽은 조금도 속도를 늦추지 않은 채 계속 다가왔고, 드디어 차가운 석벽이 코끝에 닿을 듯 접근하자 바람도 모든 희망을 놓은 채 눈을 감았다. 다가오던 석벽의 움직임이 스르르 멈춘 것은 바로 그때였다. 한 자 반의 거리를 남겨놓고 기적적으로 멈춘 것이다.

"까아아아아아아아……!"

그것도 모른 채 은강은 발작적으로 소리를 지르고 있었다. 자신의 힘으로는 도저히 어떻게 해볼 수 없는 상황, 은강은 그걸 견딜 수 없었던 것이다.

"은강, 그만 진정하거라. 석벽이 멈추었다."

바람이 낮게 소리치고 나서야 은강은 비명 소리를 멈추었다.

"저, 정말이에요?"

은강은 믿을 수 없다는 표정으로 석벽을 만져 보고 나서야 안도의 한숨을 내쉬었다.

"아직 끝난 게 아닐 거예요. 아까 떨어진 목패에는 분명히 혼자 있는 사람만 살아남을 수 있다고 쓰여 있었어요."

착 가라앉은 음월의 한마디는 일행을 다시 불안하게 만들었다. 그리고 그 말을 증명이라도 하려는 듯 석벽이 다시 진동하기 시작했다.

"설마……."

은강의 눈길이 저도 모르게 왼쪽으로 돌아갔다.

그그그그…….

이번에는 측면 석벽이었다. 한 자 반의 공간 속에 나란히 서 있는 일행을 향해 측변 석벽이 다가오고 있는 것이다.

"빙혈신수, 이 개자식! 내가 살아나면 반드시 네놈 해골을 파내 들개에게 던져 주고 말 테다!"

은강은 기관의 설계자 빙혈신수를 향해 욕을 퍼부어댔다. 하지만 지금은 어떻게든 살 궁리를 해야 할 때였다.

'보통 체격의 성인 남자 어깨 넓이가 한 자 반 정도이고, 가슴 두께가 여덟 치가량 된다. 그렇다면 저 석벽은 한 자 이내의 거리에서 멈출 가능성이 크다. 빙혈신수처럼 냉혹한 인물이 비대한 사람을 염려해서 공간을 넉넉히 잡았을 리는 없을 테니까.'

생각이 여기에 미친 음월은 지체없이 일행에게 말하였다.

"이제 방법은 하나예요! 서로의 어깨를 밟고 위로 올라가세요."

"그러면 괜찮을까요, 언니?"

은강이 다시 울먹이는 표정으로 묻자 음월은 억지로 고개를 끄덕였다.

'현재로서는 이 방법이 최선일 뿐이에요. 하지만 결국은 다 죽게 되겠지요. 측면 석벽이 멈추면 바닥이 솟거나 천장이 내려오기 시작할 테니까.'

은강을 제외한 나머지도 이 정도는 예상할 수 있었기에 분위기는 참담하기 그지없었다. 하지만 현재로서는 음월의 의견이 최선이었기에 일행은 인간 사다리가 되어 하나씩 위로 올라가기 시작했다. 제일 밑에 바람을 두고 음월, 진소희, 역리상 은강 순이었다.

마지막으로 기어올라 간 은강이 역리상의 어깨 위에 올라서고 얼마 지나지 않아 측면 석벽은 한 자 거리를 두고 멈추어 섰다. 음월의 예상이 맞은 것이다. 그렇다면…

그그그그…….

드디어 천장 쪽에서 마찰음이 들려오기 시작했다. 이것 또한 예견된 일이었지만, 이제는 더 이상 피할 여지가 없다는 점이 전과 달랐다. 그것은 곧 죽음을 의미하는 것이었고…

은강은 더 이상 소리를 지르지 않았다. 까마득한 천장, 어슴한 저 위에서 서서히 다가오는 죽음의 그림자에 완전히 압도당한 때문이다.

쿵, 쿵!

누가 두드리고 있는 것인지 어디선가 묵직한 진동음이 울려올 뿐 일행은 완벽한 침묵을 유지하고 있었다.

그그그그……

지옥사신이 다가오는 소리를 들으며…….

"아자자자자!"

부현은 이제 현무장을 구사할 여유도 없을 정도로 악전고투하고 있었다. 쉴 틈을 주지 않는 아수라의 여섯 팔과 조그만 틈새만 있어도 달려드는 야차의 공격. 자세 잡을 여유가 있어야 제대로 된 현무장을 한 번이라도 쏘아낼 텐데, 한숨 돌릴 틈도 없으니 그때그때 임기응변으로 대처할 따름이었다. 그렇다고 부현의 경험이 엄청나서 훌륭한 임기응변을 갖춘 것도 아니고, 이렇다 할 보법을 배운 적도 없으니 그저 좌충우돌, 되는대로 뛰어다니고 있을 뿐이었다.

"도대체 방법은 언제나 떠오르는 거예요? 얼른 좀 생각해 봐요!"

부현이 악다구니를 부리자 완완노도 성질을 버럭 냈다.

"일은 네놈이 벌여놓고 왜 내게 지랄이여! 주둥이 놀릴 힘이 있거든 한 놈이라도 부숴, 이놈아!"

"저 웬수 같은 늙은… 아다다닷!"

완완노에게 잠시 신경을 분산시킨 사이 아수라의 철편(鐵鞭)이 코앞까지 다가든 것을 발견한 부현은 얼른 목을 움츠렸다.

키이이잉!

정수리를 스칠 듯 지나가는 철편의 위력에 휘말려 머리카락이 풀썩

숫구쳐 오르는 것을 느끼며 부현은 가슴을 쓸어내려야 했다. 조금만 늦었어도 머리가 삼 분의 일쯤 쓸려 나갈 뻔했으니 말이다.

"이것들이 정말 성질 돋우네?"

잔뜩 화가 났지만 부딪쳐 봐야 뾰족한 수가 없었기에 피해 다닐 수밖에 없었다.

간간이 야차를 쓰러뜨리고 있는 섬검자와 나연의 활약에 힘입어 완완노는 비교적 편안하게 야차를 관찰할 수 있었다.

'겉모습을 봐서는 결점을 도저히 찾을 수 없으니… 분해의 기점을 대체 어디에 숨겨두었지?'

염두를 굴리고 있던 완완노는 바닥에 굴러다니는 야차의 수급에 눈길을 주었다. 섬검자의 검에 목 부분이 매끈하게 잘려 나간 그 수급이 완완노의 시선을 끈 것은 벌어진 입속에 든 혀 때문이었다.

'혀? 말도 못하는 쇳덩이에 혀가 왜 필요했을까?'

이런 생각이 드는 순간 완완노의 얼굴이 환하게 펴졌다.

"급소는 혀였어!"

완완노는 조각도에 연결된 은사(隱絲)를 이용해 수급을 끌어왔다. 이어서 입 안에 든 혀를 잡아 돌렸다. 그러자 딸깍 소리를 내며 혀가 뽑혀져 나왔다. 동시에 턱 부근에 미세한 금이 생겨났다.

그것은 혀로 인해 고정되어 있던 결합점이 풀어지기 시작했음을 의미했다.

자신감을 얻은 완완노가 금이 간 턱을 좌우로 흔들자 턱이 손쉽게 분리되었다. 그 다음은 쉬웠다. 분해되기 시작한 야차의 수급은 그의 손이 닿는 대로 조각조각 떨어져 나왔으니까.

"야차의 약점은 혀야! 어떻게든 혀를 돌려서 뽑아내. 그럼 놈들은 쉽게 부서지고 마니까."

일행에게 알림과 동시에 완완노는 가까이 있던 야차 하나에게 달려들어 우수로 턱을 내려쳤다. 그리고 입이 벌어지는 순간 재빨리 좌수를 넣어 혀를 잡아 뽑고는 면상에 강력한 일장을 날렸다.

퍼펑!

혀가 뽑힌 야차는 장력에 밀려 뒤로 나동그라지며 얼굴부터 산산이 부서지고 말았다. 정교하게 다듬어진 쇳조각으로 분리되어 버린 야차의 가슴 한가운데에는 붉은색 문양이 새겨진 철 상자가 하나 들어 있었다. 주변의 모든 빛을 다 빨아들이는 듯 칙칙한 검은색의 철 상자, 그 안에 야차를 움직이던 힘이 봉인되어 있음이 분명했다.

"빙혈신수… 악독하기는 하지만 대단한 놈이란 건 인정해야겠군, 이런 물건들을 만들어내다니."

스스로 의학과 잡학의 대가라고 자부해 오던 완완노였지만 빙혈신수의 걸작 앞에서는 감탄을 금할 수 없었다.

어쨌든 파해법을 알아냈으니 야차는 더 이상 두려운 존재가 아니었다. 속도에서는 일행이 앞서니 놈들의 공격을 피해가며 하나씩 격파해가면 되는 일이었다.

섬검자, 나연, 완완노는 야차들을 차례차례 분해해 나갔다. 그렇게 약간의 시간이 흐르자 야차의 수는 급격히 줄어들었다. 수가 적어지니 일행은 더욱 수월하게 상대해 나갔고, 얼마 지나지 않아 야차들을 모두 해결할 수 있었다.

이제 남은 것은 아수라였다. 나연과 섬검자까지 가세해서 공격을 퍼붓고 있었지만 놈은 야차처럼 만만하지가 않았다. 일단 덩치에서 상대가 되지 않았고, 여섯 개나 되는 팔은 세 사람을 상대하기에 충분해 보였다.

"그놈도 야차와 비슷한 구조일 게다! 혀를 뽑아버려라, 쥐꼬리!"

완완노는 강 건너 불 구경하듯 멀찍이 떨어져서 이렇게 소리쳤다. 그러자 아수라와 붙어서 싸우고 있던 부현이 눈을 확 흘기며 대꾸했다.

"말이 되는 소리 좀 하슈! 저 무지막지한 놈의 혀를 뭔 재주로 뽑아요?"

"얼굴로 기어올라 가서 뽑으면 되지!"

"누구 죽는 꼴 보려고 그래요?"

"죽긴 왜 죽어, 이놈아! 재빨리 뛰어올라 가면 되겠구만."

"그렇게 쉬워 보이면 영감님이 해보슈!"

야차가 모두 쓰러져 마음의 여유가 생긴 데다가 섬검자와 나연까지 거들고 있으니 부현은 아수라를 상대하는 와중에도 꼬박꼬박 말대꾸를 할 수 있었다.

"결국 쥐꼬리 실력으로는 할 수 없다는 말이지?"

완완노도 때를 만났다는 듯 부현의 약을 살살 올려대고 있으니 정말 못 말릴 두 사람이었다.

콰가가각!

쿠쿠쿵!

그러는 와중에도 싸움은 계속되었고, 아수라를 쓰러뜨릴 묘책을 강구하지 못하는 한 끝낼 방법이 없어 보였다.

"도대체 어떻게 해야 저 괴물을 쓰러뜨릴 수 있는 거야?"

부현이 입을 열자마자 완완노가 뒤에서 소리쳤다.

"혀를 뽑으라니까!"

"거, 조용히 좀 해요! 정신 사나워 죽겠네."

그때 섬검자가 아수라의 철편 공격을 피하며 소리쳤다.

"형님 말씀대로 부현이 해결하는 수밖에 없겠구나."

"섬검자 아저씨도 내가 죽길 바라요?"

독이 약간 오른 듯한 말투였다.

"혀를 뽑는 것은 쉽지 않을 거다. 하지만 나연과 내가 돕고 있으니 놈에게 접근하는 것은 가능하지 않겠느냐?"

"그래서요?"

"혼신의 내공을 실어 놈의 몸을 직접 격타해 보거라."

"손바닥으로요?"

"네 특기는 장력이니 권보다는 장이 좋겠지."

과연 그 방법이 통할까 의문이 생겼지만, 일단 시도해 볼 만한 가치는 있어 보였다.

"좋아요. 한번 해볼 테니 나연 누나와 아저씨가 먼저 공격을 퍼부으세요."

"알았다."

말이 떨어짐과 동시에 섬검자는 신형을 솟구쳐 올렸다.

"섬검뇌전!"

빠지지직!

뇌성을 동반한 섬검자의 검기가 먼저 쏘아진 후 곧 이어 나연도 혼신의 힘을 다한 권격을 날렸다.

"폭풍권 제삼식, 파(破)!"

쩌저저적!

공기를 찢어발기는 소리와 함께 나연의 주먹에서 쏘아져 나간 강맹무비한 기운은 곧장 아수라의 등판에 작렬했다.

콰우웅!

이 갑자의 공력이 실린 그녀의 공격에는 아수라도 약간 타격을 입은 듯 주춤하는 모습이었다. 그 틈을 놓치지 않고 부현이 아수라의 품을 파고들었다.

"현―무―장!"

부현은 석실이 쩌렁쩌렁 울리는 기합성을 토해내며 아수라의 오른쪽 무릎에 우장을 갖다 붙였다.

끄릉!

공간을 격하고 쏘아내는 것과 달리 직접 가격한 이번 공격은 그 충격이 아수라의 몸체로 고스란히 스며들었기에 큰 격타음은 터져 나오지 않았다. 하지만 그 효과는 실로 대단했다.

쩌적, 쩌저저적!

무릎에서 생기기 시작한 균열이 급속히 위아래로 번져 나가는가 싶더니 아수라의 한쪽 다리가 산산이 부서져 내리기 시작한 것이다.

와르르르.

한쪽 다리를 잃은 아수라는 균형을 잡지 못하고 서서히 옆으로 쓰러져 갔다.

쿠다다다당!

거대한 철 몸체가 쓰러지자 석실은 지진이라도 만난 듯 뒤흔들렸다. 부현은 마지막 일격을 가하기 위해 아수라의 가슴으로 쇄도해 들어갔다.

"마지막이다, 이 괴물아!"

콰아앙!

부현의 우장이 아수라의 명치에 꽂혀드는 순간, 와지직, 소리를 내며 아수라는 수십 조각으로 부서지고 말았다.

길게 끌어온 싸움에 종지부를 찍은 부현은 허리에 양손을 척 걸친 채 크게 웃어 젖혔다.

"하하하하! 빙혈신수가 만든 기관이든 뭐든 내 앞을 가로막으면 다 이렇게 되는 거야!"

내세울 만한 일이기는 하지만 이렇게 기고만장한 꼴이 완완노의 눈에 곱게 비칠 리가 없었다.

"실력뿐 아니라 소견머리도 쥐꼬리 같은 놈… 제놈이 벌여놓은 일 해결한 게 뭐 자랑할 일이라고… 애당초 설치지 않았으면 이런 일은 일어나지도 않았을 거 아냐?"

끄느름.

"빈말이라도 좀 좋게 하면 안 돼요?"

"왜, 내가 없는 말 했냐?"

"그래도 내 덕에 다음부터 들어오는 사람들은 다칠 일이 없어졌잖아요."

"네가 언제부터 남 걱정 하고 살았냐, 이 녀석아!"

그냥 놔두면 도무지 끝을 내지 않을 두 사람이었기에 섬검자가 또 나서서 말려야 했다.

"자자, 그만 하고 다음 관문으로 들어갑시다, 형님."

세 살 먹은 어린애들도 아니고… 이런 치졸한 말싸움에 계속 관여해야 한다는 자체가 섬검자에게는 고역이었다. 그래도 어쩌겠는가? 사람마다 타고난 천성이 있는 것을.

"저곳이 다음 관문인 것 같으니 가봅시다."

섬검자가 먼저 환의 동굴을 향해 걸어갔다.

"어째 분위기가 심상치 않은걸?"

뒤따라온 완완노가 의심의 눈길로 환의 동굴을 살피며 중얼거리자 부현이 시큰둥하게 쏘아붙였다.

"사람 잡자고 만들어놓은 곳인데 그럼 만만한 곳이 있겠어요?"

"모르면 잠자코 있어, 이 녀석아! 이 동굴 말고 다른 입구가 있을 것 같아서 하는 소리니까."

"아무리 둘러봐도 입구라곤 이것 하나뿐인데 뭐가 또 있다고 그래요?"

"글쎄, 그 아가리 좀 닥치고 있어! 정신 산란하니까!"

완완노는 소리를 버럭 지른 뒤 동굴 주변을 꼼꼼히 살폈다. 하지만 음월처럼 환의 동굴 안으로 뭔가를 집어 던질 생각은 못했다.

"음… 아무리 생각해도 이 입구는 함정 같은데……."

뭔가 감이 잡힐 듯하면서도 명확히 떠오르지 않는 갑갑함, 지금 완완노의 심정이 바로 그러했다.

부현은 자신을 죽어도 인정하지 않는 완완노에게 일격을 가할 절호의 기회라고 생각하였다.

"아무리 봐도 평범한 동굴인데 뭘 그래요?"

음산한 느낌만 제외한다면 그의 말대로 그저 평범한 동굴일 뿐이었다. 깊숙한 곳까지 곧게 뚫려 있는. 하지만 부현이 한 가지 모르고 있는 사실이 있었다. 그들보다 앞서 간 음월 일행이 그 동굴 안에 시체한 구를 던져 넣었는데, 지금은 보이지 않는다는 사실을 말이다. 그것은 밖에서 보는 동굴의 모습이 환상이라는 사실에 다름 아니었다. 하지만 부현은 그 사실을 까맣게 모르고 있으니 어쩌겠는가?

"그렇게 겁나면 내 뒤를 따라 들어오세요."

부현은 아무렇지 않게 한마디 내뱉은 뒤 동굴 안으로 한 발 들어섰
다.

"멈춰!"

완완노가 다급히 외치는 소리를 무시한 채 부현은 안으로 쑥 들어가
고 말았다.

"저런 버르장머리없고 경망스러운 놈을 봤나!"

완완노는 화가 치밀어 올랐지만, 일행 중 하나가 이미 들어갔으니
따라 들어가 볼밖에 다른 도리가 없었다.

"이번에도 저 녀석 때문에 곤경에 빠지면 멱을 따버리고 말 테다."

완완노는 단단히 화가 난 표정으로 나머지 일행과 함께 환의 동굴에
들어섰다. 그리고…

쩌억!

먼저 들어간 부현은 물론 따라 들어간 나머지 일행도 입을 벌린 채
아무런 말을 못하고 있었다.

그들 앞에는 수없이 많은 시체가 널브러져 있었다. 하지만 일행의
눈에는 이런 모습이 보이지 않았다. 대신 그들은 각자 다른 환영을 보
고 있었다.

부현에게는 잘 차려진 술상 앞에서 전라의 미녀들이 춤을 추는 광경
이, 나연에게는 흠잡을 데 하나 없는 완벽한 미남이 지그시 바라보고
있는 모습이 비쳐졌다. 그리고 완완노의 눈앞에는 신승 혜지가 무릎을
꿇은 채 사죄하고 있는 모습이 펼쳐져 있었다. 한마디로 각자의 욕망
이 만들어낸 환상인 것이다.

그러나 단 한 사람, 섬검자만큼은 동굴 내부의 상황을 제대로 직시
하고 있었다.

'저렇게 많은 사람들이 죽어 있다니… 들어오기 전에 마음을 깨끗이 비워두지 않았다면 나도 환상에 사로잡혀 저렇게 될 뻔했군. 그런데……'

섬검자는 염려스러운 눈으로 일행을 둘러보았다. 부현과 나연이라면 몰라도 완완노만큼은 잘 대처하리라 믿었건만 그마저 심마에 빠져든 것 같으니 큰 걱정이었다.

'고집이 허상을 불러일으킨 모양이군.'

섬검자는 우선 완완노의 정신부터 일깨우기 시작했다.

"형님, 지금 눈앞에 보이는 건 허상일 뿐이니 정신 차리시오!"

목소리에 약간의 내공을 실어 보내자 완완노는 금방 정신을 되찾았다.

"어… 어엇!"

살 만큼 산 노인이 욕망의 허상에 씌었었다는 사실이 겸연쩍었을까? 완완노는 섬검자를 보며 어색한 미소를 지어 보였다.

"이런 경우를 예측하고 들어왔으면서도 당하고 말았군."

"부현과 나연이 더욱 깊은 심마에 빠지기 전에 일깨워야 합니다."

"뭐, 그거라면 쉽지."

완완노는 옆에 있던 나연을 향해 돌아서더니 따귀를 힘껏 올려붙였다.

"정신 차려라!"

철썩!

얼마나 세게 후려쳤던지 나연의 턱이 휙 돌아갈 정도였다.

"아앗!"

그 충격으로 나연은 제정신을 차릴 수 있었다. 하지만 이 동굴의 특성을 모르면 또 다른 환각에 빠져들 가능성이 컸으므로 완완노가 빠르게 설명해 주었다.

"네 눈에 보이는 것은 모두 네 마음이 만들어내는 허상이다. 그러니 이 동굴을 빠져나갈 때까지 잠시도 마음을 놓아서는 안 돼."

"알았어요."

"앞으로 가다 보면 두려움, 증오, 커다란 과거의 상처 등을 이용한 심마가 계속 괴롭힐 게다. 그때마다 정신을 차리지 못하면 우리끼리 싸워야 하는 상황이 벌어지게 돼. 저 앞에 있는 시체들을 봐라. 저들도 서로 싸우다 저렇게 됐을 거야."

"다시는 마음 흔들리지 않도록 노력할게요. 그런데……."

"왜, 묻고 싶은 말이라도 있는 게냐?"

"꼭 이렇게 세게 때리셔야 했어요?"

"으, 응?"

"너무 아프잖아요."

"웬만큼 때려선 정신을 못 차릴 것 같아서……."

손바닥 자국이 선명하게 부어오른 나연의 볼을 보고 있자니 조금은 미안한 생각이 드는 듯 완완노는 말끝을 흐리며 부현에게로 슬그머니 눈길을 돌렸다. 그때 부현은 앞으로 한 걸음 내딛고 있는 상태였다. 환상이 만들어낸 아리따운 무희들의 손짓을 따라서 말이다.

"흐홋… 안아줄게… 이리 와……."

확 풀어진 눈동자에 헤벌쭉 벌어진 입으로 헤매고 있는 모습은 정말이지 가관도 아니었다.

"정신 차려, 이놈아!"

완완노는 그동안의 미운 감정을 몽땅 실은 손길로 부현의 뒤통수를

후려쳐 갔다. 그 순간,

"우와아아악!"

부현이 벼락 같은 비명을 질러대며 옆으로 몸을 날렸다. 덕분에 완완노는 헛손질을 하고 말았는데, 문제는 그때부터 발생하였다.

"저리 가, 이 귀신들아!"

콰우우웅!

부현이 현무장을 쏘아대기 시작한 것이다.

"모두 피해!"

시커멓게 쏟아져 오는 장력에 대경실색한 일행은 사방으로 몸을 날려야 했다.

콰콰콰쾅!

부현의 장력은 동굴 벽에 작렬했고, 일행은 다행히 피해를 입지 않았지만, 이건 매우 심각한 상황이었다. 종합적인 무공 실력으로 따지자면 섬검자나 완완노가 그보다 한 수 위이겠지만 내공에 관한 한 그와 맞설 수 있는 사람은 아무도 없으니 말이다.

부현은 지금 상상도 못할 공포감에 휩싸여 있었다. 그 아리따웠던 미녀들의 얼굴이 갑자기 녹아내리며 허연 해골이 드러난 모습으로 다가오니 얼마나 두렵겠는가?

"가까이 오지 마!"

부현이 부르짖으면 부르짖을수록, 공포감에 빠져들면 들수록 무희들은 더욱 추악하고 무서운 모습으로 변해가며 그를 압박해 왔다.

"전부 사라져!"

부현은 현무장을 마구 쏘아냈다.

콰웅, 콰우웅!

삼 갑자의 내력이 실린 현무장은 쉴 새 없이 쏟아져 나왔고, 일행은 피해 다니기에 바빴다.

　은강은 반쯤 넋이 나간 표정으로 오들오들 떨고 있었다. 밀려 내려오던 천장은 그녀의 머리를 살짝 누른 채 아슬아슬하게 멈춰 있었는데, 좁은 공간의 벽면에는 하얀 성애가 잔뜩 들러붙어 있었다.

"머, 멈춘 거냐, 은강?"

밑에서 역리상이 소리쳤다.

"그런 것 같아요……."

"다행이다. 얼음이 생기지 않아 다 틀렸다고 생각했는데……."

　벽면에 낀 성애는 역리상이 구사한 얼음 도술에 의한 것이었다. 그가 궁여지책으로 이 도술을 쓴 것은 벽면에 얼음이 생기게 하면 내려오던 천장이 혹시라도 멈추지 않을까 하는 생각에서였다. 물론 얼음 정도로 어마어마한 기관의 힘을 막으리라 기대하지는 않았지만 말이다. 그런데 성애가 낀 정도로 기관이 멈추었으니 기적 같은 일이었다.

　물론 기관이 멈춘 것은 우연이 아니었다. 모든 물질은 기온이 떨어지면 수축하는 성질을 가지고 있다. 따라서 석벽의 온도가 내려감에 따라 그들이 있는 공간은 좁혀질 수밖에 없었고, 빈틈이 거의 없이 밀려 내려오던 천장의 돌기둥은 좁혀진 공간에 꼭 끼어 멈추게 된 것이다. 만약 석벽과 천장의 돌기둥 사이에 충분한 틈이 존재했다면 불가능할 일이었다. 결과적으로 빙혈신수의 정밀한 기술이 오히려 일행을 살리게 된 셈이었다.

　하지만 이런 사정을 전혀 모르고 있는 일행은 그저 안도의 한숨을 내쉬는 한편 돌기둥이 마음(?)을 바꿔 다시 밀려 내려오지 않을까 하여 마음을 조릴 뿐이었다. 아직도 낮은 마찰음이 사방에서 들려오는 것으로 보아 다른 석실들은 지금도 천장이 밀려 내려오고 있는 게 분명했기 때문이다.

그리고 얼마 지나지 않아 처절한 비명이 여기저기서 터져 나오기 시작했다. 뼈와 살이 으깨지는 소리를 들으며 일행은 몸을 부르르 떨었다. 만약 천장의 돌기둥이 멈추지 않았다면 자신들도 같은 꼴을 당할 뻔하지 않았던가?

비명은 한동안이나 계속되었고, 뼈가 으스러지는 소리는 더 오랫동안 계속되었다. 그런데 어디선가 비명과는 다른 포효가 갑자기 터져 나왔다.

"우와아아아아아!"

거리는 상당히 멀리 떨어진 것 같았다. 그럼에도 불구하고 온 석실이 우르르, 진동할 만큼 엄청난 힘이 실린 포효였다.

"나, 로스티드에게 이따위 기관은 통하지 않아!"

곧 이어 들려온 외침으로 그가 누군지 알게 된 일행은 경악할 수밖에 없었다. 로스티드가 불환동부에 들어와 있다는 사실 때문만은 아니었다. 중요한 것은 그의 목소리에서 느껴지는 힘이었다.

일행은 그와 직접 겨뤄본 경험이 있지 않은가? 그때도 로스티드는 충분히 강했었다. 하지만 이 정도는 아니었다. 지금 느껴지는 힘은 일행이 한꺼번에 덤빈다고 해도 상대가 되지 않을 만큼 강했다.

일행의 이런 우려를 증명이라도 하려는 듯, 로스티드의 포효가 다시 터져 나옴과 동시에 엄청난 진동음이 우르릉, 울려왔다.

눈으로 보지 않더라도 석벽이 무너지는 소리란 걸 알 수 있었다. 바람과 음월이 힘을 합치고도 어쩌지 못한 것을 로스티드 혼자 부쉈다는 사실은 시사하는 바가 컸다.

만약 이 좁은 석실에서 그와 맞닥뜨리게 된다면 당하는 쪽은 아마도 자신들이 되리라.

혹시 로스티드의 귀에 들리기라도 할까 봐 모두 숨을 죽이고 있는 가운데 멈추었던 기관이 다시 움직이기 시작하는 소리가 들려왔다.

그그그그……

은강의 머리를 누르고 있던 돌기둥이 서서히 올라가고 있었다.

"까아아아!"

은강은 자신도 모르게 환호성을 지르다가 흠칫 놀라 입을 막았다. 그리고는 작은 목소리로 다시 말했다.

"이제 살았어요. 기관이 거꾸로 움직이기 시작했다고요."

죽음의 문턱까지 갔다가 겨우 살아났으니 어찌 기쁘지 않겠는가? 하지만 일행은 마음 놓고 기뻐할 처지가 아니었다. 엄청나게 강해진 로스티드와 언제 조우할지 모르는 상황이었으므로.

2장
지옥대전(地獄大殿)

콰우웅, 콰쾅!

마구 쏘아대는 부현의 현무장 때문에 동굴은 금방이라도 무너질 듯 요동 쳤다. 석벽이 움푹움푹 깨져 나가며 파편이 비산했고, 바닥에 널려 있던 시신들이 경력에 휘말려 이리저리 날아다녔다. 한마디로 아수라장이 된 것이다.

"저 덜떨어진 녀석을 그대로 뒀다간 우리가 당하고 말겠어. 무슨 수를 내야 해."

완완노가 밉쌀맞은 눈초리로 부현을 쏘아보며 말하자 섭검자가 걱정스러운 투로 대답했다.

"그렇다고 저 아이를 다치게 할 수는 없지 않습니까?"

"맞아요. 심마에 빠진 건 부현의 잘못이 아니잖아요. 저도 저렇게 될 뻔했었는데……."

나연이 거들고 나서자 완완노는 샐쭉한 눈으로 흘겨보았다.

"초록은 동색이고 가재는 게 편이라더니……."

마음이 답답하기는 나연도 마찬가지였다. 이대로 두었다가는 부현이 탈진하기 전에 일행 중 누군가 다치고 말 것 같았기 때문이다. 그렇다고 같이 싸울 수도 없는 일이고.

"아무도 다치지 않고 문제를 해결하려면 이 방법밖에는 없겠구먼."

완완노는 품속에서 작은 약병을 꺼내 섬검자와 나연에게 알약 하나씩을 던져 주었다.

"복용하도록 해."

섬검자가 의아한 눈길로 물었다.

"뭡니까?"

"해독제야."

"독을 쓰시게요?"

"걱정 마, 죽이지는 않을 테니까."

"산공독을 쓰실 모양이지요?"

"저놈, 내공 빼면 시체잖아. 시체 끌고 가는 건 그리 어렵지 않을 테고."

섬검자는 피식 웃으며 해독제를 입에 넣었다. 이어서 나연까지 해독제를 복용하자 완완노도 한 알 삼키고는 하얀 가루를 손끝에 묻혀 부현을 향해 퉁겼다.

현 상황을 전혀 모르고 있는 부현은 자신이 산공독에 당한 것도 모른 채 연거푸 현무장을 발출해 냈다.

일행은 부지런히 그의 장력을 피해 다니며 산공독이 효과를 내기만 기다렸다. 그렇게 반 각 정도가 지나자 현무장의 위력이 현저히 줄어

들기 시작했다. 현무의 모습이 흐릿해지더니 얼마 후에는 검은색마저 거의 사라졌고, 결국에는 바람 소리조차 나지 않게 되었다.

그제야 일행은 피해 다니던 발길을 멈출 수 있었다. 하지만 부현의 입장에서 본다면 이건 지옥이었다. 귀신이 자꾸 달려드는 것도 견딜 수 없는데 현무장마저 쓸 수 없게 됐으니 얼마나 두렵겠는가?

"으아아아아아! 제, 제발 살려줘!"

부현은 구석에 웅크린 채 사지를 버둥대고 있었다.

"이렇게 겁 많은 자식이 설치긴 왜 설쳐? 하자는 대로 조용히 따라오기나 할 일이지."

완완노는 부현에게 성큼 다가가더니 사정없이 따귀를 후려갈겼다. 나연과 섬검자가 보기에도 감정이 충분히 실린 행동이었다.

철썩! 철썩! 철썩!

힘이 잔뜩 실린 손으로 연거푸 따귀를 때리니 부현은 비명을 지를 틈도 없이 고개를 좌우로 돌려대기에 바빴다.

멍…….

일고여덟 대를 맞고 나자 부현은 정신이 조금 돌아온 듯 풀어진 눈동자로 완완노를 바라보았다.

"넌 환각에 사로잡혔던 것이니 정신 차려, 이 녀석아! 잘못하면 진기가 고갈되어 죽을 수도 있어."

"환각……."

부현은 정신을 똑바로 차리지 못한 채 중얼거렸다.

"이놈이 아직 정신을 못 차렸군."

철썩! 철썩! 철썩!

완완노는 사정없이 따귀를 다시 때렸다. 부현의 입술이 찢어지고 코

피가 터질 때까지. 그동안 쌓였던 감정을 이 기회에 확실히 풀고 있는 게 분명했다.

"그만 좀 하세요! 그러다 애 잡겠어요!"

나연이 참지 못하고 소리치고 나서야 완완노는 손을 멈추었다.

"아이고, 아파라~ 도대체 왜 때리는 거예요?"

대꾸를 하는 것으로 보아 부현도 드디어 제정신이 돌아온 모양이었다.

"정신 차리라고 때렸다, 이놈아!"

완완노는 이 동굴의 특성과 그동안 부현이 보인 행동에 대해 약간 과장을 섞어 설명해 주었다.

"그래서 저에게 산공독을 썼단 말이에요?"

"왜, 불만이냐?"

"이 험악한 기관 안에서 내공을 못 쓰게 하면 어쩌라고요?"

"서너 시진만 흐르면 저절로 해독될 테니 그때까지 얌전히 쫓아오면 되는 거야. 모자란 대가리로 앞설 생각 말고."

"모자란 대가리……."

부현은 자존심이 확 상했지만 지금은 대들 상황이 아니었기에 속으로 꾹 눌러 참아야 했다.

"알았으니까 해독약이나 주세요."

"환의 동굴을 빠져나갈 때까지는 안 돼!"

"갑자기 암기라도 튀어나오면 난 어쩌라고요?"

"우리가 막아줄 테니 걱정 말고 넌 정신이나 똑바로 차려. 괜히 여러 사람 힘들게 하지 말고."

"할아버지를 어떻게 믿어요?"

"쥐꼬리만한 내공만 믿고 지랄발광해 대는 네놈보다는 나으니 걱정 마!"

자신의 실력을 믿지 못하겠다는 말에 쇠고집이 발동한 듯 완완노는 눈알을 부라렸다.

"이놈의 자식, 한마디만 더 떠들어 봐라. 아가리를 확 찢어버릴 테니까. 잔소리 말고 따라와!"

완완노는 단단히 화난 표정으로 앞장 서 걸어나갔다.

"해독약 좀 주지……."

풀 죽은 목소리로 중얼거리고 있는 부현을 나연이 부축해 일으켰다.

"서운하더라도 참아. 아까는 정말 위험했었어. 완완노 할아버지의 산공독이 아니었으면 우리 중 누군가가 크게 다쳤을지도 몰라."

"이제부터 정신 똑바로 차리면 되잖아요."

"할아버지 말대로 이곳을 빠져나갈 때까지만 참아."

"내 편은 아무도 없어."

부현은 입이 툭 튀어나온 채 완완노의 뒤를 쫓아가기 시작했다. 그렇게 몇 걸음이나 옮겼을까? 내심 불만이 가득 차 있던 부현을 향해 앞서 가던 완완노가 고개를 획 돌렸다.

"너, 방금 속으로 내 욕했지?"

왠지 살기가 묻어나는 눈빛이었다.

"아, 아니에요."

부현은 뒤로 주춤 물러서며 고개를 저었다. 하지만 완완노는 믿지 못하겠다는 듯 부현에게 다가오며 더욱 살기를 피워 올렸다.

"난 다 알 수 있어! 네놈이 속으로 무슨 욕을 하는지."

"정말 아니라니까요?"

"거짓말하지 마!"

완완노는 벼락같이 고함치며 날카로운 조각도로 부현의 얼굴을 그어왔다.

파아앗!

얼굴을 가르는 섬뜩한 느낌과 함께 피가 확 뿜어졌다.

"으아아악! 이 고집쟁이 늙은이. 내가 뭘 잘못했다고 이러는 거야!"

부현은 얼굴을 부여잡은 채 고래고래 소리쳤고, 그 앞에선 완완노를 비롯한 일행이 한심한 눈길로 그를 바라보고 있었다.

"이럴 줄 알았어. 해독약 줬으면 내 뒤통수에다 현무장을 날리고도 남을 놈이라니까."

나머지 일행은 진기를 운용하여 환상이 일어나는 것을 경계하고 있는 반면 내공도 흩어진 데다가 속으로 불만을 잔뜩 품고 있던 부현은 또다시 심마에 빠져들었던 것이다.

"내 내공이 살아나기만 해봐라, 열 배로 갚아줄 테니!"

부현은 독기 어린 눈길로 완완노를 쏘아보았다.

"이놈의 자식, 눈알 부라리는 것 보게? 아주 한판 붙어볼 태세네?"

"심마에 빠진 것뿐이니 서운해 마십시오."

"심마에 빠져도 왜 하필 내가 대상이냔 말야? 기분 나쁘게."

"이대로 방치하면 심기를 과도하게 사용해서 문제가 될 수 있으니 잠시 재워야 할 것 같습니다."

섬검자는 부현의 수혈을 눌러 잠재운 뒤 어깨에 들쳐 멨다.

"갑시다, 형님."

"알았네."

부현을 잠재운 일행은 환각에 빠져들지 않도록 경계를 늦추지 않으며 전진해 나갔다.

동굴은 꽤나 길게 이어져 있었는데, 눈에 보이지 않는 경계를 하나 지날 때마다 일행은 슬픔, 분노, 두려움, 증오 등의 사념이 생겨나는 것을 어렵게 참아내야 했다. 일행은 상당한 경지의 내공을 갖춘 데다가 서로에게 경각심을 불러일으키고 있어서 환각에 사로잡히지 않을 수 있었지만, 동굴 곳곳에는 심마를 이기지 못해 서로를 죽이거나 탈진해서 죽은 시신들이 즐비하게 널려 있었다.

물리적 위협은 전혀 없었으나 아수라상이 있던 기관에서보다 두세 배가 넘는 인원이 희생된 것 같았다.

"빙혈신수는 정말 무서운 인물이야. 앞으로 어떤 난관이 버티고 있을지 걱정이로군."

완완노의 음성에 걱정스러움이 잔뜩 묻어났다.

바람 일행은 또다시 석실을 맴돌고 있었다. 죽음의 위기를 넘긴 이후 벌써 수없이 석실을 옮겨 다녔지만 아직 출구는 찾을 수 없었다. 대신 석실 한구석에 으깨져 죽은 시신들만 간혹 만날 수 있을 뿐이었다.

두세 구의 시신이 으깨져서 한 덩어리로 뭉쳐져 있는 모습은 정말로 보기가 역겨웠다. 그러나 석실 미로를 벗어나지 못하는 한 싫든 좋든 보아야 했기에 은강은 새로운 석실에 들어갈 때마다 피비린내가 풍기는지 신경을 곤두세워야 했다. 만약 피비린내가 물씬 풍기면 구석으로는 눈길을 돌리지 않아야 했으니 말이다.

"이러다가 여기서 영영 못 벗어날 것만 같아……."

은강이 피로와 두려움이 혼합된 목소리로 중얼거리자 음월이 말했다.

"얼마나 많은 석실로 만들어졌는지는 몰라도 조만간 해결책이 나올 거예요."

"석실이 움직이는 규칙이라도 알아냈나요?"

"아니요. 하지만 그동안 우리가 통과하는 문마다 표시를 해두었어요. 그런데 언제부턴가 그 표식들이 눈에 들어오기 시작하더군요."

"그래 봐야 석실이 계속 움직이고 있으면 아무 소용 없잖아요."

"석실 방향이 바뀌면 표식도 아무 소용이 없으니 물론 큰 도움은 되지 않겠지요. 하지만 중요한 건 표식이 눈에 띄는 횟수가 점점 늘어나고 있다는 사실이에요. 그건 생각보다 석실의 개수가 많지 않다는 걸 의미하지요. 그렇다면 언젠가는 출구를 만나게 되지 않을까요?"

"그랬으면 좋겠네요. 그런데 석실이 몇 개나 될 것 같아요?"

"처음부터 지금까지 지나온 석실의 수는 정확히 삼백서른두 곳이었어요. 그중에 한 번 들어갔던 곳을 다시 들어간 경우가 마흔두 번, 세 번 들어간 곳이 열한 번. 따라서 우리가 한 번이라도 들어갔던 곳은 모두 이백예순여덟 곳이지요."

"그렇게나 많아요?"

"가로 세로 스무 개씩만 있어도 사백 개나 돼요. 그렇게 생각하면 그다지 많지도 않은 셈이지요."

"하지만 들어온 입구가 하나였으니 나가는 곳도 하나뿐일 것 아니에요? 더구나 각 석실마다 문이 네 개씩 달려 있으니 석실이 사백 개만 되어도 문은 천육백 개나 된다는 얘긴데… 그중에 하나뿐인 출구를 어떻게 찾아요?"

"얼마 전부터 석실의 움직임이 달라졌다고 생각지 않나요?"

"뭐가요?"

"언제부턴가 움직임이 무뎌지고 있어요. 그동안은 석실 문끼리 정확하게 맞아떨어졌었는데 지금은 조금씩 어긋나고 있어요. 아마도 로스티드가 부순 석실의 파편들이 석실 사이에 자꾸 끼어들면서 이렇게 되는 게 아닌가 생각해요. 그렇다면 얼마 가지 않아 석실의 움직임이 멈출 수도 있어요."

"멈추기만 하면······."

"출구를 찾는 건 시간문제죠."

"그렇게 되면 좋을 텐데······."

일행은 음월의 말에 기대를 걸어보며 다음 석실로 걸음을 옮겼다.

그렇게 십여 개의 석실을 더 이동했을 때였다. 어디선가 심한 마찰음이 들리는가 싶더니 쇠막대 부러져 나가는 소리가 연이어 들려오며 석실의 움직임이 멈추었다. 아마도 음월의 예상대로 돌 파편이 기관의 움직임을 멈추게 한 것 같았다.

"드디어 기관이 정지한 것 같군요. 이제는 한쪽 방향으로만 계속 나가요. 그래서 끝에 다다르면 가장자리 석실을 따라 움직이며 출구를 찾으면 되는 거예요."

일행은 드디어 석실 미로를 벗어날 수 있다는 희망에 들떠 로스티드란 존재를 잠시 망각한 채 달려나가기 시작했다.

다음 석실에 들어서자마자 맞은편 문을 밀었는데, 열리는 것으로 보아 기관 작동이 멈춘 것은 확실해 보였다.

"여긴 정말 지긋지긋해요. 어서 빠져나가요."

신이 난 은강이 앞장서서 다음 석실 문을 또 열어젖혔다. 그런데 석실 대신 산산조각난 돌무더기가 수북이 쌓인 채 그녀를 맞이했다. 로스티드가 무너뜨린 석실이란 걸 금방 알 수 있었다.

바람과 음월은 멈칫해서 서 있는 은강을 뒤로 물러나게 한 뒤 돌무더기를 살피기 시작했다. 돌 조각은 주먹만한 크기로 비교적 균일하게 산산조각난 상태였다.

넓은 판의 형태를 한 돌에 힘을 가하면 보통은 균열이 가며 큰 덩어리로 부서지게 마련이다. 그런데 이렇게 산산조각 냈다는 것은 순간적인 힘에 의해 석벽이 폭발하듯 부서졌다는 얘기였다.

"생각보다 더 강한 모양이군."

"솔직히 말해서 그가 지금 우리 앞에 나타난다면 모두의 힘을 합해도 이길 수 없을 거예요."

바람과 음월은 솔직한 심정을 토로했다.

"부현과 나연이 원래의 힘을 되찾아 돌아와 협공한다 해도 어려울 것 같소."

"걱정이군요. 그가 이곳에 들어온 이상 언젠가는 부딪쳐야 할 텐데."

"그뿐 아니라 사상문의 인물들과도 부딪쳐야 할 것이오."

정말 산 넘어 산이었다. 아직 기관도 어쩌지 못하고 있는데 그 뒤로도 엄청난 적들이 도사리고 있으니…….

"어쨌든 이곳부터 빠져나갑시다."

로스티가 남겨둔 힘의 표식을 뒤로한 채 다음 석실로 옮겨가는 일행의 발걸음은 무척이나 무거워 보였다.

환의 동굴은 그다지 길지 않았다. 하지만 지나오는 내내 잠시만 마음이 흐트러져도 괴이한 환각이 엄습하였으므로 일행은 이에 대응하느라 과도한 심기를 허비하여 지칠 대로 지친 상태였다.

특히 나연은 상당한 내공을 보유하고 있음에도 불구하고 여린 성정 때문에 고생이 심하였다. 간혹 섬검자와 완완노가 경고를 발해 그녀의 정신을 일깨우지 않았다면 그녀도 부현처럼 환각에 빠져버리고 말았을 것이다.

"이제 거의 다 빠져나온 모양이다."

완완노가 이렇게 말한 것은 곧바로 뚫려 있던 동굴이 저쪽 끝에서 왼쪽으로 휘어 있는 데다가 엄습해 오던 환각의 힘이 급격히 약해지는 것을 느꼈기 때문이다.

정신적으로 쉴 새 없는 압박을 가해오던 환의 동굴이 끝나간다는 생각에 일행의 걸음은 저절로 빨라졌다. 그런데 막상 동굴을 꺾어 돌아가자 일행을 기다린 것은 꽉 막힌 동굴 벽이었다.

"이게 어떻게 된 일이지?"

완완노는 출구를 열 수 있는 숨겨진 기관 장치가 있는지 주변을 샅샅이 살폈다. 하지만 아무것도 찾을 수 없었다. 한마디로 그냥 꽉 막힌 동굴 끝이었던 것이다. 그렇다면 들어왔던 길을 되돌아 나가야 한다는 결론이었는데… 지칠 대로 지친 그들이 무슨 기력으로 환각의 유혹을 뿌리치고 돌아 나간단 말인가?

그동안 잘 버텨오던 섬검자도 실망한 표정을 감출 수 없었다. 환의 동굴을 다시 돌아 나가야 한다면 자신도 버티기 힘들 것 같았다. 그러니 지금도 쓰러질 듯 위태로운 나연은 말할 것도 없었다.

"큰일이군요, 형님. 이렇게 막혀 있으니……."

"아냐. 분명히 뭔가 농간이 있는 거야. 미로를 제외하면 되돌아가게 설계된 기관을 본 적이 없어."

"하지만 분명히 막혀 있지 않습니까? 이렇게 손으로 만져도 감각이 확실히 느껴지니 환각일 리도 없고……."

섬검자는 동굴 벽을 손으로 직접 만져 보았다. 딱딱하고 차갑게 만져지는 감촉이 전해왔다.

하지만 완완노는 자신의 주장을 굽힐 생각이 없는 듯했다.

"찾아보면 분명히 나갈 길이 있을 거야."

완완노는 다시 한 번 동굴 끝 부분을 손으로 더듬어가며 자세히 살펴보았다. 하지만 두 번 세 번을 보아도 마찬가지였다. 누가 뭐래도 이곳은 암벽으로 이루어진 동굴의 막다른 곳이었다.

"이럴 리가 없는데, 이럴 리가……."

그때 바닥에 눕혀놓았던 부현이 깨어나기 시작했다.

"으음… 잘 잤… 가만? 내가 왜 여기에 누워 있지?"

부현은 의아한 표정으로 주위를 한 바퀴 빙 둘러보았다.

"내가 왜 잠들었죠?"

"하도 지랄발광을 해대서 재워놨다!"

완완노는 괜히 부현에게 화풀이를 하였다.

"하여간 저 할아버지는… 그런데 여기서 왜 이러고 있어요? 내가 깨어나기를 기다리고 있었어요?"

"눈깔로 보면 모르겠냐? 동굴이 막혀 있잖아!"

"그러게 왜 막힌 곳에서 이러고 있냐고요."

"아직 정신이 덜 들었냐? 정신 번쩍 나게 해줘?"

완완노가 손을 번쩍 치켜들자 부현은 얼른 막는 시늉을 하며 소리쳤다.

"저쪽에 뻥 뚫린 곳을 놔두고 왜 여기서 이러냐고요!"

"뭐야?"

"반대 편에 출구가 있잖… 어라? 어디로 사라졌지?"

부현은 뒤쪽을 손가락으로 가리키다 말고 뜨악한 표정을 지었다.

"이상하다? 조금 전에는 분명히 출구가 있었는데……."

"출구가 있었다고?"

완완노는 얼른 부현이 가리킨 곳으로 달려갔다. 그곳은 일행이 걸어오다가 왼쪽으로 꺾어진 지점이었다. 그러니까 부현의 말대로 한다면 걸어오던 방향에서 오른쪽으로 꺾어져야 했다는 얘기였다. 물론 그곳은 꽉 막힌 벽이었지만 말이다.

"그래, 그럴 수도 있겠군!"

완완노는 부현이 가리킨 벽을 천천히 더듬어보더니 갑자기 커다란 웃음을 터뜨렸다.

"하하하! 빙혈신수 이 교활한 놈! 이런다고 내가 속을 줄 알았더냐!"

"찾았습니까, 형님?"

섬검자가 달려가자 완완노는 의기양양한 표정으로 말했다.

"동굴을 왼쪽으로 꺾어놓은 것이 함정이었네. 왼쪽으로 자연스럽게 유도해서 헤매게 해놓고 정작 출구는 오른쪽에 두었던 거야."

"하지만 이곳도 막혀 있기는 마찬가지 아닙니까?"

"한번 만져 보게. 자네라면 느낄 수 있을 거야."

섬검자는 완완노가 가리키는 벽면을 천천히 더듬어보았다.

"이 촉감은……?"

뭔가 느낀 바가 있는지 섬검자는 눈을 감은 채 다시 더듬어보았다. 그러자 그의 손이 벽 속으로 쑥 들어가지 않겠는가?

"정말 교묘한 환각이군요. 시각의 믿음으로 촉감이 느껴지게 하다니… 그런데 부현은 이 사실을 어떻게 알게 된 겁니까?"

"우리는 이 동굴을 계속 보면서 걸어왔네. 물론 심마에 사로잡히지 않으려고 노력은 하고 있었지만, 우리의 관심은 증오나 분노 등의 감정을 억누르는 데만 집중되어 있었지. 그래서 동굴의 환각에 속게 된 걸세. 걸어오면서 계속 보아온 동굴이 우리의 마음속에 허상으로 자리잡은 것이지. 반면에 쥐꼬리 녀석은 잠을 자고 있었네. 때문에 눈을 뜨고 주변을 둘러보는 순간 실상을 볼 수 있었지. 워낙 실력이 쥐꼬리다 보니 금방 환각에 빠져 우리와 같은 것을 보게 됐지만."

"자꾸 쥐꼬리, 쥐꼬리 하지 마세요. 결국은 내 덕분에 출구를 찾았으면서."

"이게 왜 네 덕이야, 이 녀석아!"

"그럼, 눈앞에 출구를 놔두고 엄한 벽 더듬고 있던 할아버지 덕이에요?"

"네가 못 봤어도 어차피 내가 알아낼 거였어!"

"그러세요?"

부현은 비꼬는 투로 응대하고는 허상의 벽 속으로 성큼 걸어 들어갔다. 그런데…

"으아아악!"

째지는 비명 소리가 들려오는가 싶더니 허상의 벽 속에서 부현의 손이 불쑥 솟아 나와 완완노의 손목을 잡아챘다.

"이 녀석이 갑자기 왜 이래?"

부현이 잡아끄는 힘에 의해 벽 속으로 끌려 들어간 완완노는 하마터면 까무러칠 뻔하였다. 깎아지른 절벽이 시커먼 아가리를 벌린 채 맞이했기 때문이다.

"이 못된 자식! 나와 무슨 원수를 졌다고!"

완완노는 딸려가지 않으려고 얼른 몸을 낮추며 버티었다. 하지만 아무리 무공이 강해도 무게 중심을 이미 잃어버린 상태에서는 높은 곳에서 낮은 곳으로 떨어진다는 자연의 순리를 거스를 수 없는 법이다.

"으아아앗!"

완완노도 버티지 못하고 부현과 함께 절벽 아래로 떨어지려는 순간이었다.

턱!

섬검자가 손을 내밀어 완완노의 팔을 잡았다.

"휴우… 십년감수했네……."

섬검자 덕에 살아난 완완노는 뒤이어 기어올라 오는 부현의 얼굴을 확 쏘아보았다.

"경망스럽게 움직이지 말라고 몇 번이나 얘기해야 알아듣겠냐!"

"죄송……."

"죄송할 짓을 왜 하냔 말이다, 이 모자란 녀석아!"

"설마 출구에 절벽이 있을 줄 알았겠어요?"

"쥐꼬리 실력에 경망스러운 데다가 뻔뻔스럽기까지 한 놈!"

부현은 입이 열 개라도 할 말이 없었던지라 머리만 벅벅 긁고 있다가 허상의 벽으로 얼굴을 쑥 들이밀었다.

깎아지른 듯한 절벽은 바닥이 보이지 않을 정도로 깊었지만 다행히 건너편까지는 그리 먼 거리가 아니어서 쉽게 건너뛸 수 있을 것 같았다.

"제가 먼저 건널 테니 따라오세요."

자신의 실수 때문에 일행이 계속 곤경에 빠진 것이 미안하기는 했던지 부현은 자청해서 나섰다.

"그러거라. 하지만 거리가 짧다고 우습게 보면 안 된다, 이곳은 잠시도 마음 놓을 수 있는 곳이 아니니."

섬검자의 염려를 한 귀로 흘리며 부현은 허상의 벽 앞에 섰다. 얼굴을 살짝 내밀고 거리를 다시 가늠한 부현은 발끝을 살짝 굴러 건너편으로 신형을 날렸다. 아니, 그러려고 하는 순간 완완노가 얼른 그의 목덜미를 잡았다.

"네가 무슨 재주로 여길 건너, 이 녀석아!"

사사건건 붙잡고 늘어지는 데 짜증이 난 부현이 신경질 투로 대꾸했다.

"내공이 삼 갑자나 되는데 왜 못 넘어요?"

"아주 죽으려고 환장을 했구나?"

"글쎄, 할 수 있다니까요?"

"잔소리 말고 이거나 먹어."

완완노는 알약 하나를 꺼내 부현에게 내밀었다.

"이건……."

"잊었냐, 산공독에 중독된 상태라는 걸?"

"그, 그랬던가요?"

부현은 멋쩍은 표정으로 해독약을 받아 삼켰다.

"헤헤… 고마워요."

"고마운 줄 알면 말 좀 들어, 이 녀석아. 설쳐 대지 말고."

"네… 그런데 이거 언제쯤 약효가 나타나지요?"

"밥통에서 녹는 즉시 나타나기 시작해서 열 호흡이 넘기 전에."

"그렇게 빨리요?"

"운기해 봐, 진기가 느껴지기 시작할 테니까."

"어? 정말이네?"

"당연하지. 난 너처럼 말만 앞세우지 않으니까."

마지막을 핀잔으로 끝맺는 완완노의 말이 마음에 들지 않았지만, 그에게 도움을 받은 처지라 부현은 아무 대꾸도 할 수 없었다.

내공이 어느 정도 회복되자 부현은 허상의 벽으로 다가가 건너편으로 몸을 날렸다. 거리가 불과 이 장밖에 안 됐으므로 건너는 것은 간단했다.

척!

건너편에 가볍게 내려선 부현은 아무것도 아니라는 표정으로 뒤를 돌아보았다. 순간 그가 밟고 선 땅이 푹 가라앉았다.

"으아앗!"

부현의 몸이 쑥 가라앉는 것을 보고 나머지 일행도 놀라서 소리쳤다.

"부현아!"

"괜찮은 게냐?"

부현은 한 손으로 함정 끝을 잡은 채 다른 한 손을 흔들어 보임으로써 무사함을 알렸다.

"휴우… 정말 안전한 곳이라고는 한 군데도 없네."

함정에서 기어올라 온 부현은 조심스럽게 주변을 살펴보더니 일행을 향해 외쳤다.

"조금 옆으로 와요! 여긴 끝이 안 보이는 함정이 있어요!"

부현의 안내에 따라 일행은 무사히 건너올 수 있었다.

벼랑가의 길은 한쪽으로 길게 뻗어 있었는데, 계속 따라가다 보니 거대한 석문이 나타났다.

지옥대전(地獄大殿).

석문 위에는 피를 흘리는 듯한 붉은 글씨체로 이렇게 쓰여 있었다.

"지옥대전이라… 무시무시한 이름을 보니 이곳이 끝은 아니더라도 최소한 중심부에는 가까워진 모양이군."

완완노가 나직이 뇌까리며 지옥대전의 석문을 꼼꼼히 살폈다. 그동안 앞서 나가다 수차례나 곤경을 당한 부현은 더 이상 나서지 않고 완완노가 하는 대로 두고 볼 뿐이었다.

"걱정이군."

"왜요?"

부현이 쪼르르 달려가 물었다.

"문에는 위험한 장치가 하나도 없다."

"그럼 다행이지 뭐가 걱정이에요?"

"넌 그래서 쥐꼬리라는 거야."

"또 그 소리……."

"빙혈신수 같은 작자가 입구를 쉽게 만들어두었다는 것은 그 안에 대단한 준비를 해두었다는 얘기 아니겠냐?"

"얘기가 그렇게 되나요?"

"어쨌든 이 안은 정말 지옥일지도 모르니 각오들 단단히 해야 할 거야."

기이이잉!

완완노가 힘주어 밀자 거대한 석문이 묵직한 마찰음을 울려내며 천천히 열렸다. 순간, 강렬한 빛이 문틈으로 쏟아져 나왔다.

"뭐가 이렇게 밝아?"

일행은 눈이 빛에 적응할 때까지 한동안 찌푸리고 있은 연후에야 안으로 들어설 수 있었다. 그런데 석문 안으로 들어서는 순간 일행은 탄성을 토해낼 수밖에 없었다.

"우와!"

"지하에 어떻게 이런 세계가……!"

하늘이라 불러야 할까? 엄청나게 높은 천장 한가운데는 태양을 방불케 하는 강렬한 광채가 매달려 있었다. 그리고 그 밑으로는 수만 평에 이르는 대지가 자리해 있었다.

마치 지상의 일부를 그대로 옮겨다 놓은 듯한 이 광경만으로도 놀라운데, 여러 개의 동산과 연못들이 어우러져 있는 지상은 수많은 기화이초와 기암괴석으로 꾸며져 있어 극락에 온 것이 아닐까 하는 의구심이 들 정도였다.

"이런 곳을 왜 지옥대전이라고 이름 붙였을까?"

부현이 중얼거리며 한 걸음 내디디려 하자 완완노가 얼른 소리쳤다.

"멈춰!"

흠칫!

"네놈 대가리엔 대체 뭐가 들어 있는 게냐? 지금까지 그렇게 당하고도 왜 정신을 못 차려?"

완완노의 신랄한 추궁이 뒤를 잇자 부현은 머쓱한 표정이 되어 허공에서 멈춘 발을 슬그머니 뒤로 물렀다.

"알았어요. 가만히 있으면 되잖아요."

"경망스러운 놈."

완완노는 혀를 끌끌 차고는 주변을 세심하게 살피기 시작했다.

'젠장! 내가 기관학을 배우던지 해야지. 이거야 더럽고 치사해서…….'

모르면 무시당할 수밖에 없다는 평범한 진리를 새삼 깨닫게 된 부현이었다.

'두고 봐라. 내가 왕궁으로 돌아가면 기관학 책을 빌려서 반드시 배우고 말 테니까. 가만, 그러기 전에 그곳에서 꺼내온 비급부터 익혀야 되는 거 아닌가?'

우선은 자신이 갖고 있는 무공이라도 확실하게 배워야겠다는 데 생각이 미친 부현은 비급을 꺼내 들고 나연에게 말했다.

"누나, 이것 좀 읽어줘요."

"지금?"

"왜, 안 될 것 있어요?"

"그래도 지금은 눈앞의 상황부터…….."

"우리가 할 일이 뭐가 있어요? 할아버지가 살피는 것으로 봐서 시간이 한참 걸리겠구만."

"알았어. 그럼 완완노 할아버지가 주변을 살피실 동안 알려줄 테니 머리 속에 잘 넣어둬."

"걱정 마세요. 내가 공부는 못했지만 이런 거 외우는 데는 거의 천재적이니까."

"천재적은 아니던데…….."

"알았어요. 빨리 읽어주거나 해요."

나연은 피식 실소를 짓고는 한자로 쓰여진 무공구결을 해석해 주기 시작했다.

부현은 그녀가 읽는 대로 머리 속에 차곡차곡 암기해 나갔다. 그렇게 세 번쯤 읽어주자 부현은 비급에 쓰여진 대로 장력을 운용해 보았다. 처음이라 시원하게 되지는 않았지만 기의 움직임에 대해 어느 정도 파악이 되니 구결이 좀 더 쉽게 이해되는 것 같았다.

"주작장은 됐고, 이번엔 백호장을 읽어주세요."

"벌써 다 이해했어?"

"당장 쓸 수는 없어도 대강은 알겠어요."

"좋아, 그럼 백호장으로 넘어간다."

두 사람은 아무렇지 않게 대화를 나누고 있었지만 곁에서 듣는 섬검자에게는 경악 그 자체였다. 사신투영장은 수많은 장법 중에서도 손가락 안에 드는 대단한 무공이었다. 그런 걸 이렇게 쉽게 얘기하고 있으니 말이다. 이 또한 부현과 나연이 시간을 거슬러 오며 자연스럽게 얻은 능력 중 하나라는 사실을 섬검자는 모르고 있으니 당연한 일이었다. 물론 부현과 나연도 그 능력이 얼마나 대단한 것인지는 아직 실감하지 못하고 있었다. 자신들이 쉽게 배우고 있으니 그저 그러려니 하는 것이다.

어쨌거나 완완노가 주변을 살피는 사이 나연은 백호, 청룡장은 물론 네 가지 장법을 융합한 최종 절기까지 설명을 마친 상태였다.

"사신투영장… 마지막 초식이 무공 이름과 같네?"

"사신투영장은 파괴력이 강한 만큼 진기의 소모가 극심하니 절체절명의 위기가 아니면 쓰지 말라고 되어 있어."

"그럼 연습할 때도 진기를 다 끌어올리면 안 되겠네?"

"그래야겠지. 한 번 발출할 때마다 진기가 절반으로 급감하며, 세 차례 이상 연거푸 사용하면 본원진기를 다칠 수도 있다고 되어 있었으니까."

"본원진기라면 인간이 태어날 때부터 가지고 있는 생명력의 근원 같은 거 아니에요?"

"맞아. 부현이도 많이 알고 있네?"

"나도 무림 밥을 먹었다면 좀 먹었잖수."

"그래, 그래."

"마지막 초식이 얼마나 센지 몰라도 되도록 사용하지 말아야겠네."

두 사람이 주고받는 말을 들으며 섬검자는 여전히 경이로운 표정으로 바라볼 뿐이었다.

'사신투영장의 마지막 초식은 엄청난 내공을 필요로 하기 때문에 창안자는 물론 그 이후에도 실제로 시전한 사람이 아무도 없다고 전해오는데… 과연 저 아이가 해낼 수 있을까?'

섬검자의 관심은 이제 아무도 시전에 성공하지 못했다는 사신투영장의 마지막 초식에 쏠려 있었다. 만약 그것을 부현이 성공해 낸다면 과연 당해낼 자가 몇이나 되겠는가?

"쥐꼬리 주제에 말은 잘하네. 지가 알아듣긴 뭘 알아들어?"

어느새 완완노도 그들의 대화에 관심을 기울이고 있었는지 불쑥 끼어들어 한마디 던졌다.

"사신투영장 마지막 초식은 아직까지 아무도 익히지 못했다고 전해오는데, 배우기도 전에 되도록 사용하지 말아야겠다고? 시건방을 떨어도 적당히 떨어야지."

"남들이 못했어도 나는 할 수 있어요."

"어련하겠냐? 입으로야 못할 게 없겠지."

"현무장도 금방 배웠다고요!"

"그깟 거북이 한 마리 나와서 설치는 장법이 뭐 대단하다고……."

마지막 초식을 아무도 익히지 못할 정도의 장법이라고 스스로 말해 놓고, 현무장은 별것 아니라고 깎아 내리고 있으니 완완노의 말은 누가 보아도 모순이었다.

"그렇게 자신있으면 입으로 떠들지 말고 몸과 마음으로 익혀, 이 녀석아. 들은 걸 잊지 않도록 머리 속에 잘 담아두고 틈나는 대로 운용하는 법을 연습하란 말이다. 무공은 그렇게 익히는 거야. 주둥이가 아니고!"

완완노는 마지막 한마디를 힘주어 말하고는 휙 돌아서서 휘적휘적 걸어나가기 시작했다.

"모두 따라와. 뭔 꿍꿍인지 몰라도 겉으로 드러난 위험은 없는 것 같으니까."

완완노의 말대로 일행이 한참 이동해 나가도록 위험한 상황은 하나도 발생하지 않았다. 지옥대전이라는 이름과 달리 풍경은 아름다운 데다 아무런 위험조차 없으니 일행은 더욱 마음이 불안해졌다.

"많이 죽었다고는 하지만 먼저 들어온 자들이 분명히 있을 텐데 어째서 이렇게 조용한지 모르겠군요, 형님."

"나도 같은 생각일세. 빙혈신수가 지옥대전이란 이름을 괜히 붙였을 리는 없는데……."

불안한 마음으로 작은 동산 하나를 넘어서는 순간, 일행은 수많은 사람들이 모여 있는 광경을 발견하게 되었다. 그들의 수는 어림잡아도 백여 명이 넘을 것 같았다.

그들은 지나온 기관을 통해 실력이 충분히 검증된 자들이니 누구 하나 호락호락한 사람이 없을 터였다.

한데 그들 사이에는 지금 팽팽한 긴장감이 감돌고 있었다. 마치 하나의 먹이를 가운데 두고 서로 차지하려고 기회를 노리는 맹수들처럼.

"무엇이 저들을 긴장시키고 있는지 한번 가보세."

완완노를 선두로 현장에 도착한 일행은 군웅들로부터 쏟아져 오는 지독한 적대감을 느낄 수 있었다. 그리고 그 이유가 무엇인지도 알 수 있었다.

선입자가 먼저 취하리라.

단 한 구절의 글귀, 그리고 지하로 이어져 있는 계단. 그것은 한 가지 분명한 사실을 암시하고 있었다. 지하의 계단으로 들어가려면 여기 모인 군웅 모두를 해치워야 한다는 사실을 말이다.

생각하면 생각할수록 빙혈신수는 교활한 자였다. 그냥 두어도 서로 싸울 판인데, 먼저 들어온 자가 취한다고 써놓음으로써 경쟁 심리를 더욱 부추기고 있으니 말이다.

사실 계단으로 접어든다고 해서 천부인의 지도를 얻을 수 있다는 보장은 어디에도 없었다. 그 안에도 기관이 또 설치되어 있을 수 있으니 말이다. 그럼에도 불구하고 사람들은 자신이 아닌 그 누구도 입구로 먼저 들어가는 것을 용납하지 않을 것이다. 그걸 잘 알고 있기 때문에 모두 눈치만 보고 있을 뿐이고.

그러나 단 한 사람 예외가 있었으니 바로 한문을 읽을 줄 모르는 부현이었다.

"저기가 입구 같은데 왜 전부 다 구경만 하고 있데요?"

이렇게 중얼거리며 그가 계단으로 한 걸음 옮기는 순간, 사방에서 엄청난 살기가 쏟아져 왔다.

"이크!"

부현은 저도 모르게 발걸음을 멈춘 채 주변을 둘러보았다. 무시무시한 눈빛들, 금방이라도 잡아먹을 듯 살기 어린 눈빛이 집중되어 있었다. 부현은 슬그머니 발길을 뒤로 물리며 중얼거렸다.

"젠장, 내가 움직이는데 왜 지들이 지랄이야?"

"저곳으로 먼저 들어가는 사람이 먼저 취한다고 쓰여 있기 때문이야."

나연이 편액에 쓰여 있는 글귀를 설명해 주고 나서야 부현은 몸을 부르르 떨었다.

"한 발짝만 더 움직였으면 떼거지로 몰려들 뻔했군."

그의 생각은 과장이 아니었다. 벌써 검을 뽑아 든 자도 있었으니까.

칠검노를 비롯한 사상문인들은 다른 사람들에게 가려 부현 일행에게는 잘 보이지 않는 각도에 서 있었다. 그중 검을 뽑아 든 것은 자천검이었다. 부현을 쫓다가 섬검자에게 오른 손목을 잃은 그였으니 그 원한이 남다를 법도 하였다. 하지만 자신만의 힘으로는 복수가 불가능하다는 걸 그는 너무 잘 알고 있었다. 정상이라도 그렇거늘 왼손을 사용해야 하는 지금은 더하지 않겠는가?

"참거라, 자천. 경거망동은 곧 죽음으로 이어질 뿐이니."

백검노가 낮은 목소리로 주의를 주자 자천검은 묵묵히 고개를 숙인 채 검을 갈무리했다. 언제고 대격돌이 일어난다면 먼저 검을 뽑아 든 자가 표적이 되기 십상이기 때문이다.

먼저 검을 뽑아 든 자가 누군가 보기 위해 시선을 주던 부현 일행은 그들이 바로 사상문인임을 알아보고는 가볍게 눈살을 찌푸렸다. 하지만 주변의 긴장감이 워낙 날카로웠기에 그들과 언쟁을 벌일 여유가 없었다.

그렇게 시간은 계속 흘러갔다. 포기할 수도, 그렇다고 누구 하나 먼저 나설 수도 없는 상황이었기에 시간의 흐름은 더욱 느리게만 느껴졌다.

"끌끌… 지옥대전이라더니… 정말 이름 하나는 기막히게 붙여놓았구먼. 이거야 원, 칼부림이라도 하는 게 낫지……."

완완노의 나직한 뇌까림은 이곳에 있는 모든 이들의 마음이었다. 이곳에 모인 사람들은 문제가 있을 때 무공 대결로 결판 내는 데 익숙한 무림인들이었다. 그런데 끝이 없을 것 같은 긴장감만 계속되고 있으니…….

그게 언제가 될지는 몰라도 결국은 서로가 서로를 죽여야 하는 대혈투를 벌여야 할 텐데 말이다.

3장 재회

절대로 변하지 않을 것 같던 대립의 구도는 한 인물이 새롭게 등장함으로써 순식간에 깨져 버렸다.

"뭔가? 왜 모두 그러고 있지?"

낮게 으르렁대는 듯하면서도 절대적인 위압감이 실려 있는 목소리가 들려오는 순간 모두의 시선이 한곳으로 모아졌다.

도저히 인간이라고 부르기 힘든 흉악한 몰골의 거인, 그는 바로 로스티드였다. 하지만 원래의 로스티드만 알고 있던 부현과 나연은 그를 알아볼 수가 없었다. 다만 그에게서 전해오는 엄청난 힘의 파장을 느낄 뿐이었다.

"으음……."

로스티드와 눈빛을 마주치는 순간 섬검자는 자기도 모르게 신음성을 토해내야 했다. 그동안 많은 상대와 겨루어봤지만 한눈에 압도당하기는 이번이 처음이었다.

'어떻게 저런 자가 존재할 수 있단 말인가? 인간의 힘으로는 불가능한 경지에 이른 절대 악인 같은 느낌라니……'

한편 로스티드는 한눈에 부현과 나연을 알아볼 수 있었다. 하지만 지금은 그들과 싸우기에 적절한 때가 아니라는 것을 알고 있기에 별도의 움직임을 보이지는 않았다. 대신 그는 칠검노가 있는 쪽으로 걸음을 옮겼다.

"환의 동굴로 들어간 당신들이 먼저 도착했군. 나름대로 머리를 쓴다고 다른 입구로 들어갔었는데… 빙혈신수란 작자는 능력이 뛰어난 사람을 싫어하는 게 분명해. 두 번째 관문의 허점을 간파한 사람들이 더 애를 먹게 만들어놨으니."

스스로를 높이는 말이었지만 칠검노는 그다지 기분 나쁜 기색을 비추진 않았다. 최선을 다해 그를 도우라는 좌청목의 연락을 받고 로스티드를 만난 이후 그와 함께 행동하면서 충분히 강하다는 느낌을 받을 수 있었기 때문이다.

"저곳에 들어가기 위해 모두 눈치만 보고 있는 건가?"

로스티드의 질문에 백검노가 고개를 끄덕였다.

"그렇소."

"무림에서 한다 하는 자들만 모였을 텐데, 모두 나약하기 짝이 없는 버러지들이로군. 먼저 들어갈 용기가 없어 주춤대는 꼴이라니……"

로스티드가 말하는 '버러지'에는 자신들도 포함되는 것이었기에 백검노도 이번에는 표정을 살짝 일그러뜨렸다.

"누구든 먼저 들어가려 하면 모두의 표적이 될 각오를 해야만 하오."

"크홋! 그럼, 내가 먼저 들어가지. 어떤 놈들이 나를 막을 수 있는지 한번 볼까?"

"그건 너무 무모하오!"

백검노가 말리려 하였지만 로스티드는 들은 척도 하지 않았다.

"겁나거든 그대들은 멀찍이 물러나 있도록!"

쿵!

그가 입구로 한 걸음 내딛자 군웅들은 바짝 긴장하며 일전의 의지를 피워 올렸다. 그리고 또 한 걸음 내딛자 성질 급한 자 세 명이 먼저 달려들었다.

"천둥벌거숭이 같은 놈!"

"여기가 감히 어디라고 혼자 설치느냐!"

"우리가 모두 허수아비로 보였더냐!"

이곳에 모인 자는 최소한 한 지역의 패자(覇者)로 군림할 만한 실력자들이었다. 따라서 그들의 합공에는 무시 못할 위력이 담겨 있었다. 그러나 로스티드의 능력은 그들이 생각했던 것 이상으로 강했다.

"버러지 같은 놈들!"

그는 단지 손을 한 번 휘저었을 뿐이다. 근육이 울퉁불퉁 뒤엉킨 거대하고도 흉측한 손을 말이다.

그 한 수로 끝이었다.

검을 휘둘러 가던 자는 부러진 제 검날에 목이 꿰뚫렸고, 권으로 쇄도하던 자는 머리통이 박살났으며, 마지막 한 명은 한쪽 어깨를 잡혀 허공에 매달린 채 괴로운 비명을 질러대고 있었다.

"크아아아악!"

사내의 가슴을 절반이나 뒤덮고 있는 로스티드의 커다란 손은 무자비하게 그의 어깨를 으스러뜨리고 있었다.

우두둑!

소름 끼치는 소리를 울려내며 사내의 몸으로 파고드는 로스티드의 손 마디 사이로 선혈이 분수처럼 뿜어져 나왔다.

"다음엔 누가 나올 텐가?"

로스티드는 불이 뿜어지는 듯한 눈길로 군웅들을 한차례 쓸어보더니 거의 실신한 사내의 머리에 좌장을 얹었다.

퍼억!

사내의 머리가 터져 나가는 모습을 보며 군웅들은 그 자리에 얼어붙고 말았다.

"이 많은 놈들 중에 나설 용기를 가진 놈이 아무도 없단 말이지?"

로스티드는 조소를 머금으며 군웅들을 다시 한 번 훑어보더니 부현에게 시선을 돌렸다.

"네가 한번 나서보지 않겠나, 전부현?"

화들짝!

부현은 자신이 지목당한 것에 놀라는 한편 생면부지의 괴인이 자신의 이름을 알고 있다는 데 또 한 번 놀라고 있었다.

"다, 당신이 누군데 날 아슈?"

"그렇군. 너는 나를 알아보지 못하는군. 네놈 때문에 내가 이렇게 됐는데 말이야."

"나 때문에 그렇게 되다니? 내가 뭘 어쨌기에?"

"그건 차차 알려주기로 하지. 너와 난 어차피 다시 한 번 만나야 할 테니까."

로스티드는 징그러운 미소를 지어 보인 뒤 다시 입구를 향해 걸음을 옮겼다. 그때 두 사람이 그의 앞을 가로막았다.

"어디서 나타난 괴물인지 모르지만, 대륙 무림에 인물이 하나도 없다고 생각하면 곤란하지."

"맞아. 고구려 사람들도 와 있는 것 같은데, 네가 이러면 우리가 너무 우스워지지 않겠나?"

40대 초반으로 보이는 두 사람이 각기 도와 검을 들고 있었는데, 언뜻 보아도 그 기도가 섬검자에 필적할 만한 고수들이었다.

"난 검귀."

"난 도귀."

"동진무림에서는 검과 도에 미친 두 귀신이라고들 부르지."

이귀(二鬼)!

일무 이귀로 대표되는 동진무림의 거목이었다.

완완노는 일찍이 그들의 존재를 파악하고 있었던 듯 작은 목소리로 중얼거렸다.

"저 귀신들이 왜 조용히 있나 했더니 드디어 나서는군."

섬검자도 그들에 대해 듣기는 하였지만 실물을 본 것은 오늘이 처음이었다.

"저도 얘기는 많이 들었습니다. 이십삼 년 전, 무림에 첫 발을 내디딘 이후 널리 알려진 고수들만 찾아다니며 비무를 신청하는 바람에 온 대륙이 떠들썩했었다지요."

"두말하면 잔소리지. 그때부터 두 귀신에게 무릎 꿇은 고수만도 백 명이 넘으니까."

완완노가 인정할 정도였으니 그들의 실력이 간단치 않음은 분명했다. 그러나 그들과 마주 선 로스티드는 생각이 다른 모양이었다.

"이귀… 너희 명성은 익히 들었지만, 오늘은 상대를 잘못 선택했다."

"맞아. 넌 충분히 강해 보이니까 우리가 잘못 생각한 건지도 모르지."

"그래서 오늘은 그동안의 관례를 깨고 우리 둘이 협공을 할 생각이다. 동진무림에 허수아비만 있다는 소리는 듣지 말아야 하니까."

상대가 강함을 스스로 인정하고 있으면서도 이귀는 전혀 두려운 기색을 내비치지 않았다. 아니, 강한 상대를 만난 것을 오히려 즐거워하는 표정이었다.

"좋아. 너희라면 적어도 상대할 맛은 나겠군."

"그럼 시작해 볼까?"

이귀는 각자의 애병을 뽑아 들었다. 검은색의 묵직한 도와 붉은 기운이 감도는 날카로운 검이 모습을 드러내자 다소 장난스럽게 보이던 두 사람에게서 폭풍 같은 기도가 일어나기 시작했다.

그 기세가 얼마나 대단하던지 주변에서 구경하고 있는 군웅들의 머릿결이 가볍게 일렁일 정도였다.

로스티드도 처음과 달리 약간 긴장한 기색으로 기를 끌어올렸다.

추우우우우—

안으로부터 진기를 운용하는 내가기공과 달리 그는 밖으로부터 기를 끌어 모으는 듯 주변 사물에 변화가 일어나고 있었다. 그가 선 땅에서는 작은 돌들이 허공으로 둥둥 떠올랐고, 주변 공기는 작은 회오리를 일으키며 그에게 몰려들었다.

"추괴한 용모 때문에 몰랐는데, 알고 보니 서쪽 나라에서 온 놈이었구나."

이귀는 그가 기를 모으는 모습으로 동양 무공을 익힌 자가 아님을 알 수 있었다.

"그렇다면 더 더욱 양보할 수 없지."

각자의 내공을 극성으로 끌어올리자 도귀의 묵도는 검은 기운을 칙칙하게 뿜어냈고, 검귀의 혈검은 붉은 광채를 길게 뻗어냈다. 각자의 최고 절기로 단 한 번에 승부를 볼 생각이었다.

"간다!"

한순간 이귀가 동시에 로스티드를 향해 몸을 날렸다.

"암흑강림(暗黑降臨)!"

"혈세천하(血洗天下)!"

맑은 물에 먹물을 풀어놓은 듯 시커먼 도기가 뭉클 피어나 로스티드를 뒤덮음과 동시에 새빨간 한줄기 빛이 그의 가슴을 향해 쏘아져 들어갔다. 그 어마어마한 기세와 빛살 같은 속도는 보는 이의 기를 질리게 하기에 충분했다.

우르릉, 파가각!

이귀와 로스티드가 맞부딪치는 순간 은은한 뇌성과 함께 붉은 빛줄기가 사방으로 뻗어 나왔다.

그들 주변을 감싸고 있는 검은 기운 때문에 상황이 어떻게 돌아가고 있는지 군웅들을 알아보기가 힘들었다. 하지만 그것은 그리 오래가지 않았다.

"파멸의 권!"

대전 전체를 우르르, 진동할 만큼 강렬한 외침이 터져 나옴과 동시에 주변을 감싸고 있던 묵빛 도기를 찢어발기며 수십 수백 개의 권영(拳影)이 솟아 나왔다.

"크어어억!"

"우우욱!"

쇄도하던 기세와 달리 검귀와 도귀는 선혈을 뿜어내며 뒤로 날아가고 있었다.

텅, 쿠웅!

바닥에 나동그라진 그들은 어떻게든 일어나 보려고 몸을 꿈틀대고 있었다. 그러나 토혈(吐血)에 부서진 내장이 섞여 나오는 것으로 보아 소생하기는 이미 틀린 것 같았다.

로스티드의 가슴에도 두 개의 혈흔이 비치고 있었지만, 어찌 된 일인지 매우 빠르게 사라지고 있었다.

스스스…….

밀가루 반죽이 들러붙듯 상처가 저절로 봉합되고 있었던 것이다. 하지만 이귀의 죽음에 충격을 받은 군웅들은 이 사실을 미처 감지하지 못하고 있었다.

로스티드는 상처가 있었던 자리를 어루만지며 나직이 말했다.

"내 몸에 흠집을 내다니… 귀신이란 별호가 허명은 아니었군."

동진무림의 이인자 자리를 당당히 지키고 있는 이귀를 이처럼 간단히 처치해 버리자 이젠 그 누구도 로스티드와 눈조차 마주치려 하지 않았다. 도저히 상대할 수 없는 자에 대한 두려움, 군웅들의 마음에 이런 생각이 자리 잡은 것이다.

'내 생애 처음으로 두려움을 갖게 만드는 인물이군.'

섬검자는 로스티드가 이귀를 물리치는 장면을 똑똑히 볼 수 있었다. 도귀가 묵빛 도기를 쏟아내 로스티드의 눈을 흐린 틈을 타서 검귀의 검강이 먼저 로스티드의 가슴을 파고들었고, 곧 이어 도귀의 묵도가 길게 베고 지나갔었다. 그런 공격을 허용한 채 로스티드는 두 사람에게 무지막지한 권격을 퍼부었던 것이다.

이건 상식에 어긋나는 일이었다. 간혹 호신강기를 운용하여 상대의 공격을 막아내는 경우는 있다 해도, 그건 어디까지나 일반적인 상대에 한해서일 뿐이다. 도검에서 쏟아지는 강기를 막아내는 호신강기가 있다는 말은 들어본 적이 없었다. 그나마 생긴 상처마저 금방 아물어 버렸으니 섬검자의 상식으로는 도저히 이해할 수 없는 일이었다.

'상상할 수 없는 호신강기에 저절로 아무는 육신이라니……'

로스티드는 죽어가는 이귀를 뒤로한 채 지하로 내려가는 계단을 향해 걸음을 옮기고 있었다.

"누구든 죽는 게 소원이거든 내 앞을 막아라!"

당당하게 외치며 입구로 들어서는 로스티드의 앞을 막는 자는 아무도 없었다. 그가 지하로 모습을 감추자 오히려 칠검노가 당황하는 모습이었다.

"저자만 들어가게 두어서는 안 돼! 우리도 따라 들어갑시다."

칠검노가 지하 입구로 움직이기 시작하자 로스티드의 기세에 밀려 머뭇거리고 있던 군웅들도 앞 다투어 입구로 몰려들었다.

입구는 하나이고 들어가려는 사람은 많으니 자연 싸움이 일어날 수밖에 없었다.

"칠천검은 소문주와 함께 들어가라! 우리가 잠시 입구를 막겠다."

입구를 먼저 장악한 칠검노는 진세를 구축한 채 군웅들과 접전을 벌이기 시작했다. 그사이 좌명학은 칠천검의 호위를 받으며 지하로 무사히 내려갈 수 있었다.

"어딜 감히!"

"사상문의 힘은 호락호락하지 않다!"

칠검노는 굳건한 진세를 유지한 채 군웅들의 접근을 막아냈다. 군웅들은 숫자에서 월등한 우위를 차지하고 있으면서도 하나로 통일된 힘을 발휘하지 못하였기에 칠검노의 진세를 무너뜨리지 못하고 하나둘 거꾸러졌다.

그러나 칠검노도 마냥 버틸 수만은 없었다. 시간이 흐르면 그들도 군웅의 숫자에 밀릴 게 뻔했고, 혹시 다 물리친다 하여도 지금 힘을 소진해 버리면 그 뒤에 버티고 있는 부현 일행을 상대할 방법이 없었다.

"물러나라!"

칠검노는 일시에 공세를 퍼부어 군웅들의 접근을 차단한 뒤 재빨리 지하로 몸을 날렸다.

그들이 모두 사라지자 군웅들도 앞 다투어 지하로 내려가기 시작했다. 앞서 들어간 자들이 있었기에 그들은 서로 다툴 여유 없이 지하로 내려가기에 급급했다.

모두가 지하 입구로 모습을 감춘 뒤에야 부현 일행은 입구로 향하였다.

"어리석은 자들… 동진무림을 떨쳐 울리던 이귀가 손 한 번 못 쓰고 당하는 걸 뻔히 보고도 욕심을 부리다니……"

섬검자가 혀를 차며 입구로 들어설 때였다.

"사부님!"

멀리서 바람의 목소리가 들려왔다.

"왔느냐?"

이미 예상하고 있었다는 듯 섬검자는 환히 웃으며 달려오는 바람 일행을 보고도 그리 놀라는 표정이 아니었다. 하지만 부현과 나연은 기쁜 감정을 감출 수 없었다. 꼭 만나고 싶었던 사람이 그 안에 있었으므로.

"바람……."

"진 낭자도 왔네?"

자기도 모르게 마음속에 그리던 사람의 이름을 입 밖에 내는 두 사람이었다.

일행은 서로 인사를 나눈 뒤, 지하로 내려가며 그동안 겪었던 일에 대해 간략하게 대화를 나누었다. 나선형으로 만들어진 계단은 그 깊이를 알 수 없을 정도로 길게 이어져 있어 일행은 충분한 얘기를 나눌 수 있었고, 각자가 알고 있던 정보를 서로 교환하는 동안 여러 가지 새로운 사실을 알아낼 수 있었다. 회회당과 협력하고 있는 무리가 삼령교일 것이란 추측과 이귀를 처치한 자가 어쩌면 로스티드일 것이란 사실, 그리고 로스티드와 사상문이 서로 관계를 맺고 있다는 것까지.

"그 흉측한 괴물이 정말로 로스티드였을까요?"

부현이 도저히 믿을 수 없다는 표정으로 묻자 바람이 대답했다.

"그가 우리에 앞서 석실 관문을 빠져나간 것은 분명한데, 이곳으로 들어오는 것은 아무도 보지 못했고, 그가 너를 알아봤다는 점 등을 미루어보면 그럴 가능성이 크다."

"그 인간 무지하게 세졌던데… 은근히 겁나네."

"석실에서 내가 느꼈던 힘도 가공할 것이었다. 조심하는 게 좋겠지."

"문제는 그 괴물이 사상문과 관계를 맺고 있다는 거요."

"그 점은 어느 정도 예상하지 않았더냐?"

"좌명학도 같이 왔던데, 만나면 죽일 건가요?"

"당연히 그래야겠지."

"그러려면 로스티드에 칠검노, 칠천검까지 한꺼번에 상대해야 할 텐데……."

"혹시 내 목숨을 내놓는 한이 있더라도 아륵과의 약속은 지켜야 해."

일행이 대화를 나누며 한참을 걸어 내려갔을 때였다.

"으아아악! 함정이다!"

"피, 피해!"

까마득한 아래에서 어수선한 비명 소리가 들려왔다. 그 소리에 귀를 기울이던 음월이 일행에게 말하였다.

"소리를 들어보아 여러 명이 한꺼번에 당했어요. 저와 완완노 어른이 앞서 가며 살필 테니 약간 떨어져서 따라오세요."

그녀의 제의에 따라 일행은 걸음을 조금 늦춰서 따라갔다.

밑으로 내려오는 동안 입구에서 들어오는 빛은 점점 희미해지고 있었지만, 까마득한 아래쪽에서 붉은 기운이 올라와 주변을 은은히 밝혀 주었다.

그 빛에 의지하여 한참을 내려가던 음월이 뭔가를 발견한 듯 걸음을 멈추었다.

"여기 핏자국이 있어요, 절단된 손목과 함께."

"음… 이상한 일이구나. 시신은 어디 가고 손목만 남았을까?"

완완노는 손목을 집어 들고 절단된 면을 살펴보았다.

"이건 잘린 게 아니라 뭔가에 으스러진 것 같은데……."

"계단 가운데를 한번 보세요."

음월이 가리킨 곳은 계단과 계단이 만나는 부분이었다. 그곳에 부서진 뼛조각과 함께 살덩이가 끼어 있었다. 굳이 설명하지 않아도 함정

에 떨어지지 않기 위해 계단에 매달려 있던 자의 손목이 계단 틈에 끼
며 끊겨 나갔다는 것을 알 수 있었다.

"내 생각에는 상당히 넓은 거리의 계단이 한꺼번에 사라지는 함정이
준비된 것 같구나. 중간쯤 이르렀을 때 사라지면 앞뒤 어디로도 도망
갈 수 없도록 말이다."

"저도 같은 생각이에요. 그런데 많은 사람들이 한꺼번에 지나가던
중이어서 뒤에 처져 있던 자가 이곳에 매달렸던 것이겠지요."

"이젠 기관이 작동되는 원리가 앞에 있는지 중간에 있는지만 알아내
면 되겠군. 앞에서 감지하여 중간에 이르렀을 때 작동하게 만들었다면
계단이 사라지기 전에 뛰어내려 가면 될 일이고, 중간에 감지 장치를
두었다면 피해가야 할 테지."

"하지만 그걸 알아내려면 누군가 위험을 무릅쓰고 내려가 봐야 해
요."

"그건 내가 하마."

"굉장히 위험한 일이에요."

"그러니 능력이 뛰어난 내가 한다는 거야. 나는 나름대로 방법을 가
지고 있으니까."

자신있게 나선 완완노는 소매 속에 감추고 있던 조각도를 꺼내 부현
에게 건네주었다.

"잘 잡고 있어라."

조각도에는 눈에 보이지 않을 정도로 얇은 은사가 연결되어 있었지
만 그것이 과연 완완노의 무게를 이길 수 있을지 걱정이었다.

"이렇게 얇은 걸로 되겠어요?"

"황소 무게도 견딜 만큼 질긴 놈이니까 괜한 걱정 말고 조각도나 놓

치지 마라, 이 녀석아. 도대체 미덥지가 않아서……."

"그러면서 왜 내게 시켜요?"

"네가 잘하는 게 이런 거 말고 없으니 그렇지."

"하여간 말은……."

"잔말 말고 꼭 잡고 있어. 내 목숨이 걸린 일이니까."

완완노는 은사를 조금씩 늦추며 천천히 아래쪽으로 걸어 내려갔다. 그렇게 서른 계단쯤 내려갔을 때였다. 철컥, 소리와 함께 계단 한가운데가 세로로 길게 갈라지며 양쪽 벽으로 빠르게 끌려 들어가 버렸다. 마치 순간적으로 사라져 버리는 듯한 착각이 들 정도여서 제아무리 뛰어난 능력을 가진 자라 해도 빠져나오기는 힘들 것 같았다.

"으아앗!"

완완노도 예외는 아니어서 도약 한 번 제대로 못해보고 은사에 대롱대롱 매달린 신세가 되고 말았다.

"와~ 이 실 정말 질기다. 진짜로 할아버지가 매달려 있네?"

"매달려 있어서 불만이냐?"

"조금은 그런 생각이 드네요. 헤헤."

"어서 끌어 올리지 못해!"

"잠깐만 기다리세요. 실력이 쥐꼬리다 보니 잘 안 되네요."

"장난치지 말고 어서 끌어 올려, 이 우라질 녀석아!"

"그럼 쥐꼬리라는 말 다시는 하지 마세요."

"그렇게는 못해!"

"이거 놔버리는 수가 있어요?"

"네 마음대로 해!"

완완노의 고집을 누가 말리겠는가? 동생을 위한 약을 완성하고도 제

고집 채우느라 20년을 기다린 사람인데.

"지겨워, 정말."

장난치다가 계단이 원상으로 돌아오면 큰일이었으므로 부현은 어쩔 수 없이 끌어 올려야 했다. 두 손으로 은사를 걸어 올리니 완완노는 금방 올라올 수 있었다.

"이 못된 자식! 감히 어른을 놀려!"

완완노는 올라오자마자 부현의 머리통을 쥐어박았다.

"아야! 할아버지가 자꾸 저를 놀리니까 나도 한번 해본 거죠."

"한 대 더 맞을 테냐?"

"아뇨."

부현이 일찌감치 백기를 들어버리자 완완노도 더 추궁하지 않고 계단에 대한 설명을 시작했다.

"중간에는 아무런 장치도 없었다. 그러니 처음 발을 디딜 때부터 무게로 감지하였다가 일정한 시간이 지나면 기관이 작동하도록 되어 있는 게 분명해."

그렇다면 답은 나온 것이었다. 얼마 지나지 않아 함정이 원상태로 돌아오자, 일행은 일시에 뛰어내려 갔다. 워낙 빠르게 이동하였기에 모두가 안전하게 지나가고도 시간이 더 흐른 후에야 함정이 작동하였다.

함정을 지나자 곧 계단의 끝이 나타났고, 그 뒤로는 곧은 통로가 길게 이어져 있었다. 그런데 통로 곳곳에 수십 명의 군웅들이 널브러져 있었다.

"절반은 여기서 목숨을 잃은 것 같군. 그런데 왜 비명이 들리지 않았지? 아까 함정에서 당할 때는 많은 비명이 들렸었는데."

정말 이상한 일이었다. 수십 명이나 되는 사람이 비명 한마디 없이 죽다니 말이다.

일행은 선뜻 통로로 진입하지 못한 채 고민을 해야 했다. 약 사 장 정도 떨어진 곳에 첫 번째 시신이 있었는데, 거리 때문인지 별다른 외상은 발견할 수 없었다.

"아무래도 자세히 살펴봐야겠군."

완완노는 조각도를 날려 시신 곁에 이르자 손목을 재빨리 퉁겼다. 그러자 조각도는 시체의 목 밑을 통과해 한 바퀴 휘리릭 감겨들었다. 만 개의 불상을 깎은 것이 헛일만은 아니었던 모양이다.

은사에 의해 끌려온 시체를 꼼꼼히 살펴보던 완완노는 그의 발바닥에서 특이한 점을 발견할 수 있었다. 신발 바닥에 식별하기 힘들 정도로 미세한 구멍이 여러 개 뚫려 있었기 때문이다.

완완노는 시체의 신발을 벗겨 보았다. 그러자 예상대로 아주 작은 바늘 자국이 나 있고, 발은 시커멓게 물들어 있었다.

"바닥에서 솟는 독바늘이군. 그러니 비명이 없었지. 발바닥에 뜨끔한 통증을 느끼고 무슨 일인가 살피는 동안에 독이 퍼져 절명했을 테니까."

그때 음월은 통로의 바닥을 살피고 있었다.

"이곳은 도저히 예측 불가능이에요. 바닥이 온통 미세한 구멍투성이라 언제, 어디서 독바늘이 튀어나올지 알 수가 없게 되어 있어요."

"음… 난감한 일이구나. 수십 장이나 되는 거리를 요행에 맡기고 걸어갈 수도 없는 일이고."

"어쨌든 방법을 빨리 찾아야 해요. 저 안에선 벌써 일이 벌어진 것 같아요."

음월의 말대로 통로 저쪽 끝에서는 격렬하게 싸우는 소리가 들려오고 있었다. 로스티드와 칠검노 등이 살아남은 군웅들과 접전을 벌이고 있는 게 분명했다.

"통로에 쓰러진 시신들 중에 로스티드나 사상문인은 보이지 않는군. 만약 함정에서 당하지 않았다면 그들은 모두 무사하다는 결론인데… 몇 명 되지 않는 군웅들이 몰살당하는 건 시간문제로군."

이대로 시간을 허비한다면 지도는 로스티드의 손에 들어가고 말 것 같았다. 그렇다고 무작정 뛰어들어 갈 수도 없는 노릇이었다.

"먼저 들어간 사람들이 날아간 게 아니라면 뭔가 방법이 있을 거 아니에요?"

안타까운 듯 외치는 부현의 말에 섬검자가 대답했다.

"맞다. 네 말대로 방법은 있어."

"어떻게요?"

섬검자는 대답 대신 자신의 검집을 부현에게 건네주었다.

"이것으로 물구나무를 설 수 있겠느냐?"

"에?"

"독바늘도 쇠를 뚫지는 못할 게 아니냐?"

"하지만 잘못해서 넘어지면……."

"그땐 죽어야겠지."

"참, 편하게도 말씀하시네요."

"시간이 없다. 일단 시도해 보자."

섬검자가 먼저 검으로 바닥을 짚고 물구나무를 서더니 톡톡, 튀어서 앞으로 전진해 나갔다.

"좋은 방법이군요."

음월도 도집을 빼서 완완노에게 건네준 뒤 섬검자의 뒤를 따랐다. 진소희는 역리상에게, 바람은 나연에게 검집을 나누어준 뒤 모두 같은 방법으로 전진해 나갔지만 부현은 한심한 눈길로 손에 쥔 검집과 긴 통로를 번갈아 볼 뿐이었다.

"넌 안 가?"

마지막으로 은강이 검과 검집을 양손에 쥐고 물구나무를 서자 부현이 불만스러운 목소리로 소리쳤다.

"너는 왜 두 개야?"

"나눠줄 사람이 없으니까."

"젠장… 난 물구나무 같은 거 잘 못하는데……."

부현은 울상을 지으며 물구나무를 서보았다. 내공이 늘었다고 그런 기술까지 저절로 생기는 것은 아니어서 그의 물구나무 자세는 매우 위태로워 보였다.

"아샤샷! 아핫!"

연신 위태로운 비명을 지르고는 있었지만 부현도 조금씩 전진해 나가고는 있었다. 그렇게 삼 장 정도 전진해 나갔을까?

씨이잇!

바닥에서 냉기가 확 일며 새까만 독바늘이 갑자기 솟아 나오는 바람에 부현은 균형을 크게 잃고 휘청대기 시작했다.

"아다다다……."

부현이 금방이라도 넘어질 듯 발버둥 쳐대고 있으니 일행도 속이 타들어갈 지경이었다.

"장력을 쓰는 놈이 물구나무 하나 제대로 못 서니… 이 말을 하면 누가 믿겠어?"

한심한 표정을 짓고 있는 완완노였지만 그래도 걱정은 되는지 솟아나왔던 독바늘이 다시 들어가고 부현이 균형을 다시 잡을 때까지 바라보고 있었다.

"이놈아! 내공이 삼 갑자면 남들은 허공도 밟고 다니겠다!"

"난 그런 거 배운 적이 없잖아요."

"그러게 쓸데없이 주둥이 나불거릴 시간에 보법이라도 하나 익혀뒀으면 좋잖아."

"자꾸 말시키지 마요. 지금도 힘들어 죽겠는데… 아다닷!"

"그러니까 주둥이 닥치고 따라오기나 해!"

끝없이 티격태격하는 두 사람이었다. 중심을 못 잡고 헤매는 부현 덕분에 일행은 통로를 지나는 데 이각이나 소요해야 했다.

"휴우… 살았다."

부현은 죽다 살아난 기분으로 바로 섰다. 하지만 그들이 도착한 곳의 형편도 그다지 좋아 보이지는 않았다.

사방이 수십여 장에 이르는 대전.

수십 구에 이르는 군웅들의 시신이 어지럽게 널려 있고, 로스티드가 사상문인과 함께 일행을 맞이하고 있었다.

"결국은 이렇게 또 마주치는구나."

"그대는 혹시 로스티드가 아닌가?"

바람이 묻자 로스티드는 순순히 고개를 끄덕였다.

"용케도 알아보았구나."

"보아하니 천부인의 지도는 아직 못 찾은 모양이군."

"빙혈신수라는 놈이 간교한 꾀를 부려놓아서 나도 너희도 차지하지 못할 것 같구나."

"무슨 소리지?"

"저길 한번 봐라."

로스티가 가리킨 곳에는 둥근 모양의 낮은 좌대가 마련되어 있고, 그 위에 한 인물이 정좌한 채 앉아 있었다.

보는 것만으로도 사악함이 물씬 풍기는 깡마른 체구에 왜소한 노인이었다. 하지만 살아 있는 사람은 아니었다. 그의 주변에는 세상의 그 무엇이든 얼려 버린다는 빙정(氷精)이 무려 세 개나 놓여 있었고, 그로 인해 결빙된 얼음이 그를 뒤덮고 있었다.

빙혈신수(氷血神手).

좌대에 새겨진 이름은 그가 바로 이 기관을 만든 장본인임을 말해 주고 있었다. 자신 최대의 역작을 만들어놓고 그 가장 깊숙한 곳에서 생을 마감했으니 과연 빙혈신수다운 행동이었다.

그러나 정작 일행을 놀라게 한 것은 빙혈신수란 이름 아래 새겨져 있는 글귀였다.

하늘의 힘을 얻으려는 자, 나를 다시 죽여라. 영원한 침묵으로 그대를 맞을지니…….

암시의 글귀와 함께 빙혈신수의 엉덩이 밑에는 천부인의 지도로 보이는 양피지가 삐죽 튀어나와 있었다.

수많은 죽음의 관문을 두어 지키려 한 천부인의 지도를 이렇게 쉽게 발견하게 한다는 것은 그 자체가 함정이라는 얘기였다. 그렇다면 영원한 침묵으로 맞이한다는 얘기는 동굴 전체의 붕괴를 의미할 가능성이 컸다. 불환동부라는 이름처럼 아무도 살아 나가지 못하도록.

"크큭, 그토록 찾던 천부인의 지도가 눈앞에 있는데 어째서 아무도 달려들지 않느냐?"

로스티드는 흉측하게 일그러진 미소로 일행을 바라보았다.

"그런 당신은 왜 보고만 있어?"

부현이 대꾸했다.

"나는 천부인의 지도가 필요없으니까."

"웃기는 인간이네? 이걸 찾으려고 여기까지 와놓고 필요가 없어?"

"난 얻으려는 게 아니라 없애려고 온 것이다. 그런데 아무도 얻을 수 없게 되어 있으니 굳이 내가 손댈 필요가 없어졌지."

"점점 더 이상하네? 그걸 왜 없애려 하지?"

"우리에게는 그걸 얻지 않아도 충분할 만큼의 힘이 있다. 그러니 그것만 사라지면 이 세상에서 우리를 대적할 힘은 어디에도 없게 되지."

"그게 무슨 말이오, 로스티드!"

두 사람의 대화에 끼어든 것은 백검노였다.

"당신은 우리와 함께 천부인의 지도를 찾기로 하지 않았소?"

"이곳까지 왔으니 찾기로 한 약속은 지킨 것 아닌가?"

"하, 하지만……."

"과욕 부리지 마라, 백검노. 천부인의 지도를 얻는다 해도 사상문 정도의 힘으로는 지켜낼 수 없어. 그보다는 내 보호를 받는 편이 훨씬 안전할 것이다. 그대들이 천부인의 지도를 원하는 것은 강한 힘을 얻어 고구려 무림을 일통하기 위함이 아니던가?"

외인들 앞에서 자신들의 야망을 드러내 버린 것이 마음에 들지 않았지만, 백검노는 순순히 고개를 끄덕였다.

"맞소."

"그것은 내가 이루어주겠다. 그러니 쓸데없는 욕심은 버리도록."

백검노는 잠시 말이 없었다.

'교활한 것으로 치자면 로스티드도 빙혈신수 못지않구나. 천부인의 지도를 얻는다 해도, 그 비밀을 풀고 다시 천부인을 찾을 때까지 많은 시간이 필요할 터. 한데 저자들 앞에서 사상문의 야욕을 드러내 버렸으니 저자들이 살아 나간다면 왕실에서 가만히 있지 않을 것. 결국은 천부인의 지도를 찾는 것보다 저들을 처리하는 게 급선무가 되었군.'

생각을 정리한 백검노는 천천히 고개를 끄덕였다.

"좋소. 우리는 당신의 말에 전적으로 따르겠소."

"잘 생각했다. 그럼, 저자들을 죽여라."

로스티드는 말을 마침과 동시에 전신의 기를 끌어 올렸다.

"크으으으… 날 이렇게 만든 대가를 혹독하게 치르게 해주마."

울퉁불퉁, 흉측한 근육들이 팽팽하게 부풀어 오르고 굵은 혈관이 툭툭 불거지는 로스티드의 모습은 악귀 그 자체였다.

"준비들 단단히 하거라. 저들과 우리 중 한쪽이 몰살당해야 끝날 싸움이니까!"

섬검자는 특유의 날카로운 안광을 쏘아내며 일행에게 경각심을 불러일으켰다.

로스티드 하나만으로도 쉽지 않은 상대인데, 사상문의 최강 고수들이라 할 수 있는 칠검노와 칠천검까지 가세했으니 힘든 싸움이 될 것은 분명한 사실이었다.

4장 열투

꽈르르릉, 꽈꽝!

지하대전은 광풍의 도가니에 빠져 있었다.

부현과 나연은 로스티드를, 섭검자, 완완노, 음월은 칠검노를, 바람, 진소희는 칠천검을 맞아 악전고투를 벌이고 있었고, 한쪽 구석에선 은강이 좌명학과 대결을 벌이고 있었다.

그러나 어디를 보아도 일행에게 유리하게 돌아가는 싸움은 없었다. 칠검노를 상대하고 있는 세 사람만 겨우 평수를 이루고 있을 뿐 나머지는 전반적으로 크게 밀리는 형국이었다.

그런데 역리상은 무엇을 하고 있는 것인지 부적만 한 뭉치 꺼내 든 채 안절부절못하고 있었다.

"온통 뒤섞여 싸우니 어디에 어떤 도술을 써야 할지 알 수가 없잖아. 불을 쓸까? 아냐… 그랬다간 우리 쪽까지 당하고 말아. 그럼 얼음은…

아냐, 아냐. 이런 것 말고 선별적으로 공격할 수 있는 뭔가를 찾아야 해. 그런 게 뭐가 있을까?"

역리상은 부적을 아예 바닥에 펼쳐 놓은 채 이것저것 살펴보기 시작했다.

로스티드를 상대하고 있는 부현과 나연은 금방이라도 전신이 으스러질 것 같은 압박감에 시달리고 있었다.

살갗을 에고 뼛속까지 스며드는 그 힘은 로스티드가 뿜어내고 있는 무시무시한 기였다. 그동안 자신의 내공이 천하 최강이라고 자부해 오던 부현이었지만, 로스티드와 상대하고 보니 그것이 얼마나 오만한 생각이었는지 절실히 느낄 수 있었다.

"현무장!"

"폭풍권!"

두 사람은 나름대로 최선을 다해 공격을 펼치고 있었지만 로스티드는 그다지 어렵지 않게 피해냈다.

"크크큭… 어리석은 것들. 파멸의 힘 앞에 대항하려 들다니……. 너희가 무공이라 부르는 것이 얼마나 보잘것없는 것인지 절감하게 해주마!"

로스티드는 깍지 낀 상태로 두 손을 높이 들더니 무시무시한 기합성과 함께 내리찍었다.

"파멸의 힘!"

광풍으로 몰아치는 바람을 육안으로 볼 수 있다면 이런 모습일까? 진보라색 기의 폭풍이 노도처럼 밀려 나오는 모습은 광풍 그 자체였다.

콰— 콰아아아아!

나연과 부현은 직감적으로 느낄 수 있었다. 그 기운에 휩쓸리면 뼛

가루조차 남지 않으리란 사실을.

타앗!

두 사람은 재빨리 양 옆으로 갈라지며 몸을 피했다. 하지만 나연에 비해 약간 늦게 움직인 부현은 보라색 폭풍에 어깨를 살짝 스치고 말았다.

"우욱!"

단지 스치기만 한 것뿐인데 그 충격은 실로 대단했다. 어깨 부분의 옷은 가루가 되어 날아갔고, 살점이 쓸려 나가 뼈가 허옇게 드러날 지경이었다. 그러나 무엇보다 무서운 것은 뼛속으로 파고드는 통증이었다.

"어깨가 뼈개지는 것 같네. 제대로 맞았다간 뼈도 못 추리겠어."

두려움이 이는 한편 은근한 오기가 치솟는 부현이었다.

"좋아. 나도 당한 만큼은 돌려주는 성격이라고."

부현은 진기를 끌어올리며 나연에게 소리쳤다.

"누나는 놈의 등을 맡아요! 내가 정면을 공격할 테니까!"

부현의 말대로 나연이 뒤로 돌아가자 로스티드가 조소를 흘렸다.

"크흣! 잔꾀로 이길 수 있었다면 싸움은 벌써 끝났을 것!"

"내 새로운 장력을 한 방 먹고도 그 따위 소리를 지껄일 수 있는지 두고 보자!"

현무장이 별 위력을 발휘하지 못하자 부현은 다른 장력을 준비하고 있었다. 하지만 가장 강력하다고 쓰여 있던 마지막 절기는 도저히 구사할 자신이 없었기에 그는 나머지 절기 중 청룡장을 쓰기로 마음먹었다.

'청룡장이 네 번째 절기니까 현무장보다는 훨씬 강하겠지.'

생각은 이랬지만, 겨우 무공 구절만 외고 있는 상황이어서 과연 가능할지가 의문이었다.

'한 번에 안 되면 두 번 하고, 두 번에 안 되면 세 번에 하면 되지 뭐.'

부현은 마음을 굳게 먹고 쌍장을 앞으로 쭉 뻗어냈다.

"청룡장!"

양쪽 장심에서 푸르스름한 청룡 두 마리가 쭉 빠져나와 로스티드를 공격할 줄 알았었다. 부현의 생각으로는 말이다. 하지만 결과는 보잘 것이 없었다.

츠으읏.

푸른 기운이 쏟아져 나오기는 하였지만 청룡의 모습은커녕 로스티드에게 닿기도 전에 소멸되어 버린 것이다.

"그깟 실력으로 큰소리를 쳤느냐? 어리석은 놈!"

로스티드가 양손을 앞으로 뻗어내자 눈에 보이지 않는 기운이 휘몰아쳐 부현을 날려 버렸다.

"우와앗!"

쿠웅!

하필이면 부현이 날아가 부딪친 곳이 빙혈신수가 잠들어 있는 얼음덩이였다. 빙정이 만들어낸 얼음이기 때문인지 잠깐 부딪친 것뿐인데도 온몸을 얼릴 듯한 한기가 침투해 들어왔다.

"으으으······."

부현은 로스티드가 재차 공격해 올 것이 두려워 얼른 몸을 일으키려 했다. 그때,

우르르릉!

지진이라도 난 듯 동굴이 한차례 심하게 흔들렸다.

"무슨 일이지?"

한문을 읽지 못해 좌대에 써 있던 글의 내용을 알지 못하고 있던 부현이 놀란 눈을 두리번거리고 있자 나연이 소리쳤다.

"빙혈신수의 시신을 잘못 건드리면 동굴이 무너질지도 몰라. 조심해야 돼!"

그 말을 듣는 순간 부현의 눈빛이 반짝 빛났다.

'그러면 내가 여기 있는 동안은 로스티드도 함부로 공격할 수 없다는 얘기네? 나와 같이 묻히고 싶은 생각은 없을 테니까.'

부현은 좌대 앞에 버티고 선 채 진기를 한껏 끌어올렸다.

"그럼 다시 한 번 붙어볼까? 청룡장!"

부현은 마음 놓고 장력을 쏘아냈다. 좌대를 등지고 있는 이상 강한 반격은 받지 않을 것이라는 믿음 때문인지 이번에는 제법 푸른 기운이 많이 쏟아져 나왔다. 물론 청룡의 모습을 만들어내려면 아직 멀기는 하였지만 말이다.

쏴아아……

푸르스름한 장력이 지척에 이르렀는데도 로스티드는 전혀 피할 생각을 하지 않았다. 방어의 힘으로 몸을 보호한 채 그대로 받아내 부현의 기를 완전히 꺾어버릴 심산이었다. 사실 청룡장은 시원한 바람결정도밖에는 안 되어 보였기에 방어의 힘도 필요없을 것 같았다.

스으읏!

그의 예상대로 청룡장은 바람처럼 스쳐 지나갔다. 다만 한 가지 특이한 것이 있다면, 파괴적인 힘은 있되 방어의 힘을 뚫지 못하던 현무장과 달리 청룡장은 몸 안으로 스며들듯 서늘한 기운을 전해왔다는 사실이었다.

'묘한 무공이군. 아주 약한 위력인데도 방어의 힘을 투과해 들어오다니.'

기분이 별로 좋지 않았지만 별다른 충격은 없었기에 로스티드는 무시해 버렸다.

한편 부현은 자신이 최선을 다해 쏘아낸 청룡장이 큰 위력을 발휘하지 못한 것에 실망한 모습이었다.

'그동안 현무장을 많이 써봐서 나머지 장법도 쉽게 될 줄 알았더니 영 아니네. 그런데 아까 그 기분은 뭐였지? 장력이 로스티드의 가슴에 닿는 순간 마치 내 손이 로스티드의 몸 안으로 스며드는 느낌이던데.'

나연은 로스티드가 부현에게 신경 쓰고 있는 사이 자신이 가진 모든 힘을 실어 일권을 쏘아냈다.

"폭풍권 제사식, 투(透)!"

이 초식은 호신강기를 파훼하고 들어가 오장육부에 직접 타격을 줄 수 있는 무공이었다. 파괴적인 힘을 가졌던 초식들이 로스티드에게 전혀 먹혀들지 않았기에 방법을 달리해 본 것이었다.

구우우우……

그녀의 권을 떠난 투명한 기운이 로스티드의 등 한가운데로 파고들려는 순간이었다.

"제법 쓸 만한 무공을 가졌다만……."

파앗!

로스티드의 신형이 꺼지듯 사라지더니 두 걸음 떨어진 옆에 다시 모습을 드러내는 것이 아닌가? 이렇게 되면…

"우어억!"

나연의 권격을 맞은 것은 로스티드와 일직선상에 있던 부현이었다. 로스티드에게 당했을 때와 달리 겉보기에는 큰 충격이 없었다. 하지만 몸 안으로 스며드는 그 힘은 숨을 턱 막히게 했다. 아찔한 현기증과 함께 온몸에 힘이 쭉 빠졌고, 가슴이 답답해지며 비릿한 무언가가 치밀어 오르는 느낌.

　"커어억!"

　부현은 주먹만한 핏덩이를 토해냈다.

　"누나… 뭐 하는 거예요……."

　"미안해. 너를 공격하려던 게 아니었는데……."

　"오장육부가 다 뒤집히는 것 같아… 커어억!"

　부현은 또 한 덩이의 선지피를 토해냈다.

　"호신강기를 전문적으로 파훼하는 무공이라 내상이 심할 텐데……."

　"호신강기를?"

　"나눌 얘기가 있거든 저승에서 나누거라!"

　로스티드는 부현을 놔둔 채 나연을 향해 양손을 뻗어냈다.

　콰아아아!

　그의 손에서 강맹한 기운이 쏟아져 나오자 나연은 폭풍권을 마주 쏘아냈다.

　"파!"

　그녀의 권풍에도 무시 못할 힘이 담겨 있었기에 처음에는 로스티드의 공격을 양 옆으로 갈라낼 수 있었다. 하지만 그것은 아주 잠깐이었을 뿐 그녀는 곧 밀리기 시작했다.

　"이이익!"

　기를 쓰고 버텨보았지만 결국은 로스티드의 공격에 휘말려 뒤로 날려가고 말았다.

"아아악!"

허공에서 몇 바퀴나 돌아 바닥에 떨어진 나연은 기혈이 온통 진탕되어 뼈가 마디마다 분리되는 듯한 통증을 느껴야 했다. 하지만 그녀는 입가에 흐르는 피를 손등으로 닦으며 힘겹게 일어섰다.

"이렇게 끝낼 수는 없어……."

로스티드는 부현에게 천천히 다가서고 있었다.

"너부터 처리해 주지."

"누구 맘대로?"

부현은 뒤틀리는 기혈을 가까스로 누르며 내공을 서서히 끌어올렸다. 그리고는 좌장을 들어 천천히 좌대를 향하였다.

"여기 한 방 날릴 힘은 아직 남아 있다는 사실을 알아야지."

"뭐야? 설마 네놈이……."

"왜? 못할 것 같냐? 어차피 죽는 것, 같이 죽자 이 말이지. 야—압!"

부현은 빙혈신수를 덮어씌우고 있는 얼음덩이를 향해 좌장을 쭉 뻗어냈다.

"안 돼!"

로스티드가 다급히 달려들었다. 그 순간,

"넌 걸려들었어!"

부현이 벼락같이 소리치며 우장을 쭉 뻗어냈다.

"청룡장!"

아직 청룡의 모습을 갖추지는 못했지만 그전보다는 많이 선명해진 푸른색 장력이 부현의 장심에서 쏟아져 나왔다.

"어헉!"

이건 생각지 못한 공격이었다. 부현의 연극에 로스티드가 감쪽같이 속아 넘어간 것이다. 그렇다고 그냥 당할 로스티드는 아니었다.

'어차피 피할 수 없는 상황이라면……'

로스티드는 장력을 가슴으로 받으며 부현의 어깨를 내려쳤다.

콰직!

정말 엄청난 힘이었다.

"우우욱!"

부현의 양 발은 석실 바닥을 뚫고 한 자 가까이 박혀들었다. 오른쪽 어깨뼈도 부서진 것 같았다. 그나마 내공을 끌어올려 방어를 했기에 이 정도에 그칠 수 있었다.

로스티드도 상당한 타격을 입은 듯 뒤로 비틀거리며 물러나고 있었다.

"크으으……"

처음 겪었을 때와 달리 내장을 확 뒤흔들고 투과하는 기운, 청룡장의 그 기운 때문에 상당한 내상을 입은 것이 틀림없었다.

그러나 가장 심각한 부상을 입은 사람은 역시 부현이었다. 나연의 권풍을 맞은 데다 로스티드의 공격까지 고스란히 받아야 했던 그는 죽은피를 연신 토해냈다. 그런 상황에서도 그는 힘겹게 한쪽 입술을 치켜올렸다.

"어때, 나도 한 수는 있지? 나연 누나의 얘기를 듣고 청룡장의 진정한 위력을 알게 됐지. 아무리 단단한 것이라도 스며들어 파괴하는 청룡장의 힘을 말이야. 내가 내상만 당하지 않았으면 이 한 방으로 널 아주 보낼 수 있었는데… 조금 아쉽구만. 하지만 이제 서로 비슷해진 것 같으니 다시 한 번 엉겨보자고."

그의 말대로 이제는 해볼 만한 싸움이었다.

잠력(潛力).

겉보기에는 그다지 힘이 있어 보이지 않지만 아무리 단단한 호신강 기라도 투과해 들어가 내장에 타격을 입힐 수 있는 무공을 부현과 나연 모두 구사할 수 있게 되었으니 말이다.

그렇다고는 해도 부현과 나연의 내상이 더 중하여 과연 이길 수 있을지는 장담할 수 없었다.

은강은 좌명학을 맞아 시종일관 우세를 점하고 있었고 섬검자, 완완노, 음월도 아직은 평수를 이루고 있었지만, 문제는 칠천검과 싸우고 있는 바람과 진소희였다.

칠천검은 개인 능력이 뛰어난 바람 대신 진소희를 집중 공격함으로써 바람의 움직임마저 묶어놓고 있었다. 자주 위기에 빠지는 진소희를 돕느라 바람은 공격다운 공격 한 번 못하는 상황이었으니, 이대로 간다면 패색이 점점 짙어질 것은 불 보듯 뻔한 일이었다.

'모두가 겨우 버티고 있는 상태인데, 내 쪽이 먼저 무너지면 다른 사람들도 위험해진다. 모두를 위해서라도 이겨야 해.'

바람은 전세를 역전시키기 위해 다소 무리한 공격을 감행하기로 하였다.

"차아압!"

바람은 순식간에 네 번의 검을 찔러내 자신을 공격하던 자들을 물러나게 한 뒤 검에 진기를 주입했다. 그러자 그의 검에서 푸른 기운이 일렁이기 시작했다.

"섬검뇌전!"

이윽고 그가 펼칠 수 있는 최상의 절기가 터져 나왔다.

쩌저저적!

사선으로 쏘아진 새파란 검강은 순식간에 두 명의 목과 가슴을 가르며 지나갔다. 바람이 검강을 쓸 정도의 고수라는 사실을 모르고 있던 칠천검으로서는 당할 수밖에 없는 상황이었다.

그러나 바람으로서도 이것은 도박이었다. 검강을 쏘아내기 위해서는 짧으나마 진기를 끌어올릴 시간이 필요했고, 그동안 진소희 쪽에 힘의 공백이 생길 수밖에 없었다.

"아아악!"

그사이 진소희는 세 명의 협공을 버티지 못하고 비명을 토해냈다.

"진 낭자!"

바람이 돌아보았을 때 진소희의 몸에는 이미 두 자루의 검이 박혀 있었다. 심장과 단전에서 조금 벗어난 위치, 그 상태에서 검을 조금만 틀어도 절명할 수 있는 부위였다.

"멈춰라!"

바람은 진소희가 죽는 것을 막으려 몸을 날렸지만 나머지 세 명의 칠천검이 그냥 두고 볼 리 없었다.

"너는 우리가 상대한다!"

세 명이 동시에 상, 중, 하단을 찔러오니 진소희를 구하려 고집을 부린다면 자신의 목부터 내놓아야 했고, 방어를 위해 검을 돌린다면 진소희는 결국을 죽게 될 상황이었다.

번뇌의 순간은 찰나에 삼천 번의 생각이 교차한다고 하던가? 지금 바람이 그러했다. 그런데 바로 그때였다.

"박(縛)!"

곁에서 짧은 기합성이 터져 나오는가 싶더니 칠천검의 움직임이 갑자기 멈칫하지 않겠는가?

이유를 알아낼 시간이 없었다. 바람은 칠천검의 움직임이 무뎌진 틈을 이용해 진소희에게 검을 찔러 넣은 두 명의 목부터 베어버렸다.

"커어억!"

이어서 나머지 세 명에게 빠르게 검을 찔렀다. 정확히 심장을 관통하는 삼 검. 그것으로 끝이었다.

쿵! 쿵! 쿵!

칠천검이 쓰러지는 소리를 들으며 시선을 돌리니 역리상이 양손에 부적을 든 채 이마의 땀을 닦아내고 있었다.

"휴우… 너무 늦지 않게 방법을 찾아서 다행이야."

정신을 잃고 쓰러지는 진소희를 부축하며 바람이 물었다.

"무슨 도술을 쓴 건가?"

"지기(地氣)를 이용한 포박술이지. 대지에서 올라오는 기운을 극대화시켜 순간적으로 몸을 움직이지 못하게 하는… 무공이 세면 잘 먹히지 않는데 다행히 칠천검에게는 먹혔군."

"훌륭한 도술이었다."

"이 정도야 뭐……."

부적은 벌써 찾았지만 주문을 성공시키기까지 세 번이나 실패했었다는 말을 역리상은 차마 할 수가 없었다. 주문만 첫 번에 성공했으면 진소희가 검에 찔리는 일은 생기지 않았을 테니 말이다.

진소희의 상태는 매우 심각해 보였다. 심장과 단전을 가까스로 벗어났다고는 하지만 두 자루의 검이 등을 뚫고 삐죽 튀어나올 정도의 중상이어서 빨리 손을 쓰지 않으면 목숨을 잃을 가능성이 컸다.

"싸움을 빨리 끝내지 못하면 진 낭자를 살릴 수 없어."

바람은 진소희를 바닥에 눕힌 뒤 칠검노와 싸우고 있는 섬검자 쪽으로 신형을 날렸다.

역리상은 진소희와 싸움터를 번갈아 보며 갈등에 사로잡혔다.

"여기서 진 낭자를 보살펴 줘야 하나? 아니지. 아직 쓸 만한 부적이 한두 장 있으니 싸움부터 끝내는 게… 하지만 내가 보살펴 주지 않아서 진 낭자가 죽어버리면… 그런데 뭔 방법으로 보살펴 주지?"

역리상이 쓸데없는 걱정을 하고 있는 동안 바람이 가세한 싸움은 어느새 일행의 승리로 기울고 있었다. 칠검노 중 여섯은 이미 쓰러졌고, 마지막으로 백검노가 섬검자의 검에 무릎을 꿇는 중이었다.

"섬검자라는 명호… 괜한 것이 아님을… 알았소…….".

심장을 상한 듯 가슴에서 선혈이 뭉클뭉클 샘솟고 있는 데도 백검노는 힘겹게 입을 떼고 있었다.

"검노의 능력도 적은 것은 아니었소. 그런 능력을 자신의 문파만을 위해 쓴 것이 안타까울 뿐…….".

"소문주… 본 문의 소문주를… 살려주실 수 없겠소?"

섬검자는 고개를 저었다.

"그 아이는 많은 죄를 지었소."

"우리 칠검노가 없어도… 사상문의 힘은 강하오……. 소문주를 죽이면… 고구려 무림에… 혈풍이 불 것…….".

여기까지 힘겹게 말한 백검노는 결국 숨을 거두고 말았다.

"혈풍은 이미 불기 시작한 것을… 그것이 어디 고구려뿐이겠소? 대륙을 집어삼키고도 남을 거대한 혈풍이거늘…….".

섬검자는 넋두리처럼 중얼거리며 로스티드 쪽으로 시선을 돌렸다.

완완노, 음월, 바람까지 가세한 처절한 싸움이 벌어지고 있었다.

"파멸의 힘!"

로스티드가 뿜어내는 진보라색 기운은 아무도 막을 수가 없었다. 반면 일행의 도검은 그에게 아무런 위협도 되지 않았다.

"섬검뇌전!"

바람이 자기 최고의 절기를 구사했지만, 로스티드의 몸에는 약간의 상흔이 생겼다가 금방 아물어 버릴 뿐이었다. 동진무림의 이인자 이귀의 도검도 먹혀들지 않았던 로스티드였으니 어쩌면 당연한 결과였다.

"도대체 저 괴물 같은 신체는 어떻게 만들어진 것이란 말인가?"

손에 검 한 자루만 쥐면 천하에 못 벨 것이 없다는 섬검자였지만, 로스티드만큼은 자신이 없었다.

"일단 부딪쳐 보는 수밖에."

로스티드에게 청룡장이 먹혀든다는 사실을 알아내기는 했지만 부현은 좀처럼 기회를 잡을 수가 없었다. 부현에게 한 번 당했던 로스티드가 더 이상 허점을 보이지 않았기 때문이다.

'젠장. 청룡장은 진기 소모가 극심한 데다 내상까지 입은 상태여서 마구잡이로 사용할 수가 없는데…….'

어떻게든 제대로 한 방 먹일 기회를 잡아야 했다. 일행 중 누군가 당하기 전에 말이다.

그때 로스티드는 뭔가 무시무시한 것을 준비하고 있었다.

"너희 모두를 지옥으로 인도하마."

로스티드는 두 손을 양 옆으로 쭉 뻗어낸 채 천천히 회전시켰다. 그와 동시에 신형도 빙글빙글 돌려 나갔다. 그러자 그의 손이 휘도는 형태에 따라 허공에 진보라색 고리가 생겨나기 시작했다. 놀라운 일이었다.

하나, 둘, 셋… 열세 개나 되는 고리가 계속해서 만들어지고 있었으니 말이다. 허공에 둥둥 뜬 채 천천히 회전하고 있는 고리에선 엄청난 힘이 느껴졌다. 닿는 것은 모조리 파괴해 버릴 것 같은.

"파멸의 고리!"

로스티드가 크게 소리치며 양손을 다시 한 번 뻗어내자 그 고리들은 기이한 음향을 발산하며 사방으로 쏘아져 나갔다.

끼이이이이잉!

보라색 기운에 한 번 당한 적이 있던 부현이 소리쳤다.

"무조건 피해요!"

고리의 형태를 띠고 있는 이번 것에는 더욱 가공할 힘이 담겨 있다는 게 부현의 생각이었다. 일행은 그의 경고에 따라 보라색 고리를 피해 분분히 몸을 날렸다.

파가가각!

부현의 예상대로였다. 일행을 빗겨간 보라색 고리들이 석벽에 닿자 뿌연 돌 가루가 뿜어져 나오며 벽이 움푹움푹 패이고 있었다. 그러나 문제는 여기서 끝난 것이 아니었다.

끼이이이이잉!

보라색 고리들은 곧 방향을 돌려 다시 일행에게 쇄도해 왔다. 눈이라도 달린 듯 보라색 고리들은 처음에 자신이 목표했던 상대를 향했다. 한 사람에 두 개의 고리, 그리고 부현에게는 세 개의 고리가 따라붙었다.

허공을 자유자재로 날아다니는 고리를 피한다는 것은 쉬운 일이 아니었다. 게다가 각 고리가 시간을 두고 순차적으로 달려드니 일행은 로스티드를 공격할 만한 여유조차 없어 보였다.

반면 로스티드는 명상에 잠긴 듯 눈을 감은 채 손을 이리저리 움직이고 있었다. 눈에 보이지 않는 힘으로 고리들을 조종하고 있음이 분명했다.

"이렇게 피하기만 하다가는 언제 당해도 당하고 말 거야."

내상이 심해 움직임이 가볍지 못한 부현을 가장 많은 고리가 쫓아다니고 있으니 이런 소리가 나올 만도 했다. 게다가 그는 의지할 만한 보법조차 없지 않은가? 일행 중 가장 힘겨운 게 사실이었다.

"현무장!"

도저히 안 되겠던지 부현은 쇄도해 오는 고리 하나를 향해 장력을 쏘아냈다.

콰우우웅!

시커먼 현무가 불쑥 솟아나며 고리를 향해 부딪쳐 갔다.

파지지직!

놀랍게도 보라색 고리가 현무를 가르며 들어오고 있었다. 그 힘이 얼마나 가공한지 엄청난 충격이 현무를 통해 부현에게 전달되고 있었다.

"우우욱!"

부현은 감당해 내지 못하고 얼른 손을 거두며 몸을 날렸다. 그 순간 다른 고리 하나가 그를 향해 쇄도해 왔다.

끼이이이잉!

제아무리 대단한 사람이라도 바닥에 발을 딛지 않은 이상 자유롭게 방향을 바꿀 수는 없다.

"으헉!"

부현은 착지도 하기 전에 날아온 고리를 피하기 위해 무리하게 몸을 틀어야 했고, 그것은 불완전한 착지로 이어졌다. 그 틈을 놓치지 않고 두 개의 고리가 양 방향을 차단하며 동시에 날아왔다. 시간적으로 보아 이번 공격은 도저히 피할 재간이 없었다.

끼기이이잉!

악마처럼 달려든 두 개의 고리가 부현의 목과 허리를 막 파고들려는 순간이었다.

"축(縮)!"

역리상의 외침이 들려오고, 부현은 눈앞의 공간이 갑자기 아른아른해지는 것을 느꼈다. 마치 아지랑이가 피어오르듯 말이다. 동시에 자신의 등을 스치듯 지나가는 고리의 움직임을 느낄 수 있었다.

'어떻게 된 거야?'

어리둥절해 있는 부현의 귀에 역리상의 외침이 들려왔다.

"네 앞의 공간을 일그러뜨려 이동시킨 거야!"

"공간… 이동?"

"어서 피하기나 해! 또 공격 들어간다!"

"이크!"

부현은 세 번째 고리의 공격을 재빨리 피하며 부지런히 머리를 굴렸다.

'쓸모없는 줄 알았던 저 인간에게 이런 재주가 있었단 말이지? 그렇다면…….'

뭔가 방법을 떠올린 듯 부현은 묘한 미소를 머금으며 역리상에게 말했다.

"신호에 맞춰 내 앞의 공간을 일그러뜨려 줄 수 있어요?"

"알았어."

부현은 다시 날아오는 고리의 공격을 피하며 로스티드를 향해 돌아섰다.

"지금!"

부적에 주문을 걸고 있던 역리상은 부현이 외침과 동시에 부적을 날렸다.

"축!"

그러자 공간이 확 일그러지며 부현이 로스티드에게 빨려가듯 가까워졌다.

이상한 기운을 감지한 로스티드도 눈을 번쩍 떴다. 그러나 부현은 이미 그의 코앞에서 미소 짓고 있었다.

"청룡장!"

혼신의 힘을 다한 장력을 로스티드의 명치에 밀어내며 말이다.

우웅!

어마어마한 잠력이 쏟아져 들어가자 로스티드의 몸이 제멋대로 뒤흔들렸다. 이어서 검붉은 선지피를 울컥 토해내며 무릎을 꿇었다.

"너도 별수없구나!"

승기를 잡은 부현이 마무리 일격을 가하려고 장을 번쩍 치켜드는데 일행이 동시에 외쳤다.

"엎드려!"

워낙 절실함이 묻어나는 외침이었기에 부현은 생각할 겨를도 없이 반사적으로 납작 엎어졌다. 그리고…

끼이이이잉!

로스티드가 쏘아냈던 열세 개의 고리가 동시에 폭사해 들어와 그의 몸에 박혀들었다.

파가가각!

시전자의 통제가 끊어지자 저절로 회수된 것인지, 부현을 죽이기 위해 로스티드가 회수한 것인지 알 수는 없었지만, 분명한 것은 그 고리들에 의해 로스티드의 죽음이 앞당겨졌다는 사실이었다.

"커어억!"

그 단단하던 거죽도 자신이 만들어낸 파멸의 고리 앞에서는 무용지물이었다. 온몸에 구멍이 숭숭 뚫린 로스티드는 눈동자에 초점이 급격히 소멸되며 앞으로 천천히 쓰러졌다.

쿠웅!

인간의 힘으로는 도저히 꺾을 수 없을 것 같던 그가 쓰러지자 일행의 입에서 동시에 환호가 터져 나왔다.

"부현이가 해냈구나!"

"잘했다, 부현아!"

일행이 한결같이 칭찬해 주자 부현은 어깨를 우쭐하며 자리에서 일어났다. 그때,

"저 괴물도 별것 아니구먼? 쥐꼬리 실력에 무릎을 꿇는 걸 보니."

완완노의 한마디가 화사하게 피어나던 부현의 얼굴에 찬물을 확 끼얹었다.

'저 우라질 늙은이…….'

그런데 일행은 지금 승리의 기쁨에 도취한 나머지 한 가지 사실을 간과하고 있었다.

죽은 듯 쓰러져 있는 로스티드의 한쪽 손이 검게 물들어가고 있다는 사실을 말이다. 그의 손은 빙혈신수의 시신이 잠들어 있는 좌대로 향해 있었다.

점점 더 검게 물들어가던 손은 어느 순간 서서히 불어나기 시작했다. 금방 폭발이라도 할 듯 팽팽하게 부풀어 오른 손을 제일 먼저 발견한 것은 바람이었다.

"로스티드가 아직 살아 있다! 조심해, 부현아!"

죽은 줄 알았던 자가 아직 살아 있다는 말에 화들짝 놀라 돌아보는 부현의 시선이 로스티드의 부릅뜬 눈과 딱 마주쳤다.

씨익!

로스티드가 웃고 있었다. 보라색 고리에 맞아 머리가 절반이나 날아간 얼굴로 말이다.

"이곳이… 모두의 무덤이… 될 것……."

마지막 말을 내뱉은 로스티드는 안광을 순간적으로 폭발시켰다. 동시에 굉렬한 폭음을 울리며 그의 손에서 뭔가가 쏘아져 나갔다. 그것은 검붉은 핏덩이였다. 마지막 남은 한 올의 힘까지 실어서 쏘아낸 그 핏덩이는 어마어마한 속도로 좌대를 향하고 있었다. 그리고 로스티드는 숨을 거두었다.

"안 돼!"

부현은 절규를 터뜨리며 좌대로 몸을 날렸다. 핏덩이가 좌대를 부수는 것을 막기 위해서였다. 하지만 먼저 쏘아진 것을 따라잡을 수 있는 능력이 그에게는 없었다.

콰아아앙!

엄청난 폭음이 울리며 얼음덩이가 산산조각으로 터져 나감과 동시에 정좌해 있던 빙혈신수의 시신이 옆으로 서서히 기울어졌다.

"저것은?"

좌대로 몸을 날리고 있는 부현이 본 것은 빙혈신수가 기울어짐에 따라 그의 엉덩이 밑에서 솟아오르고 있는 둥근 돌기둥이었다.

우르르…….

그 돌기둥이 기관을 작동시키는 장치인 듯 석실이 요란스럽게 진동하기 시작했다.

"아아압!"

부현은 좌대 위에 도착하자마자 빙혈신수의 엉덩이 밑으로 손을 찔러 넣었다.

쿠웅!

땡땡 언 빙혈신수의 시신은 결국 옆으로 넘어지고 말았다. 그러나 솟아오르던 돌기둥은 간발의 차이로 부현이 다시 밀어 넣을 수 있었다.

"휴우우……."

부현은 한 손으로 돌기둥을 누른 채 다른 손으로 이마에 맺힌 땀을 닦아냈다.

"대따 큰 무덤에 묻힐 뻔했네."

그 광경을 보고 있던 나머지 일행도 안도의 한숨을 내쉬었다.

"네가 우리를 두 번 살리는구나."

대견스러워하는 섬검자의 말투에 부현은 씨익 웃어주었다.

"으아아악!"

겨우 조용해진 석실에 다시 비명이 울려 퍼진 것은 그때였다. 비명의 주인공은 좌명학이었고, 그 앞에는 은강이 버티고 서 있었다.

"사, 살려줘……."

검을 쥐었던 손목이 잘려 나간 좌명학은 겁에 질린 표정으로 주춤주춤 물러섰다.

"너란 놈은 숨 쉬고 있을 가치가 없어."

은강은 단번에 쳐 죽일 듯 검을 치켜들었다.

"은강아, 잠깐만!"

그녀를 제지시킨 것은 부현이었다.

"나에게 더 좋은 생각이 있어."

무슨 꿍꿍이가 있는지 부현의 얼굴에 장난스러운 미소가 번지고 있었다.

잠시 후,

"제발 이러지 마세요……."

좌명학은 눈물과 콧물로 범벅된 얼굴로 애원하고 있었다. 빙혈신수의 시신이 놓여 있던 좌대, 바로 그 위에 납작 엎드린 채 말이다. 빙혈신수의 시신 대신 기관 작동 장치를 누르고 있게 만든 이 발상은 물론 부현에게서 나온 것이었다.

"너무 겁낼 필요 없어. 우리가 사상문에 도착하면 네가 여기 붙잡혀 있다는 사실을 알려줄 테니까. 만약 그때까지 굶어 죽지 않으면 네 아버지가 구해줄 거야. 널 살리기 위해서라면 무슨 짓이든 할 사람인데 이깟 기관이 문제겠어?"

"아버지가 오시기 전에 굶어 죽고 말 거예요. 제발 한 번만 용서해 주세요."

"혹시 너에게 죽어간 사람들도 그렇게 애원하지 않았냐? 했지? 그래도 너는 할 짓 다 했을 테고 말이야."

"앞으로 다시는 그러지 않을게요."

"당연히 그래야지. 혹시 네 아버지가 구해주거든 꼭 그렇게 살아. 알았지?"

"제발……."

애원하는 좌명학과 느물거리며 약을 올리고 있는 부현의 대화를 듣다 못한 완완노가 소리를 버럭 질렀다.

"시끄러워! 두 놈 다 한마디만 더 떠들면 아가리에다 빙정을 확 처박아 버릴 테니 알아서 해! 시끄러워서 치료를 할 수 있어야 말이지."

완완노는 한쪽에서 진소희를 치료하는 중이었다. 가슴과 복부를 관통당한 중상이었기에 부득이 그녀의 상의를 벗길 수밖에 없었기에 그 주변은 나연, 은강, 음월 등 여자들이 빙 둘러선 채 의복을 양 옆으로 벌려 가리개 역할을 해주고 있었다.

사실 이런 점 때문에 부현은 일부러 신경을 다른 곳으로 돌리기 위해 좌명학을 약 올리고 있었던 것이다. 한참 이성에 관심 많을 나이 18세, 그런데 아름다운 여인이 지척에서 상의를 벗고 누워 있으니 어찌 신경 쓰이지 않겠는가? 물론 그녀의 안위도 약간 걱정되기는 했지만.

'쓰… 저쪽으로 눈을 조금만 돌려도 은강 계집애가 난리를 피우니…….'

이래저래 마음에 안 드는 상황이었지만, 중상자를 치료 중인 완완노에게 말대꾸를 할 수도 없는 노릇이었다.

'마음 넓은 내가 참아야지.'

한편, 바람과 섬검자는 불환동부에 들어온 최종 목적을 달성하는 중이었다. 그것은 천부인을 찾을 수 있는 석 장의 지도를 회수하는 일이었다.

빙혈신수의 엉덩이에는 세 장의 양피지가 얼어붙어 있었는데, 떼어본 결과 그것은 천부인의 지도가 아니었다. 유사하기는 하였지만 바람이 소지하고 있던 두 장의 진본과 비교해 본 결과 지도를 그린 방법과 기호 등에서 미세한 차이점을 발견할 수 있었다.

"제 생각에는 진본이 아닌 것 같습니다만."

"내 생각도 그렇다."

"목숨을 걸고 찾아왔는데, 가짜 지도라니……."

"아직 속단하기는 이르다. 빙혈신수가 교활한 자였던 것은 확실하지만, 가짜를 위해 이런 기관을 설치할 리는 없다. 진본이 분명히 있을게야."

"그렇다면……."

"좌대에 새겨진 말을 다시 한 번 생각해 보자꾸나."

"좌대에는 '하늘의 힘을 얻으려는 자, 나를 다시 죽여라. 영원한 침묵으로 그대를 맞을지니…' 라고 쓰여 있습니다."

"그렇다면 혹시……."

섬검자는 검을 들어 빙혈신수의 복부를 갈랐다. 얼어붙은 피부를 들어내고 위장을 다시 가르니 그 안에 여러 겹의 유지로 둘러싼 돌돌 말린 지도가 나타났다.

비록 도가 지나치긴 하였지만 빙혈신수의 장인 정신만큼은 인정할 수밖에 없는 두 사람이었다. 천부인의 지도를 지키기 위하여 자신의 신체조차 기관의 일부로 삼은 셈이었으니 말이다.

두 사람은 유지를 조심스럽게 벗겨낸 뒤 지도를 펼쳐 보았다. 그린 방법과 사용된 기호가 먼저 얻은 두 장의 진본과 일치하였다. 이로써 천부인의 지도 다섯 장을 모두 얻은 셈이었다. 그러나 문제는 아직도 남아 있었다. 어떤 식으로 맞춰보아도 다섯 장의 지도가 한 장으로 맞춰지지 않았기 때문이다.

두 사람이 지도를 해독하기 위해 골몰하고 있을 때 부현이 터벅터벅 걸어왔다.

"지도는 다 찾은 건가요?"

관심을 보이는 부현에게 바람이 대답했다.

"그래."

"그럼 이제 천부인 찾을 일만 남았네요?"

"그렇긴 한데……."

"뭐, 문제가 있나요?"

"지도를 먼저 해독해야 할 것 같다."

"그냥 죽 연결해서 보는 것 아니었어요?"

"지도의 문양이 불규칙해서 어느 쪽으로 맞춰도 읽히지가 않아."

"쉬운 일이 하나도 없네."

"하늘이 내린 신물이니 이 정도는 감수해야지."

"하지만 이걸 지키려면 매일 싸워야 하잖아요. 빨리 해독해서 찾아야 마음이 편할 텐데……."

"자, 이곳에서 얻은 석 장은 네가 보관하도록 해라."

"에? 그걸 왜 내가……."

"네가 적임자니까."

"하지만 형님이 가지고 계시는 게 더 나을 텐데……."

"한 사람보다는 두 사람이 나누는 게 낫다. 그래야 무슨 일이 생기더라도 모두 잃는 일은 없을 테니까."

"그럼, 그러지요 뭐."

부현이 석 장의 지도를 품속에 잘 갈무리했을 즈음 완완노도 진소희의 치료를 마치고 자리에서 일어났다.

"다행히 목숨은 건진 것 같다."

"정신은 들었나요?"

부현이 물었다.

"피를 많이 흘려서 좀 더 있어야 깨어날 것 같으니 여기부터 벗어나
도록 하자."

"그래요. 오래 있어봐야 득될 것 없는 곳이니까."

일행은 음월에게 진소희를 업혀 동부를 빠져나가기 시작했다.

"제발, 저도 데려가 주세요!"

뒤에서 좌명학이 애원했지만 귀 기울이는 사람은 아무도 없었다.

"죽음의 공포가 얼마나 두려운지 너도 좀 겪어봐야 돼."

부현의 냉담한 목소리만 멀리서 들려올 뿐이었다.

"어서 돌아와! 그러지 않으면 여기서 뛰어내리고 말 거야!"

혼자 죽느니 함께 죽는 길을 택하겠다는 협박에도 일행은 응답이 없
었다. 그러나 좌명학은 도저히 좌대를 벗어날 수 없었다.

"여길 모두의 무덤으로 만들고 말 거야… 여길 모두의 무덤으로 만
들고 말 거야……."

계속 같은 말을 되뇌고 있는 좌명학의 눈빛은 극한의 공포로 물들어
갔고, 그것은 얼마 지나지 않아 착란(錯亂)의 상태로 변해갔다.

5장
악마 알키루스

"크아아악!"

"끄어어억!"

나 총관은 문도들을 이끌고 불환동부 입구에 포진한 채 악전고투를 벌이고 있었다.

싸움이 벌어진 것은 땅거미가 지고 완전한 어둠이 대지를 뒤덮기 시작할 무렵이었다. 그때까지도 뒤늦게 도착한 군웅들이 불환동부로 간간이 들어가고 있었기에 나 총관은 그들과의 충돌을 피하려고 약간 떨어진 곳에 진을 치고 있었다. 그런데 그때, 회회당의 무리가 갑자기 나타났던 것이다. 여타의 군웅들이라면 모를까 그들의 진입만큼은 막아야 했기에 나 총관은 싸움을 벌일 수밖에 없었다.

회회당은 호락호락한 상대가 아니었다. 하지만 입구를 먼저 점거하고 진세를 이루어 대항하니 회회당은 두 배나 되는 인원수의 우세에도 불구하고 변변한 공세를 펼치지 못했다.

하지만 뒤이어 나타난 삼령교 무리들이 싸움에 가세하자 상황은 다시 바뀌었다. 특히 삼령의 공격은 괴이하고 독랄하기 그지없었다.

나 총관은 진세를 더욱 공고히 하여 어렵게 대항했지만, 시간이 지날수록 문도의 수는 줄어들었고, 전세는 점점 나빠지고만 있었다.

'잘 버텨봐야 반 시진이다. 그 안에 문주님 일행이 나오시지 않는다면……'

도격문은 전멸당하고 말 터였다.

산허리에 붉은 안개가 감돌기 시작한 것은 그 무렵이었다. 석양을 받은 구름처럼 붉은빛이 감도는 그 안개에는 은은한 피비린내가 배어 있었다.

'불길하다.'

나 총관이 이런 생각을 떠올릴 때였다. 구름처럼 짙게 뭉쳐진 붉은 안개의 덩어리 하나가 삼령교 무리의 머리 위로 둥둥 날아왔다.

"지난번엔 다 잡아놓았던 시간의 조정자들을 놓치더니, 오늘은 조무래기를 처치하지 못해 시간을 끌고 있는 게냐?"

짙은 안개 안에서 서늘한 목소리가 흘러나오자 삼령은 싸움을 멈추며 머리를 조아렸다.

"무능한 저희를 벌하여 주십시오!"

"수하들을 물려라. 본 교에 대항하는 자들의 피를 취해 너희 삼령의 능력으로 삼으리라!"

"태상마령(太上魔靈)님의 명을 받듭니다!"

삼령의 지휘에 따라 삼령교도와 회회당의 무리들은 썰물 빠지듯 물러났다.

그러자 붉은 농무 안에서 낮은 웅얼거림이 흘러나오기 시작했다. 도저히 알아들을 수 없는 언어로 이루어진 주문이 길게 이어지면서 주변을 감싸고 있던 안개가 변화를 보이기 시작했다.

첫 변화는 바닥에 고여 있던 핏물과의 접촉에서 일어났다.

츠으으으…….

수많은 사상자들에게서 흘러나와 곳곳에 고여 있는 핏물에서 붉은 기운이 뭉클뭉클 피어나고 있었다. 핏속에 아직 남아 있는 생명력을 빨아들이기라도 하는 듯 홍건했던 핏물은 빠른 속도로 고갈되어 갔고, 안개는 더욱 진붉은색으로 변해갔다.

"어찌 저런 일이……!"

나 총관은 이 기이한 일에 대단히 충격을 받은 듯했다. 하지만 그것은 시작일 뿐이었다.

이번엔 죽어 널브러진 시체들이 말라가고 있었다. 그리고 시체가 말라 들어감에 따라 그 주변의 안개는 폭발적으로 짙어지고 있었다.

삐드드득!

바짝 오그라든 시체들에서 뼈마디 어긋나는 소리가 울려 나올 즈음에는 한 치 앞도 구분하기 힘들 정도로 안개가 짙어졌다.

그리고 얼마 지나지 않아서였다. 나 총관은 왠지 피부가 따끔거린다는 느낌을 받기 시작했다. 그때 옆에 있던 부하가 놀란 눈으로 나 총관을 바라보았다.

"총관님, 피부에서……."

부하를 바라본 나 총관도 동시에 외쳤다.

"네 얼굴은……."

모공에서 피가 솟아 나오고 있었다. 그리고 그 핏방울은 실처럼 얇은 수증기로 변하여 안개 속으로 흡수되고 있었다.

"우, 우리의 피를 빨아들이고 있어!"

뒤늦게 깨닫기는 했지만 막을 방법이 없었다. 붉은 안개, 그것을 무슨 재주로 막는단 말인가?

"총관님!"

"크아아악!"

여기저기서 절규하는 소리가 울려 나왔다. 절망스럽기는 나 총관도 마찬가지였다.

절규가 높아갈수록 안개는 더욱 짙어졌고, 도격문도들은 산 채로 미라가 되어가고 있었다.

투둑! 투둑!

도격문도들은 바짝 마른 장작개비가 되어 하나둘 쓰러져 갔다.

'문주님……!'

나 총관이 외쳐 보았지만 딱딱하게 말라 버린 성대에선 쌕쌕거리는 바람 소리만 울려 나올 뿐이었다.

투둑!

결국 나 총관마저 쓰러짐으로써 싸움은 막을 내렸고, 붉은 안개는 다른 변화를 일으켰다.

휘류류류…….

세 개의 거대한 소용돌이를 만들어내며 삼령의 정수리로 빨려 들어가기 시작했던 것이다.

"끄으으으……."

엄청난 힘의 변화를 겪고 있는 듯 세 사람은 사지를 뻣뻣이 굳힌 채 심하게 요동 치고 있었다.

파파팟!

어느 정도 시간이 흐르자 그들이 걸치고 있는 의복이 산산이 부서져 날아갔다. 피부는 불에 달군 듯 새빨간 광채를 발산했고, 동공은 무시무시한 적색 광망을 쏟아냈다.

"마령과 악령과 사령의 현신을 경배하라."

짙은 안개 속에서 거부할 수 없는 음성이 흘러나오자 삼령교도들은 그 자리에 부복하여 그들만의 노래를 부르기 시작했다.

마령께서 천하를 뒤덮는 시간, 악령께서 쓸모없는 영혼을 솎아낸다네. 솎아진 영혼들은 사령께서 거둬가시지. 마령이시여, 태양조차 덮어버리소서! 악령이시여, 마지막 영혼까지 거두소서! 사령이시여, 그들을 모두 악의 씨앗으로 삼으소서!

허공 삼 장 높이에 둥둥 떠 있는 혈무의 존재, 삼령의 정수리로 빨려 들어가는 붉은 안개의 소용돌이, 수백 명의 삼령교도들의 주문과도 같은 노랫소리, 그 분위기에 압도된 회회당 무리들은 하나둘 부복하며 노래를 따라 부르기 시작했다.

오래 지나지 않아 당주까지 무릎을 꿇음으로써 회회당은 자발적으로 삼령교에 흡수되었고, 일대를 뒤덮고 있던 붉은 안개는 한 줌도 남기지 않고 삼령의 정수리로 쏟아져 들어갔다.

둥둥.

삼령은 가사 상태에서 허공으로 떠올라 혈무 앞에 나란히 섰다. 한데 놀라운 것은 그들의 신체에 일어난 변화였다.

천하의 가장 아름다운 여인 일령은 여전히 최상의 아름다움을 간직

하고 있었다. 하지만 어딘가 모르게 그녀의 모습은 변해 있었다. 이목구비 어느 부분이 어떻게 변했다고 딱 집어서 말할 수는 없었지만, 그녀는 분명 다른 여인으로 변해 있었다. 좀 더 늘씬한 체구에 완숙미까지 겸비한 미인으로 말이다.

그러나 정말 큰 변화를 보인 것은 이령과 삼령이었다. 노인과 아동의 모습이었던 그들이 건장한 청년으로 변모되어 있었으니 말이다. 그것도 한 번 미소 지으면 천하의 어떤 여인이라도 숨이 막히고 말 듯한 미남의 모습으로.

실오라기 하나 걸치지 않은 그들의 모습은 정녕 아름답기 그지없었다. 하지만 그들의 몸에서 은은히 번져 나오는 붉은 기운은 그들이 얼마나 위험한 존재인지 여실히 가르쳐 주고 있었다.

"이젠 너희가 마령이고, 악령이고, 사령이다!"

혈무에서 음성이 흘러나오자 삼령은 기계적으로 입을 벌려 대답하였다.

"태상마령님의 은혜로 일령은 마령으로 거듭납니다!"

"이령은 악령으로 거듭납니다!"

"삼령은 사령으로 거듭납니다!"

혈무에서 다시 음성이 흘러나왔다.

"내가 부여한 권능으로 너희는 동방 대륙의 암흑 세계를 관장하라. 복종하는 자는 종으로 거둘 것이며, 거부하는 자는 철저히 사멸시켜라!"

"태상마령님의 존명, 목숨으로 받들겠나이다!"

"로스티드에게서 전해오던 생존의 신호가 끊어졌다. 이제부터 저 동부를 빠져나오는 자는 누구를 불문하고 죽여라."

"존명!"

"가라! 너희의 힘이라면 능히 그들을 막으리라!"

삼령은 다시 한 번 복명한 뒤 허공에 부유한 채로 서서히 움직여 부복한 삼령 교도들의 앞에 내려섰다.

전라의 몸이건만 그들은 전혀 부끄러움을 느끼지 않았고, 교도들은 조금도 흐트러짐없이 그들을 숭배할 뿐이었다.

"마령이시여, 악령이시여, 사령이시여……."

그 모습을 바라보며 혈무는 천천히 멀어져 갔다.

삼령교도들이 보이지 않을 정도로 멀어지자 혈무가 옅어지며 그 안에 들었던 자의 모습이 드러났다.

박쥐의 날개, 더없이 사악한 눈빛, 그 악마적인 존재는 바로 알키루스였다.

"로스티드… 하늘 높은 줄 모르고 설쳐 대더니 결국은 죽었구나. 그렇다면 이제 이쪽 대륙은 내가 담당한다. 나 알키루스님이 말이야."

그는 가지런한 송곳니를 드러내며 미소 지었다.

"삼령교가 시간의 조정자들을 막을 수 있으리라고는 생각하지 않는다. 그러기를 바라지도 않고. 내 궁극적인 목표는 천부인이지 그깟 지도가 아니야. 천하의 그 누구보다도 강해질 수 있는 천부인의 힘을 내 것으로 만들고 말겠다."

알키루스는 박쥐 날개를 활짝 펴며 하늘로 날아올랐다. 잔월마저 스러져 가는 밤하늘로 사라져 가는 그에게서는 악마의 체취가 물씬 풍겨났다. 세상을 혼돈으로 몰아넣을 악마 체취가.

부현 일행은 아수라 철상과 싸웠던 커다란 석실에 도착해 있었다.

"휴우… 이제 저 통로만 무사히 지나면 이 지긋지긋한 곳과도 작별이네요."

부현의 말에 완완노가 대꾸했다.

"아직 마음 놓기는 이르다. 저 통로에 있는 기관은 아무도 겪어보지 못했으니까."

"그래 봐야 입구에 있는 건데 별것 있겠어요? 하류들이나 걸러내려고 설치한 기관일 테지."

"빙혈신수에게 여태껏 당하고도 그런 소리가 나오냐? 들어올 때는 입구지만 나갈 때는 저곳이 바로 출구야. 그러니 뭔가 한 수를 숨겨두었을 게 아니냐."

"듣고 보니 그렇네?"

"그래서 넌 영원한 쥐꼬리인 게야."

"또 그 소리……."

"잔소리 말고 뒤나 잘 따라와. 내가 앞장설 테니."

완완노를 선두로 일행이 마지막 통로로 들어설 때였다.

우르르르르…….

격렬한 진동음이 동부 전체를 뒤흔들기 시작했다.

"이것은 설마……."

"동부가 무너지고 있어!"

"좌명학, 그 겁쟁이가 설마 목숨을 포기했단 말야?"

"겁쟁이라서 빨리 미쳤는지도 모르지!"

붕괴는 좌명학이 남아 있던 곳부터 시작되고 있는 듯 환의 동부에서 뿌연 먼지가 꾸역꾸역 흘러나오고 있었다.

와르르릉!

붕괴되는 소리는 급속도로 가까워졌고 진동도 점점 심해졌다.

쩌저적!

석실 천장에 균열이 가기 시작하며 커다란 돌덩이들이 쏟아져 내리기 시작했다.

"어서 가자! 잠시 후면 여기도 무너지고 말 거야!"

완완노가 앞서 달려가며 소리쳤다. 출구까지의 거리는 대략 백여 장. 붕괴음이 다가오는 속도로 보아 쉽게 빠져나갈 수 있는 거리가 아니었다. 게다가 중간에는 한 번도 겪어보지 못한 기관이 도사리고 있지 않은가?

자칫하면 일행도 여기에 뼈를 묻게 될지 모르는 상황이었다.

콰르르르릉!

일행이 이십여 장쯤 달려나갔을 때 석실의 천장이 완전히 무너지며 먼지폭풍이 휘몰아쳐 나왔다. 이어서 통로도 빠르게 무너지며 일행의 뒤를 쫓기 시작했다.

"달려! 무조건 달려야 해!"

아슬아슬하게 무너지는 통로를 뒤로한 채 일행은 사력을 다해 달려나갔다. 하지만 저며진 살점으로 가득한 지점에 이르자 잠시 멈칫할 수밖에 없었다.

키이이이잉! 쐐애애애!

붕괴의 진동 때문에 기관이 작동된 듯 천장, 바닥, 벽 할 것 없이 수백 수천 개의 륜이 드나들며 맹렬히 회전하고 있었다.

그 거리만 무려 삼십여 장. 륜에 걸리지 않고 무사히 빠져나가는 것은 불가능한 일이었다.

"내가 부술 테니 비켜요!"

소리치며 앞으로 나선 부현은 사력을 다한 현무장을 쏘아냈다.

콰— 콰우우우우웅!

노도와 같이 밀려 나간 현무장은 일행의 바람에 어긋나지 않게 륜들을 부숴 나갔다.

콰가가각! 카카캉!

부서진 륜이 휘몰아치며 성한 륜까지 부숴 버리니 일시에 삼 장 정도의 길이 열렸다. 하지만 그것으로는 어림도 없었다. 어느새 붕괴는 십 장 후방까지 다가온 상태였고, 이 상태라면 최소한 아홉 번은 더 부숴야 기관 지대를 통과할 수 있으니 말이다.

"현무장!"

부현은 연거푸 장력을 쏘아냈다.

콰가가각! 카캉!

다시 삼 장의 길을 열었을 때 붕괴는 오 장이 더 진행되었다. 이대로라면 기관을 절반쯤 제거했을 때 일행의 머리 위로 어마어마한 흙더미가 쏟아져 내린다는 계산이었다.

"현무장!"

부현은 뒤돌아볼 틈도 없이 장력을 날렸다. 그리고 네 번째 장력을 날리려 할 때였다.

"벽을 때려라! 현무장 말고 청룡장으로!"

섬검자가 소리쳤다. 이유를 물어볼 시간이 없었다.

"청룡장!"

부현은 다급히 벽면에 손을 붙이며 장력을 밀어냈다. 급박한 상황이 잠재된 능력을 끌어낸 것일까? 부현은 몸속 깊은 곳에서 새로운 힘이 솟아 나오는 것을 느낄 수 있었다. 그리고…

우우우우우웅!

놀라운 일이 벌어졌다. 허공에서도 만들어지지 않던 청룡이 벽면을 타고 선명하게 생겨나며 기관들을 부숴 나가고 있었다. 아니, 그의 손에서 뻗어 나온 청룡은 벽면을 파괴하며 그 속에 숨어 있던 기관 자체를 파괴하고 있었다.

캬르르릉!

콰가가가각!

은은한 울부짖음과 함께 뻗어 나간 청룡의 길이가 십여 장. 현무장의 세 배 효과를 본 셈이었다.

와르르릉!

일행이 부서진 기관 지대로 들어섬과 동시에 그들이 서 있던 자리에 흙더미가 쏟아져 내렸다. 조금만 늦었어도 깔릴 뻔한 상황이었다.

내공은 더욱 강해진 느낌이고, 쉽지 않았던 청룡장까지 온전하게 구사할 수 있게 되자 부현은 자신감이 붙었다.

"한 방에 밀어주지! 청— 룡— 장!"

그는 더욱 강해진 내공으로 벽면에 진기를 밀어냈다. 하지만 그것은 실수였다. 먼젓번에 쏘아낸 청룡장으로 인해 벽이 깊게 패인 곳에서 더욱 빠른 붕괴가 일어나고 있었고, 붕괴에 선행되는 균열이 그의 두 번째 청룡장과 만나고 있었기 때문이다.

쩌저저저적!

붕괴에 앞서 일어나는 균열 부위에 청룡장의 가공할 위력이 더해지자 그 균열은 삽시간에 동굴 입구까지 뻗어 나갔다.

덕분에 벽에 설치되었던 기관은 완전히 망가지고 말았지만 출구까지 이십여 장이나 남은 통로가 일거에 무너지기 시작했던 것이다.

와르르르릉!

"안 돼!"

일행은 사력을 다해 앞으로 내달렸다. 하지만 인간이 빛이 아닌 이상 동시에 무너지는 동굴을 벗어날 수는 없는 일이었다.

콰— 콰콰르릉!

불환동부 입구를 지키고 있던 삼령은 어마어마한 붕괴를 목격하며 놀라움을 감추지 못하였다.

산 중턱부터 움푹 가라앉기 시작하여 입구 쪽으로 빠르게 다가오는 함몰은 불환동부가 완전히 붕괴되고 있음을 알려주었다.

와르르릉!

드디어 입구까지 무너지며 뿌연 먼지폭풍을 확 쏘아내자 삼령은 매끈한 알몸을 홀쩍 날려 뒤로 물러섰다.

"태상마령께서 새로 부여하신 권능을 시험해 볼까 했더니 기회가 사라지고 말았군."

"어쨌든 잘된 일이야. 우리가 천하무림을 접수하는 데 있어 가장 강력한 걸림돌이 사라진 셈이니까."

"그래, 우리의 목적은 그들과의 싸움이 아니라 천하무림의 제패였어. 그래서 태상마령님의 종이 되었던 것이고."

일령, 아니, 이제 마령이라 불리게 된 여인 소수연은 하늘조차 시기할 완벽한 몸매를 빙그르르 돌려 교인들을 내려다보았다.

"우리의 임무는 빙혈신수의 기관이 대신하였다. 모두 철수하도록!"

"존명!"

삼령교도들은 복명과 동시에 일사불란하게 산기슭을 빠져나가기 시작하였다.

"자, 우리는 이제 천하무림을 지배하러 가볼까?"

마령 소수연이 먼저 걸음을 옮기자 악령과 사령이 욕정 어린 눈길로 그녀의 뒷모습을 바라보았다.

"어떠냐, 마령? 아직 밤이 새려면 멀었는데."

소수연의 경멸에 찬 눈빛이 두 사람에게 향했다.

"흥, 그럴싸한 껍데기를 얻었다고 벌써 내 몸에 눈독을 들이는 거냐?"

"어차피 우리는 한 배를 탄 처지가 아니냐?"

"그래, 슬픔도 즐거움도 함께 나누어야지. 쾌락까지 말이야."

서로 보조를 맞추어 추근대는 악령과 사령에게 소수연이 날카롭게 대꾸했다.

"꿈도 꾸지 마. 너희 따위에게 바치려고 순결을 고이 지켜온 줄 알아? 내 몸을 탐할 수 있는 사람은 세상에 오직 하나뿐이야!"

"그게 누구라는 거지?"

"숨겨둔 정인이라도 있나?"

"천하최강자! 누구든 그 능력자만이 나를 취할 수 있다!"

거침없이 내뱉는 소수연의 대답에 악령과 사령은 입을 다물 수밖에 없었다.

그녀라면 충분히 그러고도 남을 사람이었다. 상대가 괴물이든, 백 살 넘은 노인이든 천하최강자가 분명하다면 그녀는 거리낌없이 몸을 던질 것이다.

"어쨌든 우리는 아니군."

"천하최강은 고사하고 혼자서는 마령조차 당하지 못할 테니 말이야."

악령과 사령은 마른 입맛을 다시며 산을 내려가고 있는 삼령교도들을 바라보았다.

"저 중에서 반반한 계집을 하나 골라야겠군."

"맞아. 내 심장은 지금 쾌락을 원하고 있어."

악령과 사령은 교인들의 행렬을 향해 몸을 날렸다.

"더러운 종자들."

마령은 경멸에 찬 독백을 흘리며 산 아래로 신형을 날렸다.

그들이 점점 멀어져 완전히 모습을 감추고 하늘 높이 치솟았던 먼지 구름마저 완전히 가라앉을 무렵,

불환동부의 입구가 있던 곳에서 얼마 떨어지지 않은 지점이 들썩거리는가 싶더니 폭발하듯 흙이 튀어 올랐다.

파— 파아앗!

"바깥이다! 드디어 나왔어!"

밤하늘을 쩌렁쩌렁 울리는 목소리가 터져 나오며 부현이 땅 위로 훌쩍 솟아 나왔다.

"후아아아~ 이 맑은 공기……."

부현이 심호흡을 하는 동안 나머지 일행도 차례로 모습을 드러냈다. 모두 흙을 잔뜩 뒤집어쓰기는 했지만 큰 부상은 없었다. 다만 부상이 심했던 진소희가 걱정이었다.

"완완노 어른, 문주님을 다시 한 번 부탁드리겠습니다."

음월은 완완노에게 진소희를 맡긴 뒤 주변을 둘러보았다. 마땅히 뛰어나와 영접해야 할 문도들이 하나도 보이지 않았기 때문이다.

"모두 어디를 간 것이지?"

문득 불길한 예감이 든 음월은 불환동부 입구가 있던 곳으로 눈길을

돌렸다. 그것은 본능적인 직감이었다.

"대체 누가 저들을……."

음월의 탄식을 들은 나머지 일행도 바짝 말라죽은 시신들을 발견하고는 경악하여 신형을 날렸다.

"인간의 정기를 흡수해 내공을 증진시키는 마공이 있다는 얘기는 들어봤지만, 이렇게 많은 사람들의 정기를 일시에 빨아들이는 마공이 있을 줄이야……."

음월뿐 아니라 수십 년간 강호에서 잔뼈가 굵은 섬검자조차 경악에 경악을 거듭하고 있었다. 바닥에 고여 있던 핏물까지 바짝 말라 있는 상황이니 도무지 상상을 할 수 없었던 것이다.

"문도 중 단 한 명도 살아남지 못했군요. 전멸이에요."

"로스티드보다도 강한 적이 출현한 게 분명하구나."

음월의 음성은 절망적이었고, 섬검자의 대답 또한 답답함이 배어 있었다.

"어쩔 테냐? 문도는 전멸하고 문주는 부상이 심하니……."

"문파로 잠시 돌아가 있어야겠지요. 문주님의 부상도 치료하고 남아 있는 문도를 추슬러 도격문을 재건해야 할 테니까요."

"잘 생각했다."

"중상자를 끌고 어딜 돌아간다고 그래요?"

반대한 사람은 물론 부현이었다. 그는 어떻게든 진소희와 함께 있고 싶었으니까.

"완완노 할아버지가 성질은 약간 더러워도 의술 하나만큼은 쓸 만하다고요. 그러니 좀 더 치료를 받은 뒤에……."

부현이 음월을 설득하기 위해 열심히 떠들고 있을 때였다.

"누구 성질이 어떻다고?"

언제 치료를 마치고 왔는지 완완노가 등 뒤에서 소리를 버럭 질렀다.

"여기는 언제……."

해쓱한 낯빛으로 돌아보는 부현의 면전에 대고 완완노가 다시 소리쳤다.

"성질 더러운 늙은이 맛 좀 한번 볼 테냐?"

"무, 물론 아니죠."

"아주 사악하고도 무서운 놈이구먼."

"제가 어딜 봐서 사악하다는……."

"너 말고 도격문도를 죽인 원흉 말이다."

"……."

"무공으로는 이런 짓을 할 수 없어. 도술이라면 모를까."

"저도 그렇게 생각하고 있었어요."

음월이 대답했다.

"게다가 어지간한 도력으로는 흉내 낼 수조차 없는 일이야. 아마도 엄청난 능력을 지닌 놈일 게다."

"그런데 문주님은……."

"여행을 견딜 수 있는지 묻는 게냐?"

"네……."

"걱정 말아라. 내가 주는 약을 하루에 한 번씩만 먹고 바르면 별 탈 없이 회복될 테니까."

"이 은혜를 어떻게 갚아야 할지……."

"난 빈말은 좋아하지 않아. 나중에 기회가 되거든 확실히 갚을 생각이나 하거라."

"꼭 그렇게 하겠습니다."

"그럼 됐다. 어서 시신이나 수습하자. 너희 문도는 묻어줘야 할 것 아니냐?"

죽은 자를 위해 인정을 베푸는 것은 완완노답지 않은 행동이었으나, 그는 왠지 음월에게 만큼은 잘해주고 싶었다. 아마도 그녀의 추한 용모가 동생 질심파파를 떠올리게 만드는 모양이었다.

완완노가 소매를 걷어붙이고 나서니 누가 빈둥거릴 수 있겠는가? 부현은 물론이고, 이런 궂은 일은 꿈에도 생각 못했을 은강도 예외는 아니었다. 모두가 애쓴 덕에 동이 틀 무렵에는 시신들을 한데 안장한 큰 묘를 완성할 수 있었다.

일행은 곧바로 산을 내려왔고, 얼마 지나지 않아 대로에 들어서게 되었다.

"저희는 여기서 헤어져야겠군요. 그동안 여러모로 신세를 졌습니다. 그럼."

음월은 아직 깨어나지 못하는 진소희를 업은 채 일행에게 작별을 고했다. 부현은 진소희가 떠나는 것이 못내 아쉬운 표정이었지만, 마땅히 잡아둘 이유가 없었기에 훗날을 기약할 수밖에 없었다.

"나중에 도격문으로 꼭 놀러 갈게요."

"언제든 여러분이 방문하신다면 최고의 예를 갖춰 모시겠습니다."

다시 한 번 인사를 한 음월은 서쪽으로 빠르게 멀어져 갔고, 일행은 낙양으로 향하였다.

이틀 후, 낙양에 도착한 일행은 먼저 묵었던 객점을 찾아 섬검자와의 연락을 위해 남겨두었던 도격문 사람을 찾아 돌려보낸 후 하룻밤 묵게 되었다.

만약의 경우를 대비하여 각방을 쓰지 않고 남녀로 나누어 두 개의 객실을 빌렸지만, 지금은 한 방에 모두 모여 있었다. 천부인의 지도를 맞춰보기 위하여 머리를 맞대고 있는 것이다. 하지만 천부인의 지도는 어떤 방법을 동원하여도 한 장의 지도로 맞춰지지가 않았다.

"아이고, 대가리야. 눈알이 핑핑 도네."

역시 가장 먼저 떨어진 건 부현이었다. 잔머리라면 몰라도 뭔가를 지속적으로 고민하는 것은 체질상 무리였던 것이다.

"꼭 한 장으로 맞춰야 되는 거예요? 각 장이 별개의 지도일 수도 있잖아요."

꾀를 부리는 게 확실한 부현의 말에 대꾸를 한 것은 역시 완완노였다.

"시끄러워, 이 녀석아! 대가리 굴리기 싫으면 괜히 방해하지 말고 저쪽으로 물러나 있어."

"사실이 그렇잖아요. 별 짓을 다 해도 맞춰지지 않는 걸 보면."

"그럼, 천부인이 다섯 개라는 얘기냐?"

"하나는 한 장의 지도에, 두 개는 각기 두 장의 지도에 그려놨을 수도 있죠."

"참 편한 사고방식이네. 넌 좋겠다, 아무 생각 없이 살아서."

"내 생각이 맞을 수도 있잖아요."

"맞긴 뭘 맞아? 그럼, 네가 한번 해독해 봐라, 이 지도가 어디를 가리키는지."

완완노는 탁자 위에 있던 지도 한 장을 부현에게 휙 집어 던졌다.

얼떨결에 지도를 받아 든 부현은 멀뚱한 표정으로 지도를 들여다보았다. 산야와 강이 그려져 있는 것으로 보아 지도인 것은 분명했는데, 곳곳에 어지러운 문양이 뒤섞여 있어 도무지 읽어낼 수가 없었다. 게다가 지도라면 지명을 나타내는 글씨가 몇 자쯤 적혀 있어야 정상이건만 어디를 봐도 글씨는 보이지 않았다. 큰 산이나 강의 이름이라도 적혀 있어야 그것을 기준으로 삼을 텐데, 알 수 있는 것이 하나도 없으니 이 지도를 기초로 뭔가를 찾는다는 것은 불가능한 일이었다. 한마디로 이것은 아직 지도라고 할 수 없는 것이다.

"어디를 나타내는 건지 한번 말해 보라니까?"

"그게……."

"왜 말을 얼버무려? 조금 전까지만 해도 자신만만하더니."

완완노가 계속 다그치자 부현은 오기가 치솟았다.

"이 시대 지도를 내가 어떻게 읽어요?"

"그러게 모르는 놈이 왜 잔말이 많아? 그냥 구경이나 할 일이지."

"그럼, 할아버지는 알아요?"

"모르니까 노력하고 있잖아, 이놈아!"

"결국 나와 다른 것도 없네 뭐."

"뭐야?"

"옆방 사람들 다 듣겠네. 자꾸 소리 지르지 말고 방법이나 생각해 봐요. 소설이나 영화에서는 지도를 물에 담그거나 불에 쪼이거나 하면 본모습이 나타나기도 하던데."

"소설? 영화?"

"그런 게 있어요."

"그러고 보니 나도 들어본 것 같은걸? 도저히 읽히지 않던 지도가 피에 젖으니 보였다거나, 보름달이 뜨는 날에만 선명하게 보이는 지도가 있다는 얘기를 말이야. 여기도 그런 비밀이 숨겨져 있는 게 아닐까?"

"실험 삼아 한번 해볼까요?"

"그래, 해서 손해될 것은 없으니까."

웬일로 죽이 척척 맞는 부현과 완완노였다. 그러나 찬물과 뜨거운 물에 번갈아 담가보고, 모닥불에 쬐어봐도 지도는 조금도 변하지 않았다. 피는 얼룩이 생기는 관계로 해보지 못했고, 보름달은 아직 뜰 시기가 아니니 당연히 비춰볼 수 없었다.

나머지 일행이 보기에는 아무래도 헛고생만 하고 있는 것 같았는데, 두 사람은 아직도 확신에 찬 모습이었다.

"보름달이 뜨는 날에 한번 해보고, 안 되면 피에 적셔보기로 해요."

"그래. 그 둘 중 하나에는 반드시 반응할 게다."

벌써 해결이라도 해놓은 듯 두 사람은 자신만만했다.

"보름까지 기다려 봐야 결과를 알 수 있을 것 같으니 오늘은 그만 하고 내려가서 밥이나 먹을까요?"

"밥을 또 먹어? 저녁 먹은 지 얼마나 됐다고."

"빙혈신수가 만든 기관에서 고생한 후유증 때문인지 배가 금방 고파지네요. 할아버지는 그럼 약주나 한잔하세요. 저는 밥을 먹을 테니."

"술? 그거 좋지."

정말이지 보기 드물게 죽이 척척 맞는 두 사람을 보며 일행은 어안이 벙벙한 표정이었다.

'내일은 혹시 해가 서쪽에서 뜨려나?'

6장
여섯 번째 지도

불환동부 앞에서 새로 태어난 바 있던 삼령은 객점과 약간 떨어진 거리 한 귀퉁이에서 안을 바라보고 있었다.

"동굴이 무너질 때 살아 나온 자는 아무도 없었건만……."

"우리의 실수였다. 목숨이 질긴 자들은 시체를 확인하기 전까지 안심하지 말아야 하는 법인데."

"그런데 태상마령께서는 저들이 살아 있는 걸 어떻게 알아내셨지?"

"그건 우리가 따질 일이 아니다."

"맞아. 태상마령께서 만들어주신 절호의 기회를 놓쳤으니, 이젠 우리 힘으로 기회를 다시 만들어야 해."

"좋아. 내가 들어가겠어!"

소수연이 나서자 악령과 사령이 놀란 표정으로 물었다.

"혼자서 저들 모두를 상대하겠다는 거냐?"

"싸우겠다는 얘기가 아냐. 저들에 섞여들어 기회를 만들어보겠다는 것이지."

"그거 좋은 생각이군. 네 미모라면 접근하기 어렵지 않을 테니까."

"크크큭! 만약 몸을 사용한다면 하루 저녁 사이에 사내놈들은 다 황천으로 보낼걸? 돌부처도 네 몸을 보면 회가 동할 테니까."

"시끄러워! 천하최강이 아니면 절대로 내 몸을 탐할 수 없어!"

"물론 그렇겠지."

"너희는 내가 주는 정보를 이용해서 저들을 확실한 함정으로 끌어넣을 준비나 철저히 해. 문도들과 음흉한 짓거리나 하지 말고."

"욕심을 채우는 것과 일은 별개야. 우리는 걱정 말고 너나 들키지 않도록 조심하시지."

"변하기 전의 내 얼굴을 본 자가 있기는 하지만 이제는 못 알아볼 테니 염려할 것 없어. 자, 그럼 나는 들어간다."

"알았어. 우리는 만반의 준비를 해두지. 기회가 오면 놈들을 확실히 제거할 수 있도록."

천하에서 가장 아름다운 여인, 마령 소수연은 부현 일행이 묵고 있는 객점으로 천천히 발걸음을 옮겼다.

부현은 밥만 먹겠다던 말과 달리 완완노의 눈치를 봐가며 슬금슬금 술잔을 비우고 있었다.

'쥑인다~ 큰일을 해낸 다음에 마시는 술이라 그런지 더 맛있군.'

안주로 나온 오리 고기 한 점을 질겅거리며 행복한 표정을 짓고 있던 부현은 심상치 않은 눈길이 자신을 주시하고 있음을 느끼고는 흠칫 놀라 고개를 들었다. 혹시나 했는데, 역시나 완완노가 잡아먹을 듯한 표정으로 눈을 부라리고 있었다.

"이 버르장머리없는 자식!"

"에? 갑자기 왜 그러시는지……."

콰앙!

"어른 앞에서 술 마시는 예절도 못 배웠느냐!"

완완노가 술병으로 탁자를 내려치며 소리치자 부현은 기어들어 가는 소리로 변명했다.

"저는 분명히 고개를 돌리고 마셨는데……."

"누가 그런 걸 따진대?"

"그럼……."

"어른 드실 마지막 잔은 남겨뒀어야 할 것 아니냔 말이다!"

"마지막……."

그리고 보니 부현이 방금 마신 술은 술병에 남은 마지막 술이었다.

"한 병 더 시키면 안 될까요?"

"또 너 혼자 다 처먹게?"

"앞으로 마지막 잔에는 절대로 손 안 댈게요."

"한 번 만 더 이따위 짓을 해봐라, 혓바닥을 확 뽑아버리고 말 테니."

마지막 잔은 반드시 연장자가 마셔야 한다는 게 도대체 어느 나라 주법인지…

어쨌거나 부현은 술을 한 병 더 시킬 수 있어서 좋았다. 안주로 나온 오리 고기 맛도 괜찮았고 말이다.

점원이 술을 한 병 더 가지고 오자 부현은 두 손으로 공손히 완완노의 술잔을 채워준 다음 자신의 잔도 가득 채웠다. 그리고 재빨리 마시

려는데, 갑자기 입구 쪽이 환해지는 느낌이 들어 저도 모르게 고개를 돌렸다. 순간,

뜨아……!

'저게 선녀야, 사람이야?

부현의 눈을 사로잡은 건 입구에 막 들어서고 있는 여인이었다. 세상에 태어나서 이렇게 아름다운 여인을 본 것은 오늘이 처음이라고 장담할 만큼 그녀는 아름다웠다.

'그런데 왠지 낯익은 느낌이 드는걸? 특히 저 눈빛은 어디선가 분명히 본 듯한데…….'

그녀의 얼굴을 빤히 쳐다보고 있다는 사실도 잊은 채 자신만의 생각에 골몰해 있던 부현의 귀로 옥구슬 굴러가는 듯한 웃음소리가 들려왔다.

"호호호! 제 얼굴에 뭐라도 묻었나요? 공자께서는 왜 그렇게 쳐다보시지요?"

흠칫!

"하하하! 제, 제가 그랬소이까? 이거 초면에 실례를……."

예쁜 여자만 보면 나타나는 부현의 목소리 깔기가 시작되었다.

"저는 다만 어디선가 뵌 듯한 느낌이 들어서……."

"그럴 리가요? 낙양에는 오늘이 처음인걸요?"

"낙양이 아니라……."

"이상하네요, 저는 공자를 뵌 적이 없는데."

아름다운 여인 소수연은 자신의 외모가 바뀌었음에도 불구하고 부현이 알아보는 것에 내심 놀랐지만, 겉으로는 아주 자연스럽게 받아넘겼고, 부현도 더 이상 토를 달지 않았다.

"하하하! 너무 아름다우셔서 제가 착각을 했나봅니다."

"별말씀을."

"그런데 이렇게 아름다운 여인이 밤길을 홀로 다니는 것은 너무 위험하지 않습니까?"

"제 한 몸 지킬 정도의 능력은 가지고 있답니다. 벌써 삼 년째 강호를 유람하고 있지만 특별한 위험을 겪은 적은 없었지요."

"아, 강호를 유람 중이셨군요?"

부현이 목소리를 까는 꼴을 더 이상은 봐줄 수 없다는 듯 완완노가 소리쳤다.

"그냥 너답게 해, 이놈아! 팔뚝에 소름이 다 돋았네."

"이게 저다운 겁니다만."

"그 느물거리는 목소리가?"

'한동안 조용하다 했더니 또 시작이네… 원수 같은 늙은이.'

자꾸 대꾸를 하면 결국 자신만 손해라고 생각한 부현은 완완노를 외면한 채 소수연에게 다시 말을 걸었다.

"저는 천육백공 전부현이라고 합니다. 실례가 되지 않는다면 낭자의 성함을 알고 싶습니다만."

"위서영(威曙影)이라고 해요."

"이름도 아름다우시군요."

"제 이름보다는 공자의 명호가 재미있네요. 천육백공이라니."

"하하하! 처음에는 모두들 그렇게 생각하더군요. 하긴 천육백 년 공력이란 게 믿기 힘들기는 할 겁니다."

"설마 내공이 그렇게나……."

"지금 그렇다는 것이 아니고 조만간 그렇게 될 거란 얘깁니다."

'허풍이 심한 족속이군.'

소수연은 내심 콧방귀를 뀌었다. 천육백 년 공력은 인간의 힘으로 도달할 수 있는 경지가 아니었기 때문이다.

"부디 그렇게 되시길 빌겠어요. 저는 강한 사내가 좋으니까요."

번뜩!

"방금 한 말씀 진심입니까?"

"무슨……."

"강한 사내가 좋다는……."

"그거야 당연한 일 아닌가요? 사내가 아름다운 여인을 탐하듯 여인은 강한 사내를 원하기 마련이니까요."

'으흐훗! 나를 사랑하고 싶다는 것과 같은 말이잖아? 그렇다면 가만 있을 수 없지. 나의 강한 면모를 보여서…….'

자기만의 생각에 몰입해 있던 부현은 한바탕 자기 자랑을 늘어놓을 심산으로 입을 열었다.

"그렇다면 저를 제대로 만난… 어라?"

없었다. 방금 눈앞에 있었던 사람이 사라져 버린 것이다. 어디 갔나 하고 둘러보니 저만치 떨어진 자리에 가서 앉아 있었다.

"말도 없이 가버렸네."

부현이 서운한 표정으로 중얼거리자 완완노가 시답잖다는 표정으로 말했다.

"네놈이 엉뚱한 상상을 하느라 못 들은 게지. 인사를 하는데도 제놈이 대꾸도 않더구먼."

"제가 못 들은… 거였어요?"

"그저 예쁜 여자만 보면 사족을 못 쓰니……."

"제가 그러는 거 몇 번이나 보셨다고……."

"얼굴 예쁜 것들은 다 그 값을 하는 거야. 장미의 가시는 손가락을 찌를 뿐이지만, 예쁜 것들의 미소는 언제 비수가 되어 심장에 박힐지 모르는 법. 사내놈, 그것도 큰일을 할 놈이라면 미색에 흔들리지 않는 부동심을 갖춰야 해."

"저는 큰일하고 싶은 생각 없어요."

"뭐야?"

"그냥 편하고 즐겁게 오래 사는 게 훨씬 좋단 말이죠."

"그럼 강해지고 싶은 것도 순전히 그 이유 때문이냐?"

"강해지는 건 그 자체로 좋잖아요. 약한 것보다는 훨씬 나으니까."

"쓸모없는 놈. 그 따위 생각이나 하고 있으니 쥐꼬리에서 벗어나지 못하지."

"또 그 소리……."

"지금보다 열 배 강해져도 생각이 바뀌지 않는 이상 넌 영원한 쥐꼬리야."

"그 소리 좀 그만 하세요!"

"왜, 호랑이 꼬리라도 되고 싶냐?"

"호랑이든 쥐든 내가 왜 꼬리냐고요!"

"대가리가 될 생각이 없는 놈이니까."

"……!"

마지막 한마디에 부현은 말문이 콱 막히고 말았다. 간단 명료하면서도 정곡을 찌르는 말이었기 때문이다.

그러고 보니 자신은 대가리가 되기 위해 노력한 적이 없었다. 지금이야 엄청난 내공을 얻었으니 그런대로 사람들에게 인정받고 있지만,

그건 자신의 노력으로 얻은 것이 아니었다.

남보다 강해지고 싶은 마음은 있었지만 그러기 위한 노력이 없었고, 항상 주인공이 되는 꿈을 꾸어왔지만 막상 일이 터지면 주변만 빙빙 도는 방관자로 머물러 있었다.

그나마 이런 생각을 하게 된 것도 근래 들어 수많은 고비를 넘기며 문제 해결의 주도적인 역할을 해봤기에 가능한 일이었다.

어떤 일이든 문제 해결의 핵심에서 움직인다는 것은 기분 좋은 일이었다. 일등도 해본 사람이 다시 한다고 했던가? 부현은 그 말의 의미를 이제야 어렴풋이 알 것 같았다.

'그래, 꼬리가 싫으면 대가리가 되는 거야. 대가리가 되려면 주도적으로 움직여야 하고! 그래, 나는 할 수 있어! 할 수 있다고! 위 낭자와 같은 미녀를 얻기 위해서라도 꼭 해내고야 말겠어!'

결국은 예쁜 여자 때문에 이런 결심을 하는 부현이었다. 진소희를 향했던 마음은 다 어디로 갔는지…….

다음날 아침.

창문으로 들이치는 따가운 햇살 때문에 잠이 깬 부현은 머리가 깨지는 듯한 통증으로 인상을 잔뜩 찌푸려야 했다. 지난밤 술이 과했던 모양이었다.

"머리 아파 죽겠는데 왜 햇빛까지 얼굴로 비치고 지랄이야."

부현은 신경질적으로 이불을 확 끌어 올렸다, 라고 생각은 했지만 이불이 없었다.

"쓰으… 누가 내 이불 가져갔어?"

인상을 잔뜩 찌푸리며 주변을 둘러보았지만 모두들 일어나서 식사

하러 내려갔는지 아무도 없었고, 다른 침상에도 이불은 보이지 않았다.

"원래 없었나?"

좀 더 누워 있고 싶은데 햇살은 눈에 따갑고… 부현은 품을 뒤져서 천부인의 지도를 꺼내 얼굴에 덮었다. 그리고 다시 잠이 들었다.

시간이 조금 흐르고, 식사를 마치고 올라온 일행은 부현이 잠든 모습을 보고는 소스라치게 놀랐다.

"야, 이 미친놈아! 지금 무슨 짓을 하는 게냐!"

호통을 터뜨린 것은 완완노였다. 그래도 부현은 못 들은 척 누워 있었다.

"어서 일어나지 못해!"

"끄으응… 그냥 좀 내버려 둬요. 난 밥 안 먹어요."

"누가 밥 처먹으래?"

"그럼 왜 그래요?"

"얼굴에 덮어쓰고 있는 것 말이다!"

"아, 이거요?"

"그게 어떻게 얻은 물건인데 얼굴에 척 걸치고 있어? 누가 보기라도 하면 어쩌려고?"

"보긴 누가 본다고 그래요? 여긴 우리 방인데."

"이놈의 자식, 그래도 누워서 말대답이네? 조각도를 마빡에다 확 꽂아줘야 일어나겠냐?"

"에이……."

그제야 부현은 귀찮다는 듯 지도를 들치며 얼굴을 슬쩍 내밀었다.

"지금 생각 중이었단 말이에요. 이걸 어떻게 해독하나 하고."

"믿을 말을 해라, 이놈아!"

"정말이에요. 혹시 햇빛에 비춰보면 뭔가 나타날까 하고……."

부현은 지도를 들어 햇빛에 비춰보는 시늉을 했다. 하지만 그런다고 뭐가 달라지겠는가?

"음… 아무리 비춰봐도 별다른 변화가 없군."

일행은 강력한 책망의 눈길을 모아 부현에게 쏘아 보냈고, 완완노는 욕을 한바탕 더 퍼부을 기세였다. 어설픈 한마디 변명으로 통할 상황이 아닌 것이다.

"음… 그러니까… 여러 장을 겹쳐서 비추면… 아무것도 안 보이는군. 한 장씩 다시 비추면… 역시 그대로고……."

"이 우라질 녀석이……."

드디어 완완노의 성질이 폭발하려고 하는데 부현이 재빨리 말했다.

"잠깐만! 아직 안 해본 방법이 있어요."

부현은 얼른 지도를 반으로 접어 비춰보았다. 하지만 그래도 마찬가지였다.

"이거 성질나네?"

처음엔 변명으로 시작한 일이었지만 자꾸 해도 안 되자 오기가 발동한 듯, 부현은 다른 방향으로 접어보았다. 결과는 마찬가지.

"좋아, 마지막이다. 대각선으로 접어보는 거야."

이쪽저쪽으로 모서리를 바꿔가며 접어보았지만 이번에도 결과는 없었다.

"그거 정말 이상하네."

부현은 완완노의 눈길이 부담스러웠는지 슬며시 돌아누우며 지도를 살펴보았다.

그러나 일행 중 그 누구도 부현이 진심으로 지도를 해독하려 한다고 믿는 사람은 없었고, 완완노는 부현이 조금만 딴청을 하면 한바탕 퍼부을 기세로 노려보고 있었다. 그때였다.

"어라? 이제 보니 지도들이 비슷비슷하네?"

부현이 뭔가 발견한 듯했지만 일행은 그것도 괜히 하는 소리려니 하였다. 그런데,

"바람 형님이 가지고 있는 지도 좀 한번 봅시다. 아무래도 이거 다른 그림 찾기 같은데요?"

"다른 그림 찾기?"

나연은 쉽게 알아들었지만 나머지 사람들은 무슨 말인지 잘 모르는 눈치였다.

"선과 문양이 어지럽게 뒤섞여 있어서 언뜻 보면 다 달라 보이지만 지도마다 똑같은 문양들이 섞여 있잖아요."

부현은 지도를 펴놓고 같은 부분들을 일일이 지적해 주었다.

"여기 이 선은 어느 지도에나 똑같이 있지요? 호수 같아 보이는 이 그림도."

부현의 말이 설득력을 얻기 시작하자 일행 모두가 탁자로 모여들었다.

"머리 복잡하니까 이쪽부터 일, 이, 삼… 순서로 번호를 붙여놓고 보자고요. 다섯 장 모두 기본적으로 같은 문양을 가지고 있으면서 한편으로는 서로에게 없는 특별한 문양을 가지고 있어요. 그 문양들 때문에 언뜻 보기에는 달라 보였던 것이고요. 그런데 각자 가지고 있는 특별한 문양들은 어느 지도와도 중복이 안 돼요."

"그렇기는 하구나. 그런데 이게 어쨌다는 거냐?"

"다른 문양들만 모아서 종이 한 장에 그려보면 뭔가 나타날 것 같지

않아요?"

"다른 문양들만 모은다… 어쩌면 뭔가 나타날지도 모르겠구나."

"그렇죠?"

"한번 해보도록 하자."

"역리상 형님, 뭐 해요?"

"응? 왜?"

갑자기 자신을 찾는 부현에게 역리상은 멀뚱한 눈길을 보냈다.

"꼭 말을 해야 알아요? 종이, 벼루, 먹, 붓이 있어야 지도를 그릴 것 아니에요?"

"그런데 왜 하필 나냐?"

"형님이 문에서 제일 가깝잖아요. 아니면 문에서 제일 먼 완완노 할 아버지가 갔다 오셔야 속이 시원하겠어요?"

'나쁜 자식……'

부현의 말재간에 엮여 버린 역리상은 어쩔 수 없이 방을 나서야 했다. 그리고 한참이 지나서야 돌아온 역리상은 뭔가에 홀린 듯 멍한 표정이었다. 얼굴이 붉게 상기된 것도 같고 말이다. 하지만 지도의 다른 부분을 찾는 데만 정신이 팔려 아무도 그의 변화를 눈치 채지 못했다.

'그녀는 분명 선녀였어……. 위서영이라고 했던가? 그 아름다운 여 인이 나를 위해 웃어주고 말까지 걸어왔어. 게다가……'

역리상은 소수연을 만난 모양이었다. 그녀가 마령이라는 것은 까맣 게 모른 채.

지금 자신들의 근처에 얼마나 위험한 자들이 서성이고 있는지도 모 른 채 일행은 먹을 갈아 지도를 그리는 데 여념이 없었다.

다른 부분을 찾아 지도와 똑같은 위치에 같은 크기, 같은 문양으로 그려 넣는 작업은 의외로 쉽지 않았다. 그러나 모두가 신경을 집중해서 하나하나 찾아내고, 완완노가 옮겨 그려 나가자 뭔가 모양이 갖춰지기 시작했다.

가장 눈에 띄는 변화는 바로 글자가 생겨나고 있다는 사실이었다. 각 지도마다 아무런 뜻도 없이 퍼져 있던 문양들을 하나로 모으니 곳곳에 지명을 나타내는 문자가 생겨나고, 지도 하단에는 해결의 열쇠가 될 듯한 세 줄의 글귀가 나타났다.

그동안 제법 많은 시간을 투자했지만, 아직도 한 가지 부족한 것이 있었다. 글자가 나타난 대신 지도가 형편없어졌다는 점이었다. 산맥도 강도 중간중간 끊어져 있어 도저히 지도라고 할 수가 없었다.

"없던 글자가 생겨난 걸 보면 이 방법이 맞긴 맞는 모양인데, 우리가 뭘 잘못한 거지?"

다른 부분을 하나도 빠짐없이 다 옮겨 그렸음에도 불구하고 지도가 완전한 모양을 갖추지 못하자 부현이 짜증 섞인 투로 중얼거렸다.

"혹시 모든 지도에 똑같이 그려져 있는 부분도 그려 넣어야 하는 것 아닐까?"

새로운 제안을 한 사람은 나연이었다. 제법 그럴듯한 제안이었으므로 이번에는 완완노 혼자서 지도의 동일한 부분을 그려 넣었다.

잠시 후, 일행은 완성된 지도를 볼 수 있었다. 그것은 대륙 전체를 간략하게 그려놓은 지도였다. 현대적인 지도를 보고 배운 부현과 나연이 보기에는 꽤나 이상한 모양이었지만, 주요 지명들이 잘 명시되어 있어 가리키는 위치를 찾아가기에는 충분할 것 같았다.

그중에서도 가장 중요한 부분, 천부인이 숨겨져 있는 세 곳엔 특별한 표식이 있어서 쉽게 알아볼 수 있었다. 표식은 산동(山東) 지역의 태산(泰山), 보에족(티벳인)의 땅인 고산 지대, 배달족의 발원지인 천해(天海) 부근에 각각 존재했다. 그리고 지도 하단에 쓰인 글귀의 뜻은 이러했다.

만물은 본디 하나이니 이는 태극이다. 태극은 둘로 나뉘어 음양이 되고, 그 가운데 인간이 서면 천지인은 다시 하나가 된다. 하늘의 사령에게 물으라. 내가 주인인가 아닌가?

하늘은 열리고 땅은 닫힌 곳이다. 하늘 나비가 쉬고 있나니, 그대가 주인이라면 하늘 나비를 깨우라. 땅의 전사들이 문을 열고 나오리라.

태양이 비추되 빛이 없는 곳이다. 빛은 없으나 밝음은 있다. 밝음이 있어도 볼 수는 없다. 어머니께 물으라. 무엇을 보고 무엇을 말해야 하는가?

세 줄로 나뉘어 있는 글귀는 너무도 피상적이어서 무슨 뜻인지 도무지 알 수가 없었다.

"무슨 수수께끼 같네?"

나연에게 설명을 들은 부현이 고개를 갸우뚱하자 바람이 조용히 입을 열었다.

"다른 것은 몰라도 하늘 나비라면 짚이는 바가 있다."

"뭔데요?"

"아륵에게 들은 얘기."

바람은 아륵에게 들은 얘기를 일행에게 해주었다. 그는 비밀을 지키라고 하였지만, 그곳을 찾아가려면 어차피 모두가 알고 있어야 할 일이었기에 말을 하기로 결심한 것이다.

"파란나비 호수요?"

"그래. 하늘색 호수가 나비 모양을 하고 있다면 하늘 나비라고 할 수도 있겠지."

"아륵의 부족이 그곳에서 북을 지키고 있단 말이죠? 그것도 수백 년씩이나."

"그래. 아마도 그들이 지키고 있는 것이 성고(聖鼓)가 아닐까 하는 생각이다."

"그런데 잠자는 나비를 깨우라는 건 무슨 뜻이죠?"

"그러게. 땅의 전사가 문을 열고 나온다는 말도 의아하고……."

"아이고, 머리 아픈 건 천천히 생각하자고요. 지도 해독해 낸 것만도 어딘데."

"그래, 고생했다. 지도 해독은 순전히 네 공이었어."

"무슨 소리야? 쥐꼬리 녀석이 한 게 뭐 있다고. 그린 건 나야. 이 완완노가 없었다면 지도는 만들지도 못했을 거라고."

완완노가 바람의 말을 즉각 반박하고 나서자 부현도 가만히 있지 않았다.

"다 알려준 거 그린 게 뭐 대단하다고… 그림이야 아무나 그릴 수 있지만 방법을 찾아내는 것은 아무나 할 수 없는 거라고요!"

"아무나 할 수 있으면 네놈이 다시 그려봐라. 완성된 지도는 내가 가지고 있을 테니까."

"에?"

"한번 그려보라니까, 왜 그러고 서 있어?"

"그게 그러니까……."

"여러 군데 나뉜 것을 똑같이 옮겨 그리는 게 어디 쉬운 줄 알아?"

"뭐, 시간이야 걸리겠지만 그래도 할 수는 있는 거잖아요."

"그러니까 네놈이 직접 하라니까?"

두 사람이 또 옥신각신하기 시작했지만 일행은 재미있다는 표정으로 바라볼 뿐이었다. 커다란 고비를 넘었다는 안도감에서 오는 여유일 것이다.

역리상은 그때까지도 꿈속을 헤매고 있었다.

"혹시 시간이 되시면 제 방에 들러주세요. 늦은 시간이라도 괜찮아요. 술 한잔 대접하지요."

눈부신 치아를 드러내고 방긋 웃으며 던진 그녀의 마지막 말 한마디가 그의 심장을 두근거리게 하고 있는 것이다.

'늦어도 괜찮다는 것은……'

이상한 상상을 하는지 역리상의 얼굴을 붉게 달아올랐다.

"형님은 뭔 생각을 하느라 그러고 있수? 얼굴은 또 왜 그렇게 벌게? 낮 술 마셨수?"

"어, 어? 아, 아니… 나, 나는……."

"이상하네? 말까지 더듬고?"

"지도는 다 그렸니?"

"그것도 모르고 있었수?"

"다른 생각을 좀 하느라고……."

"어서 준비나 하슈, 곧 떠나야 할 것 같으니까."

"떠나? 어디를?"

"지도가 완성됐으니 찾으러 가야 할 것 아니오?"

"지금 당장?"

"당장 떠나야지 여기서 왜 괜히 시간을 죽여요?"

떠나야 한다는 것은 역리상의 계산에 없던 일이었다. 그렇게 되면 아름다운 여인 위서영과의 인연은 영영 물 건너가지 않겠는가? 그는 고개를 숙인 채 눈알을 좌우로 빠르게 굴렸다. 사람이 좋지 않은 잔꾀를 부릴 때면 으레 그렇듯이.

"그런데… 내상은 다 치유됐니? 어깨 부상도 꽤 심한 것 같던데……."

"형님이 웬일이오? 내 걱정을 다 해주고?"

"괜히 서두르다가 중간에 더 늦어질까 봐 그렇지."

"걱정 말아요, 완완노 할아버지가 줬던 약으로 어느 정도 다스려 놨으니까."

"그래도 하루 정도 더 쉬는 게 좋지 않을까? 불환동부에서 고생이 심했었는데……."

"글쎄, 걱정 말래도요."

"그럼, 가서 식사라도 하고 와라. 먼 길 떠나는데 굶고 갈 수는 없잖아."

"그러고 보니 나는 아직 밥도 안 먹었네? 밥은 먹고 가야지. 금방 먹고 올 테니까 모두 준비하고 계세요."

부현은 휑하니 방을 나갔고, 나머지 일행은 각자의 여장을 꾸리기 시작했다. 그런데 역리상은 여장을 챙기지 않고 주위의 눈치를 살피다가 슬며시 방을 빠져나갔다.

그가 간 곳은 이층 회랑을 돌아 건너편에 위치한 객실이었다. 그 앞에서 몇 번이고 주저하던 그는 심호흡을 한 뒤 조심스럽게 문을 두드렸다.

"누구신가요?"

안에서 아리따운 음성이 흘러나왔다.

"조금 전에 만났던 역리상이라고 합니다."

"어머!"

반가운 탄성이 터져 나오는가 싶더니 문이 활짝 열렸다.

"일찍 오셨네요? 어서 들어오세요."

"위 낭자⋯⋯."

소수연을 보는 것만으로도 역리상은 황홀한 표정이었다.

"안 들어오실 건가요?"

"정말⋯ 들어가도 괜찮겠소?"

"물론이지요."

역리상은 두근거리는 심정으로 그녀의 방에 들어섰다.

아름다운 여인만이 지닐 수 향기, 방 안에는 그런 향기가 은은하게 감돌았다.

"술 한잔 대접하려고 했는데, 시간이 너무 이른 것 같군요. 차를 드릴까요?"

"아니오. 그보다도⋯⋯."

역리상은 또다시 주저주저하였다.

"왜 그러시지요? 무슨 문제라도 있나요?"

"위 낭자와 좋은 인연이 되고 싶었는데⋯ 일행들이 당장 떠나자고 하는군요."

"오늘 당장이오?"

"네⋯⋯."

"오랜만에 마음속에 있는 얘기를 나눌 만한 상대를 만났다 했더니⋯⋯."

소수연은 짐짓 낙심한 표정을 지었다. 그러니 역리상의 심정이 어떻겠는가?

"저도 그러고 싶었는데……."

고개를 푹 숙이고 있던 역리상이 갑자기 고개를 번쩍 치켜들며 강한 어조로 말했다.

"제가 어떻게든 방법을 강구해 보겠습니다. 저녁에 다시 들를 테니 술이나 한잔 주십시오."

"가능하시겠어요?"

"저녁에 반드시 오겠습니다."

"알았어요. 그럼 준비해 놓고 기다리지요. 긴 대화를 나눌 수 있길 바라요."

생긋!

소수연은 미소로 마무리를 지었고, 그것은 역리상의 가슴에 인장으로 새겨졌다.

'반드시……!'

역리상은 각오를 다지며 일행이 있는 방으로 향했다.

식사를 하러 내려간 부현은 아직 돌아오지 않았고, 완완노, 섬검자, 바람은 떠날 준비를 마치고 향후 움직일 일정에 대해 논의하는 중이었다.

"아무래도 그게 좋을 것 같구나. 너희는 보에족의 땅으로 가거라. 나는 완완노 형님과 함께 질심에게 들렀다가 태산으로 가겠다."

"그럼, 지도를 한 장 더 그려서 헤어져야 하겠군요. 세 번째 신물이 있는 곳에서 합류하기로 하고 말입니다."

"그렇게 하도록 하자."

역리상은 그들의 대화를 듣는 한편, 어떻게 하면 출발을 지연시킬 수 있을지 골몰해 있었다.

'결국 그 방법밖에 없는 건가?'

잠시 주저하던 그는 어쩔 수 없다는 표정으로 자리에서 일어났다. 그가 향한 곳은 여자들이 묵고 있던 옆방이었다.

아무래도 여자들은 움직이기 전에 준비해야 할 것이 많은 법이어서 아직 여장을 다 꾸리지 못한 상태였다.

"여기는 웬일이에요?"

은강이 물었다.

"으응… 준비가 다 됐나 하고……."

"조금만 더 하면 돼요."

"그럼 어서 해."

역리상은 문을 열어둔 채 밖으로 나와 옆으로 몸을 숨기더니 부적 한 장을 꺼내 들었다.

'미안하다, 은강아. 조금만 고생해라.'

그는 부적 한 장을 손에 쥔 채 아주 작은 소리로 주문을 외웠다. 그리고 준비해 둔 화섭자를 꺼내 부적에 불을 붙여 허공에 띄웠다. 그 순간,

"은강아, 왜 이러니?"

나연의 당황한 목소리가 방 안에서 터져 나왔다.

'제대로 먹혀 들어간 모양이군.'

역리상은 짐짓 놀란 표정을 지으며 방으로 뛰어들어 갔다. 은강은 눈을 하얗게 뒤집어 뜬 채 실신해 있었다. 곧 이어 옆방에 있던 세 사람도 달려왔다.

"무슨 일이냐?"

"은강이 갑자기 실신했어요!"

"어디 한번 보자꾸나."

완완노는 은강의 맥을 잡고 한참 살피더니 고개를 갸웃거리며 일어났다.

"이상한 일이군. 맥으로 봐서는 별 이상이 없는데, 겉으로 봐서는 경기를 일으킨 것 같으니……."

"혹시 급체라도 한 것 아닙니까?"

섬검자가 걱정스러운 목소리로 묻자 완완노가 단호하게 대답했다.

"내가 급체도 못 알아보는 돌팔이인 줄 아는가? 이 아이의 증상은 병에서 기인한 것이 아니야."

"그럼……."

"귀신이 씌인 것 같네."

"귀신이요? 갑자기 왜……?"

"그러게."

"귀신이라면 제가 한번 보겠습니다."

이제 역리상이 나설 차례였다. 그는 부적을 한 장 꺼내 주문을 건 뒤에 자신의 이마에 붙이고 다른 사람은 알아들을 수 없는 말로 한참이나 중얼거렸다. 그쪽 방면에 대해 아는 게 없는 일행의 눈으로 보기에도 은강에게 씌인 귀신과 대화를 나누는 것이 분명했다.

"휴우우……."

한참이나 지난 뒤에야 역리상은 부적을 떼어내며 이마에 맺힌 땀을 닦았다.

"귀신이 맞느냐?"

"그렇습니다. 그런데 죽은 지 얼만 안 된 아기 귀신이라 대화가 잘 통하지 않습니다."

"강제로 쫓아낼 수는 없고?"

"그렇게 하면 아기 귀신이 영원히 소멸될 위험이 있습니다. 몰라서 이러는 것뿐인데 심하게 할 수는 없는 일 아니겠습니까?"

"그렇다고 이렇게 놔둘 수도 없지 않느냐?"

"시간을 조금만 주십시오. 내일까지는 나가게 만들겠습니다. 그래도 안 되면 강제로 내보내지요."

"음… 그럼 출발을 하루 연기시켜야겠구나."

"그러는 게 좋겠습니다."

"알겠다."

역리상이 뭔가 일을 꾸몄다는 것을 눈치 챈 일행은 아무도 없었다. 하지만 역리상은 굳이 이런 일을 할 필요가 없었다.

"아이고, 어깨야! 어깨가 부서지는 것 같네!"

식사를 마치고 올라온 부현이 옆방에서 갑자기 고함을 질러대기 시작했기 때문이다.

"저 녀석은 또 갑자기 왜 저래?"

일행은 은강을 침상에 눕히고 나연에게 돌보도록 한 뒤 부현에게 가 보았다.

어떻게 된 일인지 로스티드와의 싸움에서 부상을 입었던 어깨 부분이 붉은 피로 푹 젖어 있었다. 완완노가 얼른 달려가서 상처를 살피며 물었다.

"무슨 일이냐?"

"힘을 좀 썼더니 상처가 터졌나 봐요."

"힘을 괜히 왜 써?"

"밥을 먹다가 위 낭자를 만나서 내공에 관한 얘기를 나눴는데……."

"그런데?"

"내공이 어떤 것인지 보여줬죠."

"본론만 말해, 이 녀석아!"

"내공의 정수를 보여주기 위해 조금 무리를 한 것 같다는……."

"미색에 혹해서 잘난 척하다가 다친 게로구나!"

뜨끔!

'귀신이네…….'

"쥐꼬리만한 내공을 내세우지 못해서 안달이니… 못난 놈!"

'내가 저 소리 할 줄 알았어. 한바탕 하고 싶지만 내가 참는다. 죽는 시늉을 해서 출발을 지연시켜야 저녁에 다시 만나기로 한 위 낭자와의 약속을 지킬 수 있을 테니까.'

부현도 소수연과 약속이 된 모양이었다.

"어쨌든 오늘은 못 떠나겠어요. 한 사흘쯤 여기서 푹 쉬다 가면 안 될까요?"

"내상을 입은 것 같지도 않은데 무슨 사흘씩이나 쉬어?"

"그럼 오늘 하루만이라도……."

"어차피 은강 때문에라도 오늘은 떠나지 못한다. 그러니 외상 약이나 바르고 침상에 처박혀 있어. 괜히 말썽 부리지 말고."

"은강이 왜요?"

"귀신이 씌인 것 같다."

"갑자기 왜……?"

"나도 몰라! 심란하니까 자꾸 묻지 말고 네 어깨나 치료해!"

'젠장. 이럴 줄 알았으면 어깨 상처는 괜히 건드렸잖아. 떠나지 않을 구실을 만드느라 일부러 터뜨렸는데……. 아이구, 아파라…….'

역리상은 역리상 대로 후회막급이었다.

'괜히 나 때문에 은강만… 하지만 어쩔 수 없었어. 그런 미녀와의 만남은 내 평생 처음 있는 일이니까.'

스스로를 합리화하기는 부현도 마찬가지였다.

'까짓 거 미녀를 얻기 위해서 이 정도 희생이야 할 수도 있는 일이지 뭐.'

한 여자를 향한 각자의 꿈에 젖어 있는 두 사람은 자신들이 얼마나 위험한 일을 저지르고 있는지 꿈에도 모르고 있었다.

밤이 이슥할 무렵, 역리상은 다른 사람들이 이야기를 나누고 있는 사이 방을 슬며시 빠져나와 소수연에게로 갔다.

그녀는 약속대로 술상을 제대로 준비해 놓고 그를 맞았다.

"어서 오세요."

"준비를 많이 해두셨군요. 이러실 필요까지 없었는데……."

"긴 얘기를 나누려면 술이 많이 필요한 법이지요."

"그, 그렇군요."

"앉으세요. 제가 술을 한 잔 올리지요."

소수연이 술을 따라주자 역리상은 두 손으로 술잔을 공손히 받쳐 들었다. 마치 여왕을 대하는 시종의 모습 같았다.

"저도 한 잔 주시겠어요?"

서로의 잔을 채운 두 사람은 가볍게 건배를 한 뒤 잔을 비웠다.

"그런데 역 도인 일행은 어디로 가시는 길이지요?"

"보에족이 사는 땅으로 갈 예정입니다."

"보에족이라면 토번을 이름인가요?"

"그렇습니다. 여기서는 토번이라고 부르지요."

"잘됐네요. 저도 그쪽에 한번 가보고 싶었는데."

"토번을 말입니까? 그곳은 문명이 뒤떨어져서 여인이 여행하기는 적합하지 않은 곳인데……."

"제 걱정은 마세요. 사실 중원대륙은 거의 다 구경해서 더 보고 싶은 곳도 없었거든요. 그래서 변방 너머에 있는 나라들로 유람을 떠날까 생각 중이었는데… 고구려도 한번 가보고 싶었고요."

"그럼, 저희와 함께 가시겠습니까?"

"그래도 되겠어요?"

"이렇게 아름다운 미인이 함께하겠다는데 반대할 이유가 있겠습니까?"

"그런데… 역 도인 일행은 토번에 무슨 일로 가시는지……."

역리상은 잠시 주춤하였다. 아무리 미색에 홀렸다고는 해도 천부인이란 무게는 그리 간단한 게 아니었기 때문이다.

"꼭 찾아야 할 물건이 있어서……."

"꼭 찾아야 할 물건이라면……."

"그게……."

"이런, 제가 괜한 것을 물었군요. 말씀하기 어려우시면 관두셔도 괜찮아요. 사람은 누구나 비밀이 있게 마련이니까. 아직은 서로를 신뢰할 만한 관계도 아니고……."

"아, 아닙니다. 위 낭자를 못 믿으면 누구를 믿겠습니까? 사실 저희는 고구려의 신물인 천부인을 찾아가는 중이었습니다."

"천부인이요? 그게 뭐지요?"

"모르고 계셨군요?"

"저는 금시초문이군요."

"어마어마한 힘이 봉인되어 있는 세 개의 신물입니다. 국운을 좌우할 정도로 대단한 물건이지요."

"그렇게 말씀하시니 호기심이 생기네요. 그런데 그게 있는 곳은 어떻게 알아내셨나요?"

"얼마 전에 신물이 숨겨진 곳을 나타내는 다섯 장의 지도를 얻어 비밀을 풀어냈습니다."

"세 개의 위치를 다 알아내셨나요?"

"그렇습니다. 하나는 토번에……."

일단 말문이 열린 역리상은 자신이 알고 있는 모든 정보를 술술 털어놓았다.

'두 패로 갈라진다니 잘된 일이야. 이 멍청한 녀석만 잘 이용하면 놈들을 확실히 제거할 수 있는 기회도 쉽게 만들어질 것 같고.'

그녀의 음모가 체계화되는 동안에도 역리상은 그녀에 대한 환상을 키워 나가고만 있었다.

'위 낭자와 동행하다 보면 좀 더 가까워질 수 있는 기회가 생기게 될 거야.'

알 것을 다 알아냈기 때문일까? 소수연은 다소 피곤한 기색을 보이기 시작했다.

"술을 좀 마셨더니 졸음이 오네요."

"이런, 제가 시간을 너무 뺐었나 보군요."

"아니에요. 정말 즐거웠어요. 단지 취기가 조금……."

"저는 이만 일어나겠습니다."

"그러시겠어요?"

"동행하게 되면 이런 기회가 또 있겠지요?"

"물론이에요. 역 도인께서 원하신다면 언제든지 기회를 만들지요."

원한다면 언제든지… 이 말은 역리상에게 굳은 믿음을 주기에 충분했다.

"그럼 다음 기회를 기약하며 저는 이만……."

"참, 역 도인의 일행에게는 아직 제 얘기를 하지 않는 게 좋겠군요."

"어째서……."

"아직 우리 관계를 남에게 알리고 싶지 않아요."

'우리 관계…….'

이 말이 시사하는 바는 컸다. 최소한 역리상에게는 말이다.

"그래 주실 수 있겠죠?"

"그야 어렵지 않습니다만, 그렇게 되면 동행은 어떻게……."

"제가 자연스럽게 합류하도록 해볼게요."

"알겠습니다. 그럼 저는……."

역리상이 방을 빠져나가자 소수연의 입가에 싸늘한 미소가 매달렸다.

"어리석은 놈들은 분에 넘치는 상황을 만나도 의심하는 법이 없지. 제 능력에 넘치는 것은 항상 대가가 따르기 마련이거늘."

그녀는 역리상이 자신의 방으로 들어가는 것을 문틈으로 확인한 연후에 방을 빠져나왔다.

그녀가 간 곳은 한 칸 건너에 있는 옆방이었다.

'이번엔 전부현이란 어리석은 놈 차례인가?'

그 방에도 술상이 잘 차려져 있었고, 부현이 먼저 와서 기다리고 있었다.

기다린 지가 꽤 되었던지 부현은 초조한 심정을 감추지 못한 채 벌떡 일어나서 소수연을 맞았다.

"어딜 다녀온 거요?"

"제가 너무 늦은 모양이군요. 죄송해요."

"아, 아니오. 죄송할 것까지는……."

"대신 벌주 석 잔을 연거푸 받기로 하지요. 그럼 화가 풀리시겠어요?"

"화가 난 것은 아닌데……."

역리상을 상대할 때와 달리 소수연은 부현의 옆에 자리를 잡았다. 게다가 살이 맞닿을 정도로 바짝 밀착하니 부현은 황홀해서 말이 제대로 안 나올 지경이었다.

"자, 어서 한 잔 따라주세요."

그녀는 빈 잔을 들어 올리며 투정 어린 목소리로 채근하였다. 그녀의 단내나는 숨결이 얼굴에 느껴지자 부현은 달아오르는 몸을 주체할 수가 없었다.

생각 같아서는 확 안아버리고 싶었지만, 아름다운 여인일수록 가시가 독하다는 것쯤은 부현도 알고 있었기에 애써 참아야 했다.

'확실한 기회가 왔을 때 한 방에 끝까지 가는 거야. 그러려면 지금은 참아야지. 암, 참아야 하고말고!'

소수연은 약속대로 석 잔의 술을 연거푸 비워낸 다음에 빈 잔을 부현에게 건넸다.

"받으세요. 이번엔 전 공자가 연거푸 석 잔을 드실 차례예요."

"하하, 술이라면 얼마든지……."

부현은 거침없이 석 잔을 비워 버렸다.

"호호호! 영웅은 술 마시는 모습도 남과 다르군요."

"영웅… 하하하! 듣기 싫은 소리는 아니군요."

어리석은 자일수록 자신을 추켜세우는 말에 약한 법. 부현은 소수연이 던진 빈말 한마디에 우쭐하여 연거푸 술을 들이켰다.

'어리석기로 따지면 역리상이나 전부현이나 수위를 다투는 기재로군. 어리석음의 귀재… 호호호!'

소수연이 미소가 진해질수록 음모의 밤은 깊어만 간다.

역리상은 아침에 눈을 뜨자마자 은강에게 걸려 있던 도술을 풀어 제 정신이 돌아오게 해주었다.

깨어난 은강은 자신에게 어떤 일이 일어났었는지, 그리고 하루가 지났는지조차도 모르고 있었다. 단지 배가 무척 고프다는 느낌밖에.

아침 식사를 일찍 마친 일행은 두 방향으로 나뉘어 출발했고, 어느덧 정오가 가까워오고 있었다.

한나절 동안 쉬지 않고 이동한 덕에 일행은 낙양에서 꽤 먼 곳까지 올 수 있었다. 그런데 이상한 것은 부현의 행동이었다. 무슨 미련이 그리 많은지 수시로 낙양 쪽을 되돌아보고 있었으니 말이다.

"너, 낙양에 두고 온 물건 있냐?"

은강이 아무래도 이상하다는 표정으로 물었다.

"그게 무슨 말이야?"

"아까부터 자꾸 뒤를 돌아보고 있잖아."

"내가… 그랬냐?"

"도대체 뭘 놓고 왔는데 그러냐?"

"아, 아냐. 아무 생각 없이 그랬던 거니까 신경 쓰지 마. 그보다 배고프지 않냐? 난 배가 고픈데… 여기서 뭐 좀 먹고 가자."

화제를 돌리기 위한 말이었지만, 마침 때가 정오 무렵이어서 모두가 시장기를 느끼던 참이었다.

"그래, 여기서 잠시 쉬었다 가기로 하자."

바람이 동의하자 일행은 길 한쪽에 말을 세운 뒤 객점에서 준비해 온 음식으로 식사 준비를 하였다. 다 식어버린 오리 구이 한 마리와 주먹만한 만두 몇 개가 전부였지만 이동 중에 먹는 음식치고는 아주 훌륭한 편이었다.

말들은 풀을 뜯도록 근처에 풀어두고 벼락에게는 은강이 미리 준비해 온 생닭 두 마리가 식사로 주어졌다.

푸히힝!

벼락은 자신의 먹이를 잊지 않고 챙겨준 주인에게 고마움을 표시한 후 아주 맛나게 식사를 시작했다.

찌이익! 우두둑, 쩝쩝!

벼락은 행복할지 몰라도 듣는 사람 입장에서는 입맛이 싹 가시는 소리였다. 다른 때 같으면 부현이 한마디 할 만도 하건만 그는 식사 중에도 낙양 쪽을 힐끔거리느라 다른 데 신경을 쓸 여유가 없었다.

'올 때가 됐는데……'

그는 지금 소수연을 기다리는 중이었다.

"낙양에 잠시 볼일이 있으니 먼저 떠나세요. 곧바로 쫓아가지요."

아침에 그녀의 방을 찾았을 때 전해 들은 말이었다. 그래서 그녀가 언제 오나 자꾸 뒤를 바라보고 있었던 것이다. 하지만 식사를 다 마치고 다시 출발할 때까지도 그녀는 모습을 나타내지 않았다.

'젠장, 바람맞은 게 분명해. 어쩐지 예쁜 여자가 제 발로 다가온다 했더니…….'

부현의 실망은 이만저만이 아니었다.

"자, 다시 출발하도록 하자."

서두르는 바람의 행위조차 서운하기만 한 부현이었다.

'조금 더 있다 가면 천부인이 없어지기라도 하나?'

부현은 입이 잔뜩 튀어나온 채 말에 올랐고, 일행은 다시 서쪽으로 향하였다.

역리상도 속이 타기는 부현 못지않았다. 하지만 그는 일행에게 말을 하지 않기로 소수연과 약속까지 한 상태라 아무런 내색도 할 수 없었다.

'위 낭자가 설마… 아냐! 그녀는 절대로 거짓말을 할 사람이 아냐.'

그는 자꾸 일어나는 불길한 예감을 억지로 누르고 있었지만 슬며시 뒤로 돌아가는 고개는 어쩔 수 없었다.

'대체 언제나 오려나…….'

저녁 무렵.

일행은 객점이 들어선 제법 규모있는 마을에 도착하게 되었다. 사강촌(沙江村)이란 이름을 가진 그 마을은 일대가 모두 모래땅으로 이루어져 있었다. 사막처럼 완전한 모래는 아니었지만, 모래가 많이 함유되어 있어서 말발굽이 두 치 이상 새겨질 정도로 무른 마사토(磨砂土)였다.

일행은 마을 한가운데 위치한 객점에서 여장을 풀었다.

그때까지도 부현은 틈만 나면 뒤를 돌아보았고, 그럴수록 바람을 맞았다는 생각은 점점 더 굳어져 갔다.

'이래서 예쁜 것들은 얼굴값 한다는 말이 생겨난 거야.'

반면 역리상의 얼굴은 초췌할 대로 초췌해져 있었다.

'위 낭자… 왜 안 오는 거요. 자연스럽게 우리 일행에 합류하겠다고 하더니…….'

두 사람의 심정이야 어떻든 일행은 오늘도 두 개의 방을 얻어 남녀로 구분하여 묵기로 하였다. 천부인의 지도를 해독한 여섯 번째 지도까지 지니고 있는 상황이니 천부인을 모두 찾아 왕궁으로 가져갈 때까지는 안전상 이렇게 하는 것이 최선이었다.

부현은 방에 여장을 풀어놓자마자 식당으로 나가 술을 마시기 시작했다.

"까짓 거, 안 오면 말지. 세상에 여자가 어디 저뿐이야?"

말은 이렇게 했지만 속이 쓰린 건 여전했다.

"그래도 그렇게 예쁜 여자는 다시 만나기 힘든데…….."

속이 상해서 연거푸 술잔을 비우고 있는데, 역리상이 다가왔다.

"뭘 그렇게 중얼거리고 있나?"

"알 거 없수."

부현이 퉁명스럽게 대했지만 역리상은 별로 기분 상한 내색을 하지 않았다.

"나도 한잔 마시자."

"마음대로 하쇼."

한 여자 때문에 자신들이 같은 고민을 하고 있다는 사실을 꿈에도 모른 채 두 사람은 묵묵히 술잔을 비웠다. 그러면서도 그들은 힐끔힐끔 입구를 바라보았다. 혹시라도 마음속의 그녀가 나타나 주기를 간절히 바라는 눈빛으로 말이다. 그러나 소수연은 끝내 나타나지 않았고, 두 사람은 술이 거나하여 방으로 올라갔다.

"내 더러워서 정말……."

부현이 혼자말로 투덜거리자 바람이 물었다.

"뭐, 안 좋은 일이라도 있는 거냐?"

"괜히 짜증이 난 것뿐이니 그냥 내버려 둬요."

바람에게까지 퉁명스러운 부현이었다.

"그래, 일찍 쉬어라."

바람은 한마디 던진 뒤 자신의 침상에 몸을 눕혔다. 아침 일찍 출발하기 위해 쉬려던 것인데, 왠지 기분이 이상하여 쉽게 잠을 이룰 수 없었다.

'뭔가? 이 이상한 기분은…….'

그때 부현이 침상에 몸을 던지며 투덜거렸다.

"한밤중에 무슨 요리를 하기에 이렇게 기름 냄새가 진동하는 거야?"

그의 말대로 언제부터인가 기름 냄새가 진동을 하고 있었다. 고소한 참기름 냄새 같기도 하고, 조금은 느끼한 콩기름 냄새 같기도 했다.

"아까 우리가 올라올 때 주방에 아무도 없지 않았느냐?"

역리상의 말이었다.

"맞아요. 주방에서 일하던 사람들은 우리가 술 마시고 있을 때 퇴근

했었죠. 그런데 그게 어때서요?"

"그런데 누가 주방에서 음식을 하지?"

역리상과 부현이 의아한 눈길을 마주치는 순간이었다. 창문이 갑자기 붉게 물들며 찢어지는 듯한 고함이 마을 곳곳에서 터져 나왔다.

"불이야!"

"크아아악! 불이 꺼지질 않아!"

세 사람은 퉁기듯 일어나 창문을 열어젖혔다.

화르르르릉!

마을이 온통 불바다였다. 가옥은 물론 땅에서도 불길이 치솟고 있었으며, 외곽에서 시작된 그 불길은 빠른 속도로 객점을 향해 달려오고 있었다.

땅을 타고 달려오는 불길, 그것은 땅이 불붙을 수 있는 조건을 갖추고 있다는 얘기였다.

"바로 저것이었구나!"

바람은 자신을 불안하게 만들었던 예감이 어디서 기인했던 것인지 그제야 알 수 있었다. 일대를 뒤덮고 있는 푸석푸석한 마사토는 기름이 스며들기에 아주 좋은 조건을 갖추고 있었다. 누군가 다량의 기름을 쏟아 붓고 불을 붙인다면 도저히 빠져나갈 수 없는 불의 바다가 만들어지는 것이다. 발 디딜 곳 하나 없는 완벽한 불의 바다가 말이다.

"불길이 접근하기 전에 대비책을 세워야 해!"

악령과 사령은 마을 외곽에서 불길을 바라보고 있었다. 그 주변에 기름통을 들고 있는 수십 수백 명의 삼령 교인들이 서 있는 것으로 보아 한 마을을 통째로 불사른 이 지옥도는 그들이 연출한 것임에 틀림

없었다.

"크크큭! 이리저리 뛰어다니는 꼴이 꼭 가마솥에서 볶아지는 메뚜기 꼴이군."

"놈들 덕분에 재미난 구경거리가 생겼어."

영문 모른 채 타 죽어가는 주민들을 보면서 이런 대화를 나누고 있는 자들도 과연 인간이라고 할 수 있을까?

"어때, 내 계략이 적중했지?"

악령이 자랑스럽게 떠들고 있는데, 하얀 경장 차림의 소수연이 그들 뒤로 다가오며 냉소를 흘렸다.

"이 정도로 놈들을 잡을 수 있다고 생각했나?"

"이 정도라니? 여기다 쏟아 부은 기름만 일천 두(斗)야. 참기름, 들기름, 콩기름, 피마자 기름 할 것 없이, 이 일대에서 나는 기름은 몽땅 끌어다 부었단 말이다. 땅속으로 깊이 스며든 그 기름이 다 타려면 최소한 한두 시진은 걸릴 거다. 그런데 무슨 재주로 살아남겠나? 신이 아닌 이상 이런 불길에서 살아 나올 수 있는 자는 아무도 없어."

"액체를 잘 흡수하는 마사토에 엄청난 기름을 유입시킨 뒤 불을 지르는 화공이라… 네 머리에서 나온 생각치고는 꽤 괜찮았어. 하지만 놈들은 무너지는 동굴 속에서도 살아 나온 전력이 있어. 과연 이 정도 불로 놈들을 잡을 수 있다고 확신할 수 있을까? 내가 알기로 역리상이라는 도사 놈은 어설퍼 보이면서도 상당한 도술을 지녔고, 전부현이란 놈은 측량하기 힘든 내공을 소유했어. 그런 놈들이라면 뭔가 방법을 강구해 낼지도 모르지."

"만약 살아남는다면 본 교의 사활을 걸고 일전을 벌여야 하겠지. 오늘 이 자리에서."

"그럴 필요 없어. 내가 아주 쉬운 방법을 만들어낼 테니까."

무슨 복안이 있는 것인지 소수연의 표정은 자신감으로 충만해 있었다.

화르르릉!

길을 타고 번져 오는 불길이 객점을 집어삼키는 것은 시간문제였다.

바람은 마당으로 뛰어내려 가 흙을 집어 보았다. 기름이 스며들어 축축하게 젖어 있었다.

"불기운에 기름이 다 타버리기 전에는 절대로 끌 수 없겠군. 마을 외곽까지 불길이 완전히 감싸고 있어서 빠져나가는 것도 불가능하고… 무슨 방법이 없을까?"

불길이 닿은 곳에서는 이미 아비규환이 벌어지고 있었고, 아직 불길이 닿지 않은 곳의 주민들은 불이 번지지 않은 객점 쪽으로 몰려들고 있었다.

객점 주변에는 순식간에 백여 명이 넘는 사람들로 붐비게 되었다. 이제는 일행만의 문제가 아니었다. 마을 주민도 살릴 수 있는 방법을 강구해야만 했다.

'어떻게 해야 이들과 함께 살 수 있단 말인가?'

고민에 빠진 바람 곁으로 부현이 달려왔다.

"형님, 객점 뒷마당으로 가요!"

"무슨 방법이라도 떠오른 거냐?"

"그곳에 크고 깊은 우물이 있대요."

"우물?"

"그 안에 숨고 나무 뚜껑을 덮은 뒤 역리상 형님이 얼음 도술로 봉하며 불길이 지나갈 때까지 버틸 수 있지 않겠어요?"

"그거 좋은 방법이구나."

바람은 당황해서 울부짖고 있는 마을 주민들을 향해 소리쳤다.

"여러분, 저를 따라오십시오! 살 방도가 생겼습니다!"

내공을 실어 외친 그 소리는 주민들의 아우성 속에서도 모두의 귀에 똑똑히 전달되었다.

"정말입니까, 무사님?"

"모두 객점 뒷마당으로 가십시오. 제 일행이 기다리고 있을 겁니다!"

"형님, 미쳤수? 이 사람들을 무슨 재주로 다 피신시켜요?"

"사람들이 죽어가는 걸 뻔히 보면서 우리만 살자는 얘기냐?"

"어쩔 수 없잖아요."

"잔소리 말고 어서 가서 도와라. 사람 수가 많아서 모두 들어가려면 시간이 부족해."

"이건 불가능한 일이에요. 밑에 있는 사람은 어차피 물에 빠져 죽게 된다고요."

"우물물부터 얼리라고 해. 그런 다음 청년들이 밑에서 버티고 노약자가 위에 서면 되잖아."

"그래도 백 명이 다 들어가기엔 턱없이 작아요."

"그럼, 우리가 위에서 불길을 막는다. 우물 근처의 흙이라도 파내서 불길이 접근 못하게 하고 우리가 버티면 될 테니까."

"시간이 없잖아요."

"하는 데까지 해봐야지."

더 이상 부현과 실랑이할 시간이 없었으므로 바람은 주민들을 이끌고 객점 뒷마당으로 향하였다.

"이래서 착한 척하는 사람들이 일찍 죽는 거야."

부현은 투덜거리며 바람의 뒤를 좇았다.

뒷마당에 도착하자 역리상이 벌써 우물물을 얼려놓고 나무 뚜껑도 얼릴 것을 대비해서 물에 충분히 적셔놓은 상태였다.

우물은 직경이 열 자에 깊이가 삼십 척에 이를 정도로 큰 규모여서 잘하면 모두 들어갈 수도 있을 듯했다. 하지만 문제는 시간이었다. 불길이 객점 부근까지 임박해 있어서 과연 사람들이 모두 대피할 수 있을지 의문이었다.

"서두릅시다! 젊고 건장한 사람부터 밑으로 내려가십시오. 불길이 지나갈 때까지 사람들을 어깨에 얹고 버텨야 하니 각오를 해야 할 겁니다."

바람이 나서서 주민들을 우물에 내려보내기 시작하는데, 또 하나의 문제가 발생하였다.

"벼락! 벼락을 끌고 와야 해!"

은강이 소리치며 마구간으로 달려갔다.

"무슨 짓이야! 사람도 죽는 판국에 말을 어떻게 살리려고?"

부현이 얼른 제지하자 은강이 소리쳤다.

"벼락은 그냥 말이 아냐!"

"그래, 보통 말은 아니지. 사자 흉내를 내는 놈이니까."

"농담이 아냐. 내 친구나 마찬가지라고. 그냥 죽게 놔둘 수는 없어!"

"저 우물 안에 말을 무슨 재주로 집어넣겠다는 거야? 사람들 다 깔아 죽일 일 있냐?"

"우물에 못 들어가면 내가 지켜주겠어!"

"정신 차려!"

"이거 놔! 가서 데리고 올 거야!"

은강은 부현의 만류를 뿌리치고 마구간으로 향하였다.

푸히히힝!

은강은 결국 벼락을 끌어오고야 말았다. 벼락은 주인과 함께 있는 것에 무척 안도하는 모습이었지만 부현은 속이 뒤집어질 지경이었다.

"난 저런 인간들이 정말 싫어. 사람이 죽어 나가는 판국에 짐승새끼가 뭐 그리 중요하냔 말야?"

그사이에 불은 객점 안마당까지 번져 왔고, 사람들은 아직 절반이나 남아 있었다.

모두 피하기는 시간상 도저히 힘들 것 같았다. 그렇다고 노인과 부녀자들을 죽게 내버려 둔 채 일행만 피할 수도 없는 노릇이었다.

"역리상! 자네가 주민들을 피신시키게! 우리는 불길의 접근을 최대한 늦춰보겠네."

바람은 검을 뽑아 번져 오는 불길을 향해 휘둘러 나갔다.

"차아압!"

그의 검이 바닥을 한차례 베고 지나가자, 바닥이 한 자 두께나 깎여 나갔다. 그러자 아직 열기가 전달되지 않은 속 흙이 드러났고 불의 접근이 다소 주춤하였다. 물론 얼마 지나지 않아 불길은 다시 번져 오기 시작했지만 소기의 목적은 거둔 셈이었다.

"폭풍권!"

"현무장!"

나연과 부현도 우물 주변으로 번져 오는 불길을 저지하는 데 사력을 다하였다. 덕분에 불길이 다가오는 속도는 약간 늦춰졌지만 땅속 깊이 스며든 기름 때문에 완전히 막는다는 것은 불가능했다. 땅이 달궈지면서 조금씩 다가온 불길은 곧 우물 부근까지 이르렀고, 움직임이 느린 노인들 때문에 주민은 아직 다 대피하지 못한 상황이었다.

더구나 불에 놀란 벼락이 점점 흥분하고 있어서 상황을 더욱 어렵게 만들어가고 있었다.

푸히히히힝!

앞발을 높이 쳐들고 울어대는 벼락을 달래기 위해 은강은 안간힘을 쓰고 있었다.

"벼락, 이러지 마! 네가 이러면 더 힘들단 말이야."

화르르르릉!

불길이 코앞에 이르렀을 때에야 주민들은 드디어 우물 안으로 모두 대피할 수 있었다. 그런데 막상 일행이 들어갈 공간이 없었다. 마지막으로 들어간 주민들 위로 한 자가량의 공간이 남아 있기는 하였지만 그곳으로 다섯 명이 모두 대피한다는 것은 무리였다.

바람이 검을 휘둘러 대며 빠르게 말했다.

"나연 낭자가 은강을 데리고 먼저 들어가시오. 그러고도 공간이 남으면 역리상이 들어가고, 부현은 나와 여기서 버텨보자."

"왜 내가 남아요?"

부현이 항변해 보았지만 소용없는 일이었다. 바람의 말 한마디로 이미 결정이 나버린 분위기였으니 말이다. 그런데 정작 문제는 은강이었다.

"벼락을 두고 나 혼자 숨을 수는 없어. 나도 여기 남겠어요."

"고집 부릴 때가 아니다. 어서 들어가!"

"싫다고 했잖아요!"

"그깟 말새끼가 뭐 그리 중요하다고 이 난리야? 그렇게 죽는 게 소원이면 여기 남아 있어! 내가 들어갈 테니까!"

부현이 신경질적으로 소리치자 은강도 지지 않고 대들었다.

"걱정 마! 난 여기서 벼락을 지켜줄 테니까!"

그사이 불길은 일행의 발치까지 다가들었다.

"앗, 뜨거워!"

은강에게 잠시 신경 쓰고 있는 사이 신발에 불이 옮겨 붙은 것을 모르고 있던 부현은 얼른 우물 쪽으로 물러서며 불을 비벼 껐다.

"너 때문에 데었잖아! 어서 들어가. 벼락은 어차피 죽을 운명이라고!"

"싫어! 못해!"

은강이 발악하고 있을 때였다.

"전 공자! 어디 있나요?"

불길 저편에서 누군가 부르고 있었다.

"이 목소리는… 설마 위 낭자가?"

이 엄청난 불길을 사람이 뚫고 들어온다는 것은 도저히 믿을 수 없는 일이었지만, 그녀의 목소리가 분명했다.

"여기요! 객점 뒷마당에 있어요!"

대답을 하고 얼마 지나지 않아 타오르는 울타리가 부서지는 소리가 들려왔다. 그리고 불길을 제압하는 시커먼 길이 하나 생겨나더니 소수연이 모습을 드러냈다.

"위 낭자!"

소수연은 십여 장의 젖은 멍석을 일행에게 던져 주며 소리쳤다.

"얘기할 겨를이 없어요! 이것도 오래 버티지 못할 테니 어서 나가도록 해요!"

그녀가 밟고 있는 것도 물에 적신 멍석이었다. 어디서 그렇게 많은 명석을 구했는지 그녀는 젖은 명석을 바닥에 길게 깔아 길을 만들고, 한 장을 뒤집어쓴 채 들어왔던 것이다.

"알겠소!"

살길이 생긴 일행은 젖은 명석을 하나씩 뒤집어썼다. 역리상은 우물 뚜껑을 덮은 뒤 결빙 도술로 봉하였고, 은강은 벼락에게 명석을 덮어주었다.

"내가 앞서 갈게요!"

벼락에 올라탄 은강이 먼저 달려나가고, 뒤이어 나머지 일행도 사력을 다해 뛰었다.

드센 불길 때문에 젖은 명석에서 수증기가 무럭무럭 피어올랐다. 그러나 일행이 벗어날 동안 불은 옮겨 붙지 않았기에 마을 바깥으로 무사히 빠져나올 수 있었다.

"후아아!"

그동안 참았던 숨을 한꺼번에 몰아쉬며 부현이 물었다.

"위 낭자 덕분에 살았어요. 그런데 여긴 어떻게……."

"낙양에서 볼일을 마친 뒤에 부지런히 쫓아왔는데 마차를 타고 이동하다 보니 따라잡을 수가 없었어요. 하지만 인근에 객점이 있는 마을은 사강촌밖에 없다고 하기에 이곳에 오면 만날 수 있을 거라 생각했죠. 그래서 날이 어두웠음에도 불구하고 계속 달려 이곳에 도착하게 되었지요. 그런데 멀리서 보니 수상한 자들이 마을을 둘러싼 채 이상한 짓을 하더군요. 바람에 실려오는 짙은 기름 냄새를 맡는 순간, 그들이 무슨 일을 벌이는지 알게 되었죠. 하지만 숫자가 너무 많아서 제지하기는 힘들 것 같았어요. 공자 일행에게 알리러 마을로 들어간다 해도 그들이 불을 질러 버리면 아무 소용이 없을 것 같아 재빨리 인근 농가를 돌며 멍석을 있는 대로 사들였지요. 보시다시피 열 수레나 실어왔어요."

그녀가 가리킨 곳에는 농가에서 쓰는 우마차 열 대와 그녀가 타고 온 것으로 보이는 화려한 육두마차 한 대가 세워져 있었다. 그리고 농부들이 끌고 온 우마차의 수레는 물기를 잔뜩 머금고 있어서 그녀의 말대로 젖은 멍석을 실어왔음을 알 수 있었다.

"그런데 마을을 이 지경으로 만든 자들은 다 어디로 갔소?"

바람의 질문이었다.

"불을 놓더니 바로 사라졌어요. 덕분에 저는 그들의 제지를 받지 않고 여러분을 구할 수 있었죠."

소수연은 미리 준비하고 있던 답변을 자연스럽게 늘어놓고는 우마차를 지키고 있는 농부들에게 다가갔다.

"수고들 하셨어요. 약속한 대로 각자 금 한 냥씩을 지불하지요."

농부들은 불타는 사강촌을 보고 경악하는 일면, 잠시의 노동에 대한 엄청난 보수에 놀라 입을 쩍 벌렸다.

"자, 어서들 돌아가세요. 마을에 불을 지른 악한들이 아직도 부근을 배회하고 있을지도 몰라요."

"감사합니다요, 아가씨!"

농부들은 저마다 고개 숙여 인사를 한 뒤 각자의 집을 향해 우마차를 몰아갔다.

마을을 태우는 불길은 점점 거세어져 갔고, 일행이 빠져나오도록 길을 제공한 멍석들도 물기가 마르면서 불타오르기 시작했다.

바람은 심각한 표정을 지으며 입을 열었다.

"로스티드는 죽었고, 사상문은 아직 이곳의 소식을 알지 못할 테니 이번 일은 삼령교가 꾸몄을 가능성이 크겠군."

"그럴 거예요. 완완노 할아버지를 만나러 갈 때도 우리를 잡아 죽이지 못해 안달이었으니까."

"어쨌든 이젠 잠자리를 정할 때도 조심해야겠구나. 우리 때문에 애꿎은 마을 사람들이 죽지 않도록."

"이거 잠도 마음대로 잘 수 없으니 원."

"그런데 우리를 도와주신 이분 낭자는……."

"아, 위 낭자를 소개할게요."

부현은 자신이 알고 있는 위서영에 대하여 일행에게 설명해 주었다. 위서영이란 이름은 물론 그가 알고 있는 모든 것은 소수연이 꾸며낸 말이었지만 말이다.

부현의 설명을 듣는 동안 역리상과 나연의 안색은 썩 좋아 보이지 않았다. 나연은 완벽해 보이는 소수연의 미모가 마음에 걸렸고, 역리상은 그녀와 부현이 아는 사이라는 점에 경악하고 있었다.

'자연스럽게 접근한다고 하던 말이 바로 이것이었던가? 나에게는 관계를 알리지 말라고 하더니…….'

나연은 여인으로서 가지는 막연한 불안감에 불과했지만 역리상의 심정은 이루 말할 수가 없었다. 마치 자신의 여인을 부현에게 빼앗긴 듯한 심정이었으니 말이다.

역리상의 이런 심정을 알기라도 한 것일까? 소수연은 남들의 눈을 피해 그에게 빙긋, 미소 지어주었다.

'날 보고 웃었어. 위 낭자가 나를 보고……!'

그녀의 웃음은 마치 '걱정 말아요. 난 사실 당신을 만나러 왔어요'라고 말하는 듯하였다. 그것으로 충분했다. 역리상의 서운했던 감정은 훈풍에 눈 녹듯 순식간에 사라졌다.

두 시진 정도가 지나고 나서야 불길은 잦아들기 시작하였다. 흙에 스며들었던 기름들이 대부분 소진되어 극히 일부를 제외한 땅에서는 불길이 더 이상 일지 않았다. 다만 가옥 몇 채가 아직 불타고 있을 뿐이었다.

"우물로 피신한 주민부터 구해냅시다."

땅에서는 아직도 후끈한 열기가 치솟고 있었기에 내공이 달리는 은강과 역리상을 남겨둔 채 나머지 일행들만 객점 뒷마당으로 달려갔다.

우물을 덮고 있던 뚜껑의 얼음은 아직도 건재했다. 역리상의 도술 덕분에 주민이 열기에 데어 죽은 것만은 모면한 것 같았다.

"우아아압!"

부현은 자신의 내공을 자랑이라도 하듯 얼어붙은 뚜껑을 단숨에 떼어냈다. 그런데 사람들이 보이지 않았다. 꼭대기까지 거의 차 있던 사람들의 모습이 말이다.

"이게 어떻게 된……."

사람들은 저 아래쪽에 쓰러져 있었다.

"하부에 있던 사람들이 무게를 견디지 못하고 쓰러진 모양이다! 얼른 꺼내드리자."

바람이 소리치며 우물 안으로 들어가려 하자 나연이 말렸다.

"아니에요. 저분들은 모두 죽었을 거예요."

"그게 무슨 말이오?"

"공기가 부족했을 거예요."

"숨 쉴 공간이라면 충분히 있었는데……."

"그렇지 않아요. 비록 눈에는 보이지 않지만 공기에도 사람에게 필요한 성분이 있고 그렇지 않은 성분이 있어요. 한정된 공간에 오래 간혀 있으면 필요한 성분이 고갈되어 모두 질식하게 되는 것이지요."

'코와 입을 막았다면 모를까 숨 쉴 공간이 존재하는데 사람들이 왜 죽는단 말인가?'

아직 공기에 대한 개념이 잘 발달되지 않은 시대에 살고 있는 바람으로서는 이해하기 힘든 일이었다.

바람은 자신의 눈으로 직접 확인하기 위해 우물 안으로 뛰어내려 갔다. 몇몇 사람을 살펴본 그는 모두 죽었음을 시인해야 했다. 그러는 동안에 두세 모금 숨을 들이쉬게 된 그는 가슴이 답답하고 어질어질한 현기증을 느낄 수 있었다.

'이건 숨 쉴 수 있는 공기가 아니다!'

바람은 지체없이 위로 뛰어올라 왔다.

"나연 낭자의 말이 옳았소."

주민을 살려보기 위한 노력이 수포로 돌아갔다는 사실에 바람은 크게 상심한 표정이었다.

"우리 때문에 죄없는 양민들이 참화를 당했군."

나연과 부현의 표정도 그리 밝지는 않았다.

"삼령교 이 자식들… 내 눈에 띄기만 해봐라!"

부현은 눈앞에 삼령교인이 있으면 모조리 죽이고 말겠다는 듯 두 주먹을 불끈 쥐었다.

"삼령교 무리가 왜 여러분께 이런 짓을 하지요?"

소수연이 시침을 떼고 묻는 것도 모르고 부현은 아주 친절하게 설명해 주었다. 목소리를 쫙 깔고 말이다.

"아마 놈들이 원하는 걸 우리가 가지고 있을 때문일 겁니다. 혹시 불환동부에 대해서 알고 계십니까?"

"어렴풋이 들은 적은 있어요. 뭔가 대단한 물건이 그곳에 있어서 무림이 온통 들끓었다지요? 하지만 저는 그런 것에 관심이 없어서 불환동부에 가보지는 않았어요."

"그 물건을 우리가 차지했거든요."

"그랬군요!"

소수연은 짐짓 놀랍다는 표정을 지었다.

바람은 입을 가볍게 놀리는 부현이 마땅찮은 눈치였지만, 일행에게 도움을 준 소수연이 보는 앞에서 비밀 운운할 수는 없었기에 그냥 참고 있었다.

그 뒤로도 부현은 불환동부에서 겪었던 일을 소상하게 늘어놓았다. 물론 자기 자랑에 가까운 말들만 골라서 말이다.

소수연도 불환동부 안에서 벌어진 일에 대해서는 아는 바가 전혀 없었으므로 상당한 관심을 기울였다. 특히 로스티드를 상대하는 대목에 가서는 손에 진땀이 밸 정도였다. 부현의 말에 약간 과장이 섞여 있다고 해도 그의 능력은 간단한 게 아니었기 때문이다.

'겉보기보다 대단한 놈이었군. 그 거대한 아수라 철상을 깨뜨리고 로스티드 같은 괴물을 거꾸러뜨릴 정도였다니……. 다행이군. 악령과 사령의 말대로 정면 대결을 펼쳤다면 설사 이긴다 해도 우리 또한 궤멸에 가까운 피해를 면치 못했을 테니까. 하지만 더욱 염려스러운 건 강자와 싸우면서 놈의 내공이 자꾸 증진한다는 사실이야. 어쩌면 천육백 년 공력이란 말이 허풍으로 그치지 않을지도…….'

전부현이란 존재가 소수연의 가슴에 새롭게 각인되는 순간이었다.

8장
위험한 동행

부현 일행은 불탄 시신들까지 몰아 넣은 뒤 우물을 그대로 무너뜨려 합장하는 것으로 뒷정리를 마무리 지었다. 이로써 사강촌은 더 이상 존재하지 않게 되었다. 단 하룻밤 사이에 마을 하나가 사라져 버린 것이다.

침울한 표정을 짓고 있는 일행에게 소수연이 말했다.

"여러분 잘못이 아니에요. 이건 모두 삼령교라는 사악한 집단이 저지른 일이잖아요. 이제 그만 힘들 내세요."

그 말에 제일 먼저 반응한 것은 부현이었다.

"위 낭자의 말이 맞아요. 이건 어차피 끝난 일이고 우리는 우리의 길을 가야지요."

"그래, 출발하도록 하자."

바람이 뿌옇게 터오는 먼동을 바라보며 대답했다.

"그런데 벼락을 빼고는 말들이 다 죽어버렸으니 어떻게 하죠? 잠도 제대로 못 잤는데 걸어갈 수도 없고……."

소수연의 마차로 함께 이동하자는 은근한 바람이 담긴 부현의 말이었지만 바람은 전혀 알아듣지 못한 눈치였다.

"말을 구할 때까지는 어쩔 수 없는 일 아니냐?"

"그럴 것 없이 제 마차로 함께 가세요. 여러분이 모두 타셔도 비좁지 않을 거예요."

소수연의 원래 목적이 일행에 섞여드는 것이었으니 그녀로서는 기회를 만난 셈이었다.

"그런 신세까지 질 수는 없소."

사양이라고 하기엔 약간 강경해 보이는 바람의 대답이었다.

"신세라고 생각하지 마세요. 저도 어차피 서쪽으로 향하고 있었으니까요."

"우리를 노리는 자들은 자신들의 목적을 위해 마을 하나를 초토화시킬 수도 있는 흉악한 무리요. 낭자에게 더 이상 부담을 주고 싶지 않소이다."

"제가 그들에게 당할까 봐 걱정하시는 거였군요? 그 문제라면 걱정 마세요. 제 한 몸 지킬 정도의 능력은 있으니까요. 모르긴 몰라도 여기서 저를 능가하는 분은 전 공자 한 분 정도일 거예요."

자신만만한 그녀의 말에 일행 모두의 눈이 휘둥그레졌다. 그녀가 어느 정도의 무공을 익히고 있으리라 예상은 하고 있었지만, 그만한 고수인 줄은 몰랐기 때문이다. 특히 바람의 놀라움은 더욱 심했다.

'제법 강한 능력을 숨기고 있는 줄은 알았지만 이건 예상 밖이로군.'

자신의 능력을 부풀려 말하는 것은 허풍쟁이들뿐이다. 그 능력이 목숨을 좌우하는 무림에서라면 더 더욱 그러하다. 따라서 그녀의 말이 거짓일 가능성은 거의 없다고 바람은 생각하였다.

"여러분의 걱정을 덜기 위해 미천한 실력을 잠시 보여 드리기로 하지요."

그녀는 품속에서 한 자가량 되는 소도를 꺼내 들었다. 칼집과 손잡이가 수많은 보석으로 치장되어 있어 장식용으로나 어울릴 듯한 물건이었다. 그런데…

스르릉.

예사롭지 않은 소리와 함께 칼집을 빠져나온 소도를 일견한 순간, 일행은 그것이 대단한 보도(寶刀)임을 알아볼 수 있었다.

파르스름함 속에 은은한 혈광을 감추고 있는 그것은 강철이라도 단번에 가를 만한 예기(銳氣)를 내포하고 있었기 때문이다.

"저것이 좋겠군요."

소수연은 십여 장 떨어진 곳에 있는 작은 바위를 향해 보도를 날렸다.

휘류류류.

우아한 곡선을 그리며 날아간 보도는 바위 중앙을 스치듯 한 바퀴 돈 뒤 소수연의 손으로 돌아왔다. 모든 것이 아주 부드럽고 자연스럽게 이루어졌다. 하지만 그 결과는 결코 부드럽지 않았다.

쩌적! 쿠웅!

한아름이나 되는 바위가 사선으로 매끈하게 잘려 넘어갔으니 말이다.

도를 날려 바위를 베는 것은 그리 간단한 일이 아니었다. 바람이라면 혼신의 힘을 기울여 검을 떨쳐야 겨우 베어낼 수 있는 바위였다. 그런데 가볍게 도를 날려 베어냈으니…….

'말은 부현보다 뒤진다고 했지만 막상 겨룬다면 어떻게 될지 알 수 없겠군. 내공이야 부현이 앞설지 몰라도 초식의 운용 면에서는…….'

그녀의 실력을 인정한 이상 바람도 반대할 이유가 없었다. 자신보다 강한 상대를 걱정하는 행위는 교만함일 뿐이니까.

"서쪽으로 가시는 중이라 했습니까?"

"그렇습니다."

"어디까지 가시는지……."

"보에족이 살고 있는 토번을 두루 유람해 볼 계획이지요."

목적지가 같다는 말에 바람은 석연치 않은 표정을 지었다.

'마치 우리와 함께 가기 위해 나타난 듯한 느낌이 드는 건 내가 너무 예민하기 때문인가?'

일행은 지금 천부인의 지도를 소유한 상태이니 바람은 절대로 예민한 것이 아니었다. 오히려 이런 생각을 못하는 부현의 행동이 가벼울 뿐이었다.

"하하하! 잘됐네요. 우리도 마침 그곳으로 가던 중이었는데."

"그래요? 그럼, 그곳까지 동행하면 되겠군요?"

"우리야 좋지요. 말을 타는 것보다는 마차가 더 편하니까."

"어서 타세요."

소수연이 먼저 오르며 말하자 부현이 재빨리 올라가 그녀의 옆에 자리를 잡았다.

"뭐 해요? 어서 타지 않고?"

눈에 확 띌 정도로 그녀에게 집착하는 부현의 행동에 일행은 씁쓸한 미소를 지으며 마차에 올랐다. 하지만 은강은 예외였다.

"난 벼락을 타고 가겠어."

"왜 힘들게 말을 타고 가? 마차가 더 편한데?"

"넌 편하게 살아. 난 편한 거보다 벼락이 더 좋으니까."

은강의 뜻이 단호한 듯하자 소수연은 마부석을 향해 명하였다.

"출발하세요, 추노(醜老)."

"예, 아가씨!"

그동안 경황이 없었기에 일행은 마부석에 사람이 있었다는 것조차 깨닫지 못하고 있었다.

마부석에는 등이 목보다도 높이 솟아 있는 꼽추노인이 앉아 있었다. 얼굴과 피부는 굵은 주름으로 뒤덮여 나이를 추측할 수 없었고, 체구는 왜소해서 존재감이 느껴지지 않았다. 아니, 어쩌면 노인 스스로 존재감을 감추고 있는지도 몰랐다.

'마부석에 누군가 앉아 있는 것은 아까부터 보았다. 그런데 이제 와서 그의 존재가 새삼스레 느껴지다니……'

바람은 마부석에 앉아 있던 사람이 어떤 모습이었는지 생각해 보았다. 그런데 뚜렷한 모습이 떠오르지 않았다.

'꼽추노인이었던 것 같은데… 방금 본 사람의 모습이 왜 이토록 희미한 것일까?'

물론 이런 경우는 종종 있었다. 자신이 뭔가 깊은 생각에 빠져 있을 때, 혹은 상대가 너무 평범해서 아무 경계심 없이 그냥 지나쳤을 때의 경우같이. 하지만 꼽추는 그리 흔한 경우가 아니다. 그리고 주인의 능력이 뛰어난 만큼 마부 또한 범상치 않은 능력을 가지고 있을 가능성이 컸다.

'능력을 숨기고 있는 마부라… 위서영이란 여인의 내력이 궁금해지는군.'

이래저래 소수연에 대한 의구심이 커지고 있는 바람에 비해 부현은 그녀의 옆 자리를 차지했다는 사실만으로 입이 헤벌쭉 벌어져 있었다.

'무흐흐… 살짝살짝 닿는 촉감만으로도 죽이는구만.'

맞은편에 앉은 역리상의 애간장이 녹아내리는 것을 꿈에도 모른 채 부현은 그녀에게 점점 더 밀착해 갔다.

다음날 정오 무렵.

마차는 화산(花山) 부근을 지나고 있었다. 화산은 산수(山水)가 청정(淸淨)하여 오래전부터 수행하는 도사들이 터를 잡아왔고, 지금은 제법 규모있는 도장도 곳곳에 건립된 상태였다.

바깥 풍경을 바라보고 있던 소수연이 탄성을 흘렸다.

"산세가 참 수려하네요. 그렇지 않은가요, 전 공자?"

"그렇군요. 그런데 여기가 어딥니까?"

"이런, 화산을 모르고 계셨군요?"

"화산? 도사들이 많은 그 화산을 말하는 겁니까?"

"도사가 많다는 건 알고 계시네요?"

"제가 왜 모르겠습니까? 하하하! 화산파라는 아주 유명한 무림문파가 생겨날 곳인걸요."

"화산파요? 제법 그럴듯한 이름이군요."

"숭산의 소림사, 무당산의 무당파 등과 더불어 구대문파라고 불릴……."

부현은 무협 소설에서 읽은 지식을 한껏 떠벌렸다. 하지만 아직 소림사도 세워지지 않은 시대였으니 소수연은 물론 바람과 역리상도 무슨 소린가 하는 표정을 짓고 있을 뿐이었다.

그럼에도 불구하고 부현은 자신이 알고 있는 무협 상식에 대해 끊임없이 떠들어댔다. 때마침 객점이 나타나 주지 않았다면 누군가 한 사람은 나서서 그의 말을 제지했어야 할 정도로 피곤한 장광설이었다.

"저 앞에 길손을 위한 객점이 있습니다, 아가씨. 어떻게 할까요?"

"말들도 쉬어야 할 테니 잠시 멈추세요, 추노."

"알겠습니다."

변변한 편액조차 내걸지 못할 정도로 작고 누추한 객점이었다. 말에게 물과 꼴을 먹일 구유가 부족한 것은 물론 식당에 마련된 탁자도 지저분하기 짝이 없는 것 하나뿐이었다.

그러나 이런 객점이나마 언제 또 만날 수 있을지 몰랐기에 일행은 아무 불평 없이 자리를 잡고 앉았다.

일행을 맞은 사람은 주인으로 보이는 노부부였는데, 일하는 사람을 따로 두지 않고 두 사람이 직접 운영해 나가는 모양이었다.

노인은 입김만 훅, 불어도 풀썩 고꾸라질 정도로 뼈만 앙상한 몰골이었고 노파는 얼굴이 땅에 닿을 정도로 심하게 구부러진 허리를 하고 있었다.

"어서 오시우……."

노파가 먼저 나와 일행을 맞이했고, 뒤이어 나온 노인은 어디를 보는지 초점도 알 수 없는 눈길로 '말들도 먹이를 주시겠수?' 하고 묻더니 대답도 듣지 않은 채 휘적휘적 걸어나갔다.

"우린 늙은이들이라 찬거리를 매일 사 나를 수가 없다우. 돼지나 소처럼 큰 짐승은 오래 보관할 수 없으니 잡을 수가 없고."

안 되는 음식을 설명하는 데 이렇게 설명이 긴 모양이었다. 그러자 소수연이 노파 곁으로 다가가 팔을 붙잡고는 귀에 대고 크게 말하였다.

"무슨 음식이 되는지를 말씀하세요, 할머니!"

"고기 요리라면 토끼, 오리, 닭이 있고, 야채도 흔히 먹는 것들은 있수."

"그중에서 자신있는 음식으로 해주세요."

"은 한 냥이우. 가끔 늙은이라고 깔보고 그냥 가는 불한당들이 있어서 선불로 받으니 양해하시우."

그렇고 그런 음식에 은 한 냥이란 거금을 부르는 것도 기가 막힐 일인데 돈부터 내라고 하니, 웬만하면 화를 낼 법도 하건만 소수연은 아무런 불평 없이 은덩이 하나를 꺼내주었다.

"맛있게 해주세요."

'얼굴도 죽이는 여자가 마음까지 고우니 금상첨화구만.'

'저런 여인은 누생을 거듭 태어나도 다시 만날 수 없을 거야.'

부현과 역리상이 이런 생각을 하는 동안 바람은 그녀의 행동을 면밀히 살피고 있었다.

'확실히 고수다운 면모를 지닌 여인이구나. 노파에게 말을 할 때 팔을 잡은 것은 다정한 성격 때문이 아니라 혹시나 하는 걱정으로 노파의 능력을 점검한 것이 틀림없어.'

사람은 평소 생각에 따라 보는 관점이 달라지고, 관점은 곧 그 사람의 그릇을 결정짓는 법이다. 이런 면으로 볼 때 부현은 아직 고수의 그릇이라 할 수 없었다. 내공이 아무리 강하다 해도 말이다.

나연과 은강은 또 다른 이유로 소수연을 주시하고 있었다. 나연은 그녀를 처음 봤을 때와 같은 경계심에서, 은강은 묘한 호기심에서였다.

'위 낭자 앞에만 서면 나는 왜 초라해지는 걸까?'

'나연 언니와는 다른 면모를 지닌 사람이야. 무공도 엄청나게 강하고.'

모두가 나름대로의 이유로 소수연을 주시하고 있을 때였다.

"아이고, 이놈의 말이 늙은이 잡네!"

밖에서 노인의 비명 소리가 들려왔다.

"아차! 벼락의 특성을 알려주지 않았어."

은강이 얼른 바깥으로 뛰어나갔다.

푸히히히힝!

노인은 바닥에 넘어져 있었고, 벼락은 앞발을 번쩍 든 채 금방이라도 밟아버릴 듯 위협을 가하고 있는 중이었다. 아마 벼락을 여느 말처럼 묶어놓으려다가 봉변을 당한 모양이었다.

"벼락, 그만두지 못해?"

은강이 소리치자 벼락은 옆으로 슬쩍 피해 앞발을 내려놓았다. 은강은 노인을 부축해 일으키며 말했다.

"벼락은 다른 말과 달라서 묶이는 걸 죽기보다 싫어하고, 여물 대신 고기를 먹는다는 말을 제가 깜빡했어요."

노인은 도저히 못 믿겠다는 표정이었다.

"묶는 건 그렇다 쳐도 고기를 먹는 말이라니… 그걸 믿으란 말이우?"

"사실이에요. 여물을 줬다간 또 한바탕 난리칠 테니 고기를 갖다 주세요. 그럼 이렇게 거친 행동을 하지 않을 거예요."

"오래 살다 보니 별일을 다 보겠구먼. 그런데 늙은이가 좀 만져 봐도 괜찮겠수?"

"그러세요. 묶으려고 하지만 않으면 반항하지 않아요."

노인은 조심스럽게 다가서 벼락의 갈기를 쓰다듬었다.

푸르륵!

벼락이 별 저항 없이 노인의 손길을 받았다. 그러자 용기가 생긴 노인은 슬며시 머리를 쓰다듬었다. 두어 번 쓰다듬었을까?

푸히히히힝!

벼락이 갑자기 앞발을 쳐들며 다시 난동을 부리기 시작했다.

"아이쿠!"

힘을 못 이기고 넘어진 노인은 엉덩이를 끌며 부지런히 도망쳤다.

"벼락, 왜 이러는 거야? 가만히 있어!"

은강이 다시 소리치자 벼락은 그제야 진정하며 푸르륵, 투레질을 하였다.

"저렇게 사나운 말은 처음일세."

단단히 혼이 난 노인은 혼잣말을 중얼거리며 객점으로 들어갔다.

"범상한 말이 아니군요, 아가씨."

노인의 도움을 받아 그동안 자신의 말들을 돌보고 있었던 추노가 은강에게 말을 걸어왔다.

"사자 새끼와 함께 사자 젖을 먹고 자란 말이에요. 그래서 자기가 사자인 줄 알아요."

"재미있군요. 어쨌든 백 년에 한 번 나기도 힘든 명마임에는 틀림없습니다."

"맞아요. 하루에 천 리도 넘게 달릴 수 있어요."

"웬만한 무사는 상대도 안 될 만큼 용맹스럽기도 하겠군요."

"정말 잘 아시네요? 사람 말도 다 알아듣는 명마예요."

"인간의 말을 할 수 있었으면 더 좋을 뻔했습니다."

"헤헤… 그거는 좀……."

"들어가시지요. 이제 식사 준비가 거의 됐을 겁니다."

"그래요."

객점 안으로 들어와 보니 추노의 말대로 식사 준비가 다 되어 있었다.

은강은 일행과 한자리에 앉았고, 추노는 따로 마련된 탁자에 자리를 잡았다.

잘게 토막을 내 야채와 함께 기름에 볶아낸 닭 요리와 토끼 탕 등 그런대로 푸짐한 식탁이었다.

"와, 맛있겠다!"

은강이 환호성을 지르며 수저를 들었다. 여느 때 같으면 음식 앞에서 밀릴 부현이 아니었지만 오늘은 상황이 좀 달랐다.

'위 낭자 앞이니 점잖게…….'

부현은 탕을 한 숟가락 떠서 천천히 입으로 가져갔다. 그때 닭 요리를 한 젓가락 입에 넣던 바람의 눈빛이 날카롭게 빛났다.

"잠깐, 모두 멈추세요!"

바람 대신 외친 사람은 소수연이었다. 일행이 영문 모를 표정으로 바라보자 그녀는 식당 한구석에 앉아 졸고 있는 노부부에게 시선을 돌렸다.

"졸고 있지 않다는 걸 알고 있으니 눈을 떠라!"

그때까지도 바람을 제외한 일행은 무슨 일인지 전혀 모르고 있었다. 하지만 바람만 불어도 쓰러질 것 같던 노부부가 음침한 표정으로 일어나자 그들도 상황을 대충 알아차릴 수 있었다.

"음식에 독이 들어 있었군요?"

부현의 말에 소수연은 고개를 돌리지 않고 대답했다.

"맞아요."

"큰일 날 뻔했군. 그런데 위 낭자는 그 사실을 어떻게……."

"추노가 전음으로 알려줬지요. 추노는 여러 가지 독을 검출해 낼 수 있는 탐침들을 가지고 다녀요. 음식을 먹기 전에 꼭 검사를 하지요."

소수연은 자리에서 일어나 노부부에게 다가갔다.

"당신들의 계획이 수포로 돌아갔다는 사실은 잘 알 테니, 이제 누구의 사주를 받았는지 말할 차례 아닌가?"

"우리가 순순히 말할 것 같으냐?"

"그렇다면 말하게 만들어주는 수밖에."

스르릉!

소수연은 바위를 무 베듯 하는 보도를 뽑아 들었다. 그 순간 노부부가 동시에 소수연을 덮쳐들었다.

"앉아서 당하지는 않아!"

"죽어랏!"

뼈마디만 앙상한 노인들의 몸 어디에 저런 힘이 숨어 있었을까 싶을 정도로 쾌속한 공격이었다. 그러나 상대는 소수연이었다.

"어리석은!"

횡으로 보도를 휘두르는 그녀의 동작은 아주 단순해 보였다. 하지만 그 안에 수많은 변화가 감추어져 있다는 사실을 바람은 볼 수 있었다. 그녀의 보도는 노부부의 손속을 자연스럽게 헤집고 들어갔다. 그리고…

촤아악!

두 줄기의 새빨간 선혈이 호선을 그리며 허공을 뻗어 나갔다.

"커어억!"

"크륵! 어, 어떻게……."

노부부는 핏물이 샘솟는 목을 부여잡은 채 불신의 눈빛으로 소수연을 바라보았다. 뭔가 할 말이 있는 듯 입을 두어 번 벙긋거렸지만 끝내 아무 말도 못한 채 쓰러지고 말았다.

"이렇게까지 하고 싶지는 않았는데, 미련하게 죽음을 자초하다니……."

동정심을 내포하고 있는 말과는 달리 그녀의 표정은 너무나 차분하였다. 금방 두 명을 죽인 사람이라고는 도저히 믿을 수 없을 정도로 말이다.

어쨌든 노부부가 죽어버린 이상 그들의 배후를 캐기는 틀린 일이었기에 일행은 객점을 나와 마차에 올랐다.

마차가 다시 출발하고 한참이 흐를 동안 입을 여는 사람은·아무도 없었다.

잠 한숨 편히 잘 수 없고, 밥 한 끼 마음 놓고 먹을 수 없는 상황이니 심정이 답답할 수밖에 없는 일이었다.

"이러다가 숨 쉬는 것도 독이 있나 없나 눈치 봐가면서 해야 되게 생겼네. 도무지 잠시도 그냥 두질 않으니……."

부현이 맥 빠진 목소리로 중얼거리자 바람이 말했다.

"이건 시작일 뿐이다. 어제와 오늘의 일은 삼령교의 소행인 것 같은데, 아직은 탐색전 수준이야. 대대적인 공격을 가해온다면 어떻게 될지 모르지."

"오히려 그렇게 했으면 좋겠네. 로스티드처럼 삼령교도 완전히 부숴

버리면 조용해질 것 아니에요? 이거야 잠자고 먹을 때까지 마음을 조려야 하니······."

"삼령교가 문제가 아니다."

"그놈들보다 더 걱정되는 놈들이 있나요?"

"불환동부에서 도격문인들을 일거에 살상한 의문의 인물이 직접 나타난다면 우리가 무사할 수 있다고 장담할 수 없는 일이다."

"음··· 그놈은 확실히 무서웠던 것 같군요."

"그리고 아직은 조용하지만, 머지않아 우리에 대한 소문이 강호에 퍼져 나갈 테고, 그렇게 되면 가는 곳마다 군웅들의 공격을 받게 될 거다."

"그깟 놈들은 걱정할 것 없어요. 우리가 목숨 걸고 얻은 걸 뺏으려 드는 놈들은 가차없이 뭉개 버릴 테니까."

대화를 주고받는 동안 마차는 화산의 험준한 권역으로 접어들게 되었다. 길이 험해지는 것을 감안해서 추노가 속도를 늦추었음에도 불구하고 마차는 심하게 흔들렸다.

태산 등과 더불어 오악(五岳)의 하나로 불리는 화산은 그중에서도 험준하기로 유명한 산이다. 비록 그 한가운데를 가로지르는 길은 아니었지만 어느 정도 험할 것은 각오해야 했다.

"화산의 지맥(支脈)을 지나갈 때까지는 다소 불편해도 참으셔야 할 거예요."

소수연의 말에 부현이 웃음으로 답했다.

"하하! 이 정도야 뭐······."

마차가 흔들릴수록 소수연과의 신체 접촉이 쉬워지니 부현으로서는 좋을 수밖에 없었다.

마차가 일으키는 먼지를 피하기 위해 앞서 말을 몰아가는 은강은 아까부터 고개를 갸웃거리고 있었다.

'오늘따라 벼락이 이상하네?

웬만한 산비탈 정도는 은강이 겁날 정도로 펄펄 뛰어다니던 벼락이었다. 그런데 오늘은 이상하게 힘들어하는 기색이 역력했던 것이다. 가끔가다 머리를 좌우로 마구 흔드는 것이 어딘가 불편해 보이기도 했고 말이다.

"벼락, 힘드니?"

푸륵! 푸르륵!

은강의 물음에 벼락은 뭐라고 대답하는 것 같았는데, 힘든 것보다는 뭔가 다른 불편함을 호소하는 것 같았다.

"왜 그러는데?"

푸르륵!

은강이 비록 벼락과 잘 통하는 사이라고는 해도 말의 언어를 인간이 알아들을 수는 없는 노릇이었다.

"힘들면 내가 마차로 옮겨 탈까?"

벼락의 상태가 점점 더 나빠진다고 판단한 은강이 이렇게 말할 때였다.

키히히히힝!

벼락이 갑자기 앞발을 쳐들며 마구 굴러대었다.

"왜 이래, 벼락!"

은강은 떨어지지 않기 위해 얼른 벼락의 목을 붙잡았다.

푸히히힝!

무엇에 그리 놀랐는지 벼락은 길을 벗어나 산비탈로 마구 달려 올라갔다.

"멈춰! 벼락, 멈추란 말야!"

은강이 소리를 질러봤지만 헛일이었다. 벼락은 그녀의 말을 못 듣는 것이 분명하였다.

갑작스러운 사건으로 인하여 마차가 멈추고 일행이 뛰어나왔다.

"저 자식이 왜 갑자기 날뛰지?"

"은강이 위험해! 쫓아가 보자!"

부현과 바람이 달려 올라가는 것을 보며 추노는 조심스럽게 입을 오물거렸다.

"객점에서 원노(鴛老)가 손을 쓰는 것을 보았습니다."

추노의 전음을 접한 소수연도 역리상과 나연이 눈치 채지 못하도록 조심스럽게 전음을 운용하였다.

"은강의 말에게 손을 썼단 말이냐?"

"그렇습니다. 머리를 쓰다듬는 척하며 귀에다가 혈고(血蠱)를 넣는 걸 보았습니다."

"그래서 저렇게 날뛰는군."

"혈고는 뇌와 골수부터 갉아먹으니, 벼락이 아무리 훌륭한 명마라도 그 고통을 이겨낼 수는 없을 겁니다."

"내가 때를 알릴 때까지는 더 이상 손을 쓰지 말라고 분명히 말했거늘… 악령, 사령이 결국 일을 꾸미는군. 서장까지 사람을 보내 어렵게 구해온 혈고를 겨우 말에게 써먹다니……."

"고구려의 공주인 은강을 위험에 처하게 하면 이들 일행이 허둥댈 것이란 계산 때문이 아니겠습니까?"

"그렇게 해서 완벽한 기회를 잡을 수 있다는 보장이 없으니 하는 말이야. 어쨌든 본 교의 공격이 있더라도 추노는 쉽게 본색을 드러내지 말도록!"

"교인들이 이들에게 당해도 말입니까?"

"아까 내 손으로 두 늙은이를 처치하는 걸 눈으로 보고도 그래? 이들이 우리를 완전히 신뢰할 때까지는 조심해야 해. 어설픈 공격으로 실패하느니 교인이 얼마간 희생되더라도 확실한 기회를 잡는 게 이득이야."

"알겠습니다."

객점에서 처치한 노부부는 소수연도 잘 알고 있는 삼령교의 인물이었다. 그랬기에 바람이 독을 눈치 채는 순간 소수연이 먼저 알아챈 척을 하였고, 격투를 핑계로 제거해 버렸던 것이다.

또한 그녀가 마부로 데리고 온 추노는 삼령교의 수석 장로를 맡고 있는 괴노와 함께 추괴쌍노(醜怪雙老)로 불리는 형제였다. 동생인 괴노는 수석 장로를, 형인 추노는 수석 호법을 맡고 있으니 이들은 교 내에서 삼령 다음 가는 실권자이며, 그에 부합하는 실력자들이었다.

쌍둥이는 아니지만 둘 모두 선천적인 꼽추로 태어난 이들은 성정이 지극히 차가워서 무슨 일이든 맡기면 실수없이 해결해 왔기에 소수연은 악령과 사령보다 오히려 이들 형제를 더욱 신뢰하였다.

'확실한 계략이 준비되지 않았다면 일을 크게 벌이지 말아야 할 텐데……'

소수연은 악령과 사령에 대한 믿음이 없었기에 초조한 안색으로 주변을 둘러보았다.

두두두두!

은강이 아무리 소리를 질러도 벼락은 막무가내로 달리고 있었다. 그 속도가 얼마나 빠르던지 부현과 바람이 사력을 다해서 달리는데도 쉽게 거리를 좁히지 못했다.

"저 우라질 자식이 언젠가는 일낼 줄 알았어."

부현은 달리는 와중에도 투덜거리는 것을 잊지 않았다.

얼마나 달려 올라갔을까? 부현과 바람이 벼락을 거의 다 따라잡았을 즈음이었다.

"제발 서, 벼락! 저 앞은 낭떠러지란 말야!"

절규에 가까운 은강의 외침이 터져 나왔다. 그 말에 바람과 벼락도 정신이 번쩍 들었다. 오르막길 끝에 위치한 벼랑의 속성상 두 사람의 눈에는 아직 보이지 않았다. 하지만 험한 산세로 보아 벼랑에서 떨어지면 은강이 무사하지 못할 것은 자명한 일이었다.

"뛰어내려!"

부현의 소리치자 은강은 강하게 도리질했다.

"안 돼! 벼락을 죽게 놔둘 수는 없어!"

"네가 안 하면 내가 한다!"

부현은 달리는 속도 그대로 발치에 걸리는 돌멩이 하나를 강하게 차 냈다.

파아악!

탄연과 같은 먼지의 띠를 길게 만들어내며 날아간 돌멩이는 벼락의 엉덩이, 정확히 말하면 항문에 꽂혀들었다.

짐승이든 사람이든 항문은 죽음에 이를 수도 있는 급소이다. 그런 곳을 주먹만한 돌멩이가 파고들었으니…

푸히히힝!

무릎에 힘이 쭉 빠진 벼락은 그 자리에서 거꾸러졌다.

"까아아아악!"

벼락이 갑자기 거꾸러지는 바람에 은강은 쏘아진 화살처럼 앞으로 퉁겨 나갔다. 그런데 문제는 벼랑이 그리 멀지 않다는 데 있었다. 그대로 두어 바퀴만 구르면 은강은 천 길 벼랑으로 떨어지고 말 상황이었다.

"정신 차려라, 은강!"

"풀이라도 잡아!"

바람과 부현이 외쳤지만 은강은 바닥에 떨어진 반동으로 크게 한 번 튀어 오르더니 고개 너머 벼랑을 향해 굴러갔고, 벼락의 커다란 몸뚱이도 우당탕거리며 뒤이어 굴러갔다.

"안 돼!"

부현이 소리치며 먼저 몸을 날렸고, 곧바로 바람도 몸을 날렸다.

텁! 척! 척!

세 동작은 거의 동시에 이루어졌다.

벼랑 아래로 떨어지는 은강의 옷깃을 벼락이 물고, 절반쯤 떨어진 벼락의 뒷다리를 부현이 두 손으로 잡고, 마지막으로 부현의 허리를 바람이 잡아 버티는 절묘한 상황이었다.

"잘했어, 벼락! 놓으면 절대로 안 돼!"

부현은 벼락에게 처음으로 칭찬의 말을 던지며 조심스럽게 무게 중심을 옮기며 벼락의 배 밑으로 한 손을 밀어 넣었다. 벼락으 번쩍 들어 올릴 생각이었는데, 그 순간에도 벼락은 고통이 계속되고 있는지 눈이 허옇게 돌아가고 있었다. 혈고가 뇌를 갉아먹고 있는 상황이니 그 고통이 어떻겠는가? 고통도 고통이려니와 뇌가 파괴되고 있으니 수많은 기억이 한꺼번에 일어났다 사라지며 엄청난 혼란을 가져왔고, 사지 근육은 제멋대로 경련을 일으키고 있었다.

일반적인 말이었다면 벼락은 주인의 생사를 잊은 채 고통스러운 비명을 질러댔을 것이다. 하지만 벼락은 자신을 백수의 왕 사자로 생각하고 있는 말이었다.

"차아아압!"

부현이 벼락을 번쩍 들어 올리자 벼락은 그 탄성을 이용해서 은강을 뒤로 집어 던지며 포효하였다.

키히히힝!

그것은 도저히 참을 수 없는 고통의 표현이기도 했고, 주인을 살려냈다는 희열의 함성이기도 했다.

바람의 등 뒤로 떨어진 은강은 제대로 착지를 못했음에도 불구하고 튕겨지듯 일어나 벼락부터 돌아보았다. 부현의 손에서 내려진 벼락은 제자리에서 껑충껑충 뛰며 머리를 마구 흔들어대고 있었다.

"벼락!"

은강은 벼락에게 달려갔다. 그런데 뇌가 너무 많이 손상되어 은강을 못 알아보는 것일까? 아니면 자신의 최후를 예감하고 주인이 다칠까 염려하여 오지 못하게 하는 것일까? 벼락은 앞발을 높이 쳐들며 난포하게 투레질을 해댔다.

"왜 그래, 벼락!"

은강은 어떻게든 벼락에게 다가가 진정시키려 하였다. 그러자 부현이 소리쳤다.

"그만둬! 그놈 눈빛이 정상이 아냐. 내가 말을 볼 줄은 모르지만 벼락이 그런 눈을 하는 건 처음이야. 이상한 병에 걸린 게 분명해."

"거짓말 마! 벼락은 병에 안 걸려!"

은강이 발악하듯 소리 칠 때였다.

"클클클… 물론 병은 아니지."

산등성이 쪽에서 매우 거북한 웃음소리가 흘러나왔다. 수십 명의 흑의인들을 이끌고 나타난 자는 등에 커다란 혹을 이고 있는 꼽추노인이었다.

그를 보는 순간 바람의 입에서 무거운 음성이 흘러나왔다.

"삼령교의 수석 장로로군."

"형님이 알고 있는 사람이에요?"

"낙양에서 회회당의 동태를 살피기 위해 잠입했다가 먼발치로 한 번 본 적이 있다."

바람의 말대로 그 꼽추노인은 추노의 동생인 괴노였다. 둘 모두 꼽추이기는 하였지만 얼굴의 생김새가 전혀 닮지 않았기에 바람과 부현은 그들이 형제이리라곤 꿈에도 생각하지 못하였다.

"클클… 그런 일이 있었군. 나도 모르는 새에 몰래 훔쳐보았다니 대단한 능력이야. 하지만 앞으로는 두 번 다시 그럴 수 없을 것이다."

"그 말은 우리 모두를 이곳에 잠재울 만한 묘책을 세워두었다는 뜻인가?"

바람의 질문에 괴노는 징그러운 미소를 말아 올렸다.

"물론이지. 그 정도 준비도 없이 서역에서 어렵게 구해온 혈고를 말 따위에 썼겠나?"

혈고라는 말을 듣는 순간 은강의 양안에서 불길이 확 일어났다.

"찢어 죽일 늙은이… 벼락에게 그런 흉악한 짓을 하다니!"

"그건 내 잘못이 아니다. 일국의 공주가 한 마차를 타지 않고 따로 움직이는 틈을 보였으니 우리로선 이용할 수밖에 없는 일이었지."

괴노의 한마디로 일행은 그들에게 철저히 감시받고 있었음을 알 수 있었다. 하지만 벼락을 잃게 생긴 은강은 그런 것까지 생각할 여유가 없었다.

"죽여 버리겠어!"

그녀는 검을 빼 들고 무작정 괴노에게 달려들었다.

"멈춰라, 은강! 흥분하면 일을 그르치게 돼!"

바람이 재빨리 움직여 그녀의 팔목을 잡았다.

푸르르륵!

벼락도 뭔가 알아들은 말이 있는 듯 네 발을 넓게 버틴 채 괴노를 노려보았다. 언제라도 달려들 기세였다.

"주인과 말이 꼭 닮은꼴이군. 능력도 가늠 않고 적의부터 드러내는 꼴이라니……. 그런 성격은 항상 죽음을 재촉하는 법이지. 주변 사람까지 위험하게 만들고."

쿠웅!

말을 마치며 괴노는 내공 실은 발길로 바닥을 굴렀다. 일행이 서 있는 산 한 귀퉁이를 무너뜨려 벼랑 아래로 떨어뜨리기라도 하겠다는 것 같았다. 정말 터무니없는 발상 같았지만, 놀랍게도 그것은 현실로 나타났다.

쩌저적!

그가 발을 구른 곳에서 일어난 균열이 양 옆으로 급속히 뻗어 나가고 있었으니까.

괴노는 다시 한 번 발을 들어 올리며 징그러운 웃음을 떠올렸다.

"이 부근의 벼랑 근처에 모두 손을 써두었지. 너희가 몰리면 간단히 무너뜨릴 수 있도록 말이야."

그의 설명이 아니더라도 일행은 그것을 눈으로 볼 수 있었다. 일행 쪽의 지반이 가라앉으며 균열이 간 곳에 촘촘히 박혀 있는 장목이 드러났기 때문이다. 벼랑을 향하여 긴 나무 말뚝을 비스듬히 박아놓았으니, 약간의 힘만 가하여도 무너질 준비가 되어 있는 것이나 마찬가지였다.

콰아앙!

괴노가 다시 한 번 발을 구르자 균열이 순식간에 벌어지며 벼랑이 붕괴되어 내려가기 시작했다.

"뛰어!"

부현이 먼저 신형을 솟구쳤고, 곧 이어 바람도 은강을 옆에 끼고 몸을 날렸다. 그러나 이 정도 상황은 괴노도 충분히 예측하고 있었다.

"발도일격(發刀一擊)!"

괴노의 명이 떨어지자 육십여 명에 이르는 흑의인들이 각자의 도를 던져 냈다.

쐐쐐쐐쐐!

빠르게 회전하며 날아오른 육십여 자루의 도가 허공을 빽빽이 메우며 날아오자 바람과 부현은 막지 않을 수 없었다.

"차아압!"

"현무장!"

카가가가강!

바람의 검과 부현의 절기 앞에 도는 모조리 퉁겨 나가고 말았다. 하지만 문제는 도와 부딪칠 때의 반탄력 때문에 그들의 몸이 더 이상 앞으로 나가지 못하게 되었다는 사실이었다. 새가 아닌 이상 허공에 뜬 것은 아래로 떨어지게 마련인 법. 추진력을 잃은 부현과 바람은 아래로 떨어지기 시작하였다.

저만치 붕괴되어 내려간 벼랑 아래에서 벼락이 있는 힘껏 솟아오른 것은 바로 그때였다.

히― 히히힝!

일행을 올려다보며 힘차게 울어 젖히는 벼락의 모습은 마치 '나를 밟고 올라가세요' 라고 말하는 듯했다.

바람과 부현에겐 선택의 여지가 없었다.

"타아압!"

막 떨어져 내려가던 그들은 벼락의 등을 발판 삼아 다시 한 번 도약하였다.

"벼라―악!"

은강은 벼랑 아래로 급속히 멀어지는 벼락을 보며 절규하였다. 하지만 세 사람은 그 희생으로 높이 솟아오를 수 있었고, 더 이상 던져 낼 도가 없던 삼령교인들은 부현 일행이 솟아오르는 것을 뻔히 바라볼 수밖에 없었다.

"현무장!"

"섬검뇌전!"

부현과 바람은 땅에 내려서자마자 거친 공격을 퍼부어 댔다.

"커어어억!"

바람의 일검에 흑의인 다섯이 동시에 피를 뿌리며 쓰러졌고, 부현의 공격을 받은 괴노는 혼신의 힘으로 대항했음에도 불구하고 피를 토하며 멀찍이 날아가고 말았다.

"전부 죽여 버리고 말겠어!"

부현과 바람에 이어 은강까지 검을 뽑아 들고 쇄도해 들어가자 흑의
인들은 뿔뿔이 흩어져 도주하기 시작했다. 수장이었던 괴노가 허무하
게 무너졌으니 그들이 무슨 용기로 대적을 하겠는가?

은강은 끝까지 그들을 쫓아가려 하였지만 바람이 제지하였다.

"도망가는 적을 다 잡아 죽일 수는 없는 일이다. 어쩌면 나연 낭자
쪽도 공격당하고 있을지 모르니 그쪽부터 가보는 게 순서다."

"그래, 분풀이는 이놈에게 해라, 은강아."

부현이 축 늘어진 괴노를 옆구리에 낀 채 말했다. 부현의 장력을 정
면으로 받아 치명상을 입기는 하였지만 가슴의 기복이 있는 것으로 보
아 아직 숨은 붙어 있는 것 같았다.

"일단 내려가 보자."

부현 일행은 올라온 길을 빠르게 되짚어 내려갔다.

9장
선녀가 된 파파

　악령과 사령은 수하들을 끌고 와 소수연의 마차를 겹겹이 포위하고 있었다.

　처음엔 소수연의 도움을 받아 일거에 나연과 역리상을 제거할 예정이었으나 의외로 소수연이 교인에게 무자비한 살수를 퍼붓는 바람에 어쩔 수 없이 물러나 있는 상태였다.

　'대체 왜 이러는 거냐, 마령?'

　악령이 조심스럽게 전음을 날리자 소수연도 전음으로 대답하였다.

　"확실한 기회가 오기 전엔 함부로 나서지 말라고 말했을 텐데?"

　"지금이 바로 그때다."

　"미련한… 지도는 전부현과 바람이 가지고 있는데, 너희 둘이 이곳에 있으면서 무슨 기회타령을 하는 거야?"

　"걱정 마라. 그들은 수석 장로가 알아서 처리하게 준비를 해두었으니까."

"제정신이냐? 괴노 혼자 그들을 어떻게 당해?"

"혼자가 아냐. 정예 육십여 명을 딸려 보냈고, 확실한 준비도 해놓았다."

"확실하다는 게 뭐야? 그들은 불환동부에서도 살아 나온 자들인데, 너희가 빙혈신수의 기관보다 더 치밀한 준비라도 해놨다는 거냐?"

"그, 그것은……."

"만약 너희 둘과 괴노가 역할을 바꿨다면 성공했을지도 몰라. 나연은 나 혼자서 암습해도 처리할 수 있으니까. 그런데 괴노에게 전부현과 바람을 맡겼으니……."

소수연과 악령, 사령 간의 전음이 이어졌지만, 나연은 마차 저쪽에 있었고 역리상은 마차 안에 틀어박혀 부적을 고르느라 전혀 눈치 채지 못하고 있었다.

"나연이란 계집과 도사 놈부터 처치해 버리면 두 놈이 혹시 살아온다 해도 수월하게 상대할 수 있을 것 아니냐?"

악령의 항변에 소수연의 싸늘한 대답이 이어졌다.

"만약 둘을 죽이지 못하고 놓치면? 언제 어떻게 다시 기회를 만들 거지? 전부현에 대해서 모를 때였다면 나도 너희들 의견에 동조했을 거야. 하지만 지금은 달라. 놈의 내공은 상상을 초월할 정도야. 태상마령께서 직접 오시지 않는 이상 우리의 힘만으로 정면 대결을 펼치는 것은 너무 위험해. 내 예상이 틀리지 않는다면 얼마 지나지 않아 그들이 돌아올 거야. 이 자리에서 삼령교 전력의 궤멸과 그들의 죽음을 맞바꿀 생각이 아니라면 얼른 사라지는 게 좋아."

"정말 그들이 무사히 돌아온다면 우리는 싸움을 포기하고 떠나겠다.

그리고 네가 연락을 취하기 전에는 절대로 일을 꾸미지 않겠다."

"그렇다면 이제 떠날 때가 온 것 같군."

소수연은 눈짓으로 산 정상을 가리켰다. 부현 일행이 빠른 속도로 내려오고 있었다.

"어서 가라. 저들이 내려오면 가고 싶어도 갈 수 없게 돼."

"그래야 될 것 같군."

악령과 사령은 마차를 포위한 부하들에 소리쳤다.

"괴노가 실패한 모양이다! 전원 퇴각하라!"

명령에 따라 삼령교인들이 빠르게 물러나기 시작했다. 그러나 이렇게 어물쩍 보내게 되면 일행에게 오해를 받을 소지가 있었기에 소수연은 악령과 사령에게 먼저 전음으로 경고를 한 뒤에 공격해 들어갔다.

"오는 것은 너희 마음이었지만, 가는 것은 그렇지 않을 것!"

그녀는 보도를 뽑아 들어 맹렬하게 공격해 들어갔다. 미리 말을 맞췄다고는 하나 그녀의 공격이 너무 맹렬하여 악령과 사령은 사력을 다해 막아야 했다.

카가가강!

손을 더 섞었다가는 누구든 한쪽이 다칠 것 같았기에 악령과 사령은 부딪칠 때의 반탄력을 이용해 뒤로 몸을 날렸다.

"위서영, 네 이름을 기억해 두마! 놈들을 도운 대가를 언젠가는 치르게 해주겠다."

"흥, 꽁무니 빼는 주제에 말이 많구나. 혀 놀릴 시간이 있거든 발이나 부지런히 움직일 것!"

쉬르르릉!

소수연은 뒤처진 삼령교인들을 향해 보도를 날렸다. 우아한 곡선을 그리며 날아간 보도는 뒤에서 달리던 삼령교인 세 명의 목을 간단히 베어버리고 말았다.

"크아아악!"

아무리 자신의 신분을 속이기 위함이라지만, 제 부하를 가차없이 베어버리는 소수연의 행위는 참으로 냉정하기 그지없었다.

부현과 바람은 삼령교인들이 멀리 도주했을 즈음에서야 마차에 도달했고, 은강은 조금 뒤처져 도착하였다.

"여기도 공격당했군요?"

도착하자마자 주변에 쓰러져 있는 삼령교인들의 시신을 둘러보며 묻는 부현의 말이었다.

"여러분이 시간 맞춰 돌아오신 덕에 큰 싸움은 모면할 수 있었어요. 그런데 옆구리에 끼고 있는 사람은……."

소수연의 눈길은 축 늘어진 괴노에게 고정되어 있었다.

"저 위에 함정을 파놓고 우리를 기다렸던 삼령교의 수석 장로요. 내가 일장에 때려잡았는데, 아직 숨이 붙어 있는 것 같아서 데리고 왔소. 뭐라도 좀 알아낼까 하고."

'하필이면 괴노를…….'

소수연은 일행에게 들키지 않도록 조심하며 추노를 힐끔 바라보았다. 친동생이 눈앞에서 죽어가고 있으니 눈이 뒤집힐 만도 하건만 추노는 잘 참아내고 있었다. 그러나 동공 저 깊은 곳에서는 원한의 불꽃이 훨훨 타오르고 있음을 소수연은 느낄 수 있었다.

'전부현, 넌 오늘 큰 실수를 한 거야. 잔인함으로 따지면 천하의 그 누구도 추노를 따라갈 수 없지. 그런 그에게 원한을 샀으니 넌 절대로 곱게 죽지 못할 것이다.'

이런 사정을 까맣게 모르고 있는 부현은 아주 자랑스러운 표정으로 괴노를 바닥에 내던졌다.

"자, 이제 삼령교의 비밀을 좀 알아볼까?"

그때 은강이 검을 뽑아 들며 앞으로 나섰다.

"고문은 내가 하겠어."

벼락을 잃은 원한 때문인지 은강의 두 눈은 복수심으로 타오르고 있었다.

"어디부터 잘라줄까? 죽기 전에 충분한 고통을 맛보게 하려면 손가락, 발가락부터 차근차근 자르는 게 좋겠지?"

은강의 눈빛은 정상이 아니었다. 이럴 때 누군가 말려주지 않으면 인간의 감정은 폭주하게 마련이며, 그것을 한 번 경험한 사람은 다음에 비슷한 상황이 왔을 때 더욱 격렬한 폭주를 하게 된다. 그리고 이런 폭주가 반복되다 보면 성정 자체가 포악해져 나중에는 되돌릴 수 없게 되는 것이다. 대부분의 악인은 이런 과정으로 탄생하게 된다.

사부에게 검을 배우기 전에 수양법부터 전수받은 바람은 이런 사실을 잘 알고 있었다.

"진정해라, 은강. 비록 적이라 해도 방어 능력을 잃은 사람에게 칼을 대는 건 무림인으로서 할 일이 아니다."

바람이 타일러 보았지만 은강의 결심은 완고했다.

"벼락은 단순한 말이 아니었어요. 내게는 친구 같은 존재였다고요! 그런데 삼령교 놈들이 앗아갔어요. 난 복수를 해야겠으니 말리지 말아요!"

은강은 검을 천천히 들어 올렸다.

그대로 두었다가는 추노의 인내심도 한계를 드러낼 것 같았기에 소수연이 제지하고 나섰다.

"이미 혈맥이 가닥가닥 끊긴 상태라 고문을 해도 소용없을 거예요. 그런 상태에서는 고통을 느끼지 못하니까요."

"그걸 위 낭자가 어떻게 알죠? 죽을 지경에 이르는 내상을 당해보기라도 했나요?"

은강의 목소리는 날이 서 있었다.

"당해보지 않았어도 알 수는 있어요. 한번 볼까요?"

소수연은 쓰러져 있는 괴노의 옆구리를 걷어찼다. 갈비뼈 부러지는 소리가 우직, 흘러나올 정도였지만, 이미 정신을 잃은 괴노는 신음조차 흘리지 못했다.

"이런 사람을 상대로 고문을 한다는 건 좋은 생각이 못 돼요. 분하더라도 조금 참아요, 은강 소저."

소수연은 은강을 달래는 척하였지만 사실상 신경은 괴노에게 가 있었다. 어차피 죽을 것이라면 이쯤에서 숨이 끊어졌으면 하는 바람이었다. 그래서 일부러 세게 걷어찼던 것이고.

"위 낭자의 말이 옳다. 이런 상태로는 할 말이 있어도 못하는 법이다. 그러니 고문을 해도 알아낼 것이 없을 거야."

바람이 다시 말하자 은강의 기세도 한풀 꺾였다.

"하지만……."

"깨끗이 죽여주려무나. 그게 무림인으로서의 도리야."

은강도 더 이상 고집을 부릴 수는 없었다. 자신이 하려 했던 일이 옳지 않다는 것은 그녀도 잘 알고 있었으니까.

"알았어요."

그녀는 검을 번쩍 들어 올렸다가 지체없이 내리그었다.

파아앗!

수급이 잘려 나가며 괴노는 숨을 거두었다. 부현 일행은 삼령교인 하나를 더 죽인 것에 불과했지만, 추노는 눈앞에서 동생을 잃는 순간이었다.

"그만 출발하지요."

소수연과 일행이 마차에 오르자 추노도 묵묵히 마부석에 앉았다.

"이랴!"

묻어주지도 못한 동생의 시신이 점점 멀어지고 있건만 추노는 끝내 뒤를 돌아보지 않았고, 아무도 볼 사람 없는 마부석임에도 눈물조차 흘리지도 않았다. 하지만 그의 마음만큼은 활활 타오르고 있었다.

'전부현, 은강… 너희 둘만큼은 내 손으로 죽여주마! 반드시!'

적을 속이기 위해 괴노의 죽음을 외면해야 했던 사람들, 그리고 자신들이 적과 동행하고 있다는 사실조차 모르고 있는 사람들… 그들을 태운 마차는 험한 산길을 넘어 서쪽으로 달려간다.

*　　　　　*　　　　　*

낙양을 떠나온 지 이레째 되던 날, 섬검자와 완완노는 태산을 오르고 있었다. 그런데 그들의 표정이 왠지 묘하게 뒤틀려 있었다. 기쁨인지 슬픔인지 도저히 판단할 수 없을 때의 표정이 이러할까?

그들이 이렇게 웃지도 울지도 못하는 상황에 놓이게 된 것은 십여 보 이상 앞서 가고 있는 30대 중반의 여인 때문이었다.

드러난 외모는 30대가 분명하건만, 걸음걸이로 보면 10대 소녀 같았고, 전체적으로 풍기는 분위기는 30대 이상의 완숙함이 엿보이는 묘한 여인이었다. 콧노래를 불러가며 앞서 가던 여인이 문득 뒤를 보며 소리쳤다.

"어서 오세요, 오라버니!"

오라버니?

도저히 어울리지 않는 이 한마디에 완완노가 고개를 푹 숙였다.

"그러게 정해준 양만 먹으랬더니……."

"그런 약을 병째로 건네준 형님이 잘못이지요. 여인네의 마음이란 것이 원래 그런 것을."

섬검자가 여인을 두둔하는 듯한 발언을 하자 완완노의 눈꼬리가 쭉 찢어져 올라갔다.

"누가 제 짝 아니랄까 봐 편드는 겐가?"

"하하하… 편이라니요? 그리고 짝은 무슨……."

섬검자의 목덜미가 이상하게 붉어졌다.

완완노와 섬검자는 태산으로 오기 전에 질심파파에게 먼저 들러 완완노가 20년 전에 완성해 두었던 약을 드디어 건네주게 되었다. 그런데 젊어지고 싶은 욕망에 사로잡힌 질심파파가 정량의 세 배나 되는 약을 한 번에 복용하는 바람에 원래의 나이보다도 20년 가까이 젊어 보이게 된 것이다.

약을 복용한 다음날 아침에 받았던 충격을 생각하면 섬검자는 지금도 정신이 아찔했다. 섬검자가 그녀를 처음 만났을 때는 이미 주름살 투성이 얼굴로 변하기 시작할 무렵이었다. 때문에 그녀에게서 아름다움이라곤 느껴본 적이 없었다. 그런데 하룻밤 사이에 상상할 수 없을 정도의 아름다운 미녀로 변했으니 어찌 놀라지 않겠는가?

물론 섬검자 정도의 수양을 쌓은 사람이라면 여인의 미색에 마음이

흔들리는 일은 없다. 하지만 그것은 일상적인 미녀를 대할 때이다. 질심파파와 그는 남다른 사이가 아니던가?

젊은 사람들처럼 사랑한다는 말을 줄줄 외고 흔들리는 눈망울로 서로를 응시해 본 적은 없지만, 그들 사이에는 분명 남다른 인연의 끈이 드리워져 있었다. 그러니 목석 같던 섬검자의 가슴에서도 봄기운이 피어오를 수밖에 없었다.

"약 만드느라 고생한 건 난데 좋은 건 두 사람이구먼?"

완완노가 짓궂은 표정으로 놀리자 섬검자의 얼굴은 더욱 붉어졌다.

"두, 두 사람이라니요? 누가 좋아한다고……."

"자네답지 않게 왜 이래, 이 사람아! 쭈그렁 할망구보다는 팽팽한 30대가 좋은 건 사실 아닌가?"

"자꾸 이상한 쪽으로 몰아가지 마십시오, 형님!"

"이상한 쪽으로 몰아가다니? 그럼 내 동생이 저렇게 예뻐졌는데도 그냥 놔두겠다는 건가?"

"예? 갑자기 무슨 말씀을……."

"몰라서 이러는 게야?"

완완노가 틈을 주지 않고 몰아붙이자 섬검자는 어쩔 줄 몰라 하며 쩔쩔매는 모습이었다. 원래 섬검자 같은 사람들이 남녀 문제에서는 숙맥인 법이다.

"오라버니! 그 사람은 왜 자꾸 몰아붙여요?"

보다 못한 질심이 나섰다.

"나는 네 오라비 되는 입장으로… 동생을 처녀 귀신으로 만들 수 없다는……."

"그래서 약을 만들어놓고도 자기 고집 채우느라 20년이나 있다가

가져왔어요?"

뜨끔!

"이봐, 섬검자! 정상에 도착하려면 아직 멀었나?"

완완노가 얼른 말을 돌리려 하자 질심이 얼굴을 바짝 들이대며 으르렁거렸다.

"경고하는데, 우리 사이에 한 번만 더 끼어들면 가만있지 않을 거예요. 알았어요?"

"알았다……."

"아, 그리고… 앞으로는 질심선녀라고 불러주세요. 나는 더 이상 파파가 아니니까."

"뭐라고? 질심… 선녀?"

"왜, 못마땅한 거 있어요?"

"아, 아니다. 아냐……."

'선녀라니… 욕쟁이 선녀도 있나?'

말과 생각이 완전히 따로 노는 완완노였다. 하지만 20년이란 세월의 죄가 있으니 어쩌겠는가? 그녀가 하자는 대로 하잘 수밖에.

'옥황상제도 아니고 겨우 선녀라는데… 불러주지 뭐.'

누구에게도 고집을 꺾어본 적이 없었던 완완노는 스스로를 이렇게 위로하며 하늘을 올려다보았다.

'하늘은 더럽게 맑네.'

완완노를 완전히 제압해 버린 질심선녀는 섬검자를 바라보며 '나 잘했지요?' 하는 표정으로 싱긋 웃어 보였다. 그 웃음이 얼마나 화사하던지 섬검자는 눈동자의 맥이 확 풀어지고 말았다.

완완노의 쇠고집을 일거에 꺾고 섬검자의 그 무서운 눈동자마저 풀어버린 질심선녀는 콧노래를 부르며 저만치 앞서 나갔다.

"자넨 좋을지 몰라도 내 여생은 종쳤네."

완완노가 투덜거리며 먼저 움직였고, 섬검자는 괜히 자기가 죄인이 된 심정으로 그 뒤를 따랐다.

세 사람은 태산 정상에 올랐다. 지도에 태산 일대가 표시되어 있기는 하지만 어느 곳인지 정확히 나와 있지는 않았기에 일단 전체를 바라볼 수 있는 정상에 올라온 것이다.

태산이 그다지 높지 않음에도 불구하고 오악의 한 자리를 당당히 차지하고 있는 만큼 웅장한 산세를 지니고 있었다.

"아무런 단서도 없이 이 넓은 곳을 다 뒤져야 한다고 생각하니 아찔하구먼."

완완노가 한숨을 내쉬자 섬검자는 품속에서 천부인의 지도 사본을 꺼내 들었다.

만물은 본디 하나이니 이는 태극이다. 태극은 둘로 나뉘어 음양이 되고, 그 가운데 인간이 서면 천지인은 다시 하나가 된다. 하늘의 사령에게 물으라. 내가 주인인가 아닌가?

단서가 될 수 있는 것은 오로지 이 글귀뿐이었다. 섬검자는 깊은 생각에 잠겨들었다.

'태극과 음양의 원리는 우리 민족이 태고로부터 간직해 온 기본 사상이며 도가의 사상과도 그 맥을 같이한다. 그리고 이 태산은 예로부터 대륙의 제왕 된 자가 하늘에 이를 고할 때 제를 올리던 곳이다. 따

라서 이곳에 숨겨져 있는 천부인을 찾는 열쇠는 도가의 사상에 있을 것 같은데…….'

완완노도 나름대로 생각을 정리하고 있었다.

'태극에서 나뉜 음양을 천지로 해석하면, 그 가운데 인간이 섰을 때 천지인의 삼재가 이루어진다는 것까지는 이해가 되는데… 그것이 다시 하나가 된다는 것은…….'

각자의 생각만으로 답을 도출해 낼 수 없었던 두 사람은 상의를 하기 시작했다.

"태극은 우주를 뜻하니 보이지 않는 질서를 의미하기도 하지만, 그 안에 음양을 내포한 혼돈의 의미도 가지고 있지 않습니까?"

"맞네. 그리고 음양은 태극에서 분리됨과 동시에 상극의 의미를 나타내기도 하지만 생성의 의미를 가지고 있기도 하지."

"그렇다면 삼재에서 천을 양, 지를 음으로 한다면, 인간의 어떤 의미를 가지고 있을까요?"

"글쎄… 음양에 지배되는 존재? 아니면 이용하는 존재? 이도 저도 아니라면 음양의 결합체라고 해야 하나?"

"제 생각에는 모두 다 해당되는 것 같습니다. 인간 자체는 음양의 적절한 결합에 의해서 탄생되었고, 평생 살아가며 음양에 지배를 받기도 하지만 때에 따라 이를 적절히 이용함으로써 번영을 구가하기도 하니 말입니다."

"그렇군. 그렇다면 여기서 천지인이 다시 하나가 된다는 것은 인간이 음양을 조화롭게 이용함으로써 하나가 된다는 의미가 혹시 아니겠나?"

두 사람의 긴 대화를 듣고 있던 질심선녀가 짜증 실린 목소리로 말했다.

"지금 하고 있는 말들이 천부인을 찾는 것과 무슨 연관이 있어요?"

"있고말고. 여기서 의미하는 것을 태산의 지형에 대입시키면 대략적인 위치가 나올지도 모른다."

완완노가 설명해 주었지만 이쪽 방면으로는 전혀 아는 게 없는 질심 선녀는 고개만 갸웃거릴 뿐이었다.

"그럼 산세를 한번 살펴보기로 하세."

완완노는 섬검자와 함께 지세를 유심히 살펴가기 시작하였다.

일반인의 눈에 비친 산은 산일 뿐이지만, 음양의 기운을 알고 있는 사람이라면 지기에 따라 음양을 구분할 수 있는 법이다.

두 사람은 산세의 방향, 굽이침, 전체적으로 느껴지는 색깔과 기운 등을 종합하여 지세를 살펴 나갔다.

그렇게 반 시진가량 흘렀을까?

두 사람은 공통의 결론에 도달한 듯 한곳을 가리키며 동시에 소리쳤다.

"저기로군!"

"저깁니다!"

두 사람이 가리킨 곳은 주봉에서 얼마 떨어지지 않은 계곡이었다. 그 일대가 아지랑이에 둘러싸인 듯한, 그러면서도 쉽게 눈에 들어오지 않는 이상한 지형이었다. 섬검자와 완완노는 주의를 기울여 살폈음에도 불구하고 몇 번이나 그냥 스쳐 지나간 이유도 그 때문이었던 모양이다. 하지만 관심을 갖기 시작하자 보면 볼수록 범상치 않은 기운이 느껴졌다.

"아지랑이 같은 기운이 끊임없이 일어나는 것으로 보아 진으로 보호

되고 있는 것이 틀림없습니다."

"웬만한 진이라면 내가 돌파할 수 있으니 일단 가보세."

"알겠습니다."

세 사람은 아지랑이가 일렁이는 계곡을 향해 날듯이 뛰어내려 갔다. 그런데 그 지역에 막상 도착해 보니 아지랑이 같은 것은 존재하지도 않았다. 그냥 평범한 계곡일 뿐이었다. 뿐만 아니라 진을 형성하고 있다고 믿을 만한 어떤 징후도 발견되지 않았다. 너무나 자연스러운 태산의 일부로 보일 뿐이었다.

"이상한 일이군 정상에서 보았을 때는 분명히 뭔가 있었는데……."

완완노는 조심스럽게 계곡 안으로 걸어 들어갔다. 혹시 무슨 변화라도 있지 않을까 긴장했으나 계곡 한가운데에 이를 때까지 아무런 일도 일어나지 않았다. 위험한 상황에 직면한 것보다도 더 맥이 빠질 노릇이었다.

섬검자와 완완노는 다시 생각에 잠겼다.

"태극이 음양으로 나뉘고, 그 가운데 인간이 서면 천지인은 다시 하나가 된다고 했으니……."

두 사람은 주변 환경을 꼼꼼히 살펴 나갔다. 그러나 한참이 지나도록 특별한 것을 발견할 수가 없었다. 그런데 바로 그때였다.

"이상하네……."

질심선녀가 도저히 이해할 수 없다는 표정으로 중얼거렸다.

"아까부터 그림자가 이상하게 변하고 있는 것 같지 않아요?"

"그게 무슨 말이냐?"

완완노가 묻자 질심선녀는 주변 사물이며 자신들이 만들어내고 있는 그림자를 가리키며 설명했다.

"해의 높이와 그림자 길이를 비교해 보세요. 너무 짧다고 생각하지 않아요?"

그녀의 말대로 해는 중천에서 서쪽으로 절반쯤 넘어간 상태인데 그림자는 정오의 태양 아래 선 것처럼 극히 짧은 형태였다.

"그러고 보니 이상하구나. 그런데 변했다는 건 무슨 말이냐?"

"이곳으로 걸어 들어오는 동안 뭔가 이상한 생각이 자꾸 들어서 곰곰이 생각해 보니 저쪽에서부터 서서히 짧아졌던 것 같아요."

그녀가 가리킨 곳은 일행이 아지랑이 지역으로 짐작하고 있는 경계 부근이었다.

섬검자와 완완노는 경계 부근으로 걸어가 보았다. 질심선녀의 말은 사실이었다.

"외곽에서 중심으로 들어올수록 그림자가 짧아진다는 것은……."

섬검자와 완완노는 다시 중앙으로 걸어 들어갔다. 안으로 들어갈수록 점점 짧아지는 그림자. 섬검자와 완완노의 생각대로라면 정중앙에 이르렀을 때 그림자가 사라져야 했다. 그러나 거의 없어질 듯하던 그림자는 어느 시점부터 다시 자라나기 시작하였다.

"음… 그림자가 사라지는 지점이 천지인의 합일점이라 생각했는데……."

"그러게 말입니다. 빛을 양으로, 그림자를 음으로 생각하면 그 둘과 인간이 하나되는 지점에서는 그림자가 사라져야 옳습니다. 그림자가 없다는 것은 빛과 그림자, 그리고 인간이 하나됨을 의미하니 말입니다."

섬검자와 완완노는 중앙 부근을 천천히 오가며 그림자가 사라지는 지점이 있는지 다시 한 번 면밀히 살폈다. 그러나 완전히 사라지는 지점은 존재하지 않았다.

"뭔가 방법이 있을 텐데……."

고심에 고심을 거듭하던 섬검자의 눈빛이 한순간 빛을 발했다. 그는 손을 들어 높이를 조절해 보고 있었다. 햇빛이 만들어내는 그림자는 크기에 변화가 없어야 정상이었다. 그러나 바닥에 지금 그가 서 있는 자리에서는 손을 높이 들어 올릴수록 그림자가 아주 조금씩 작아지고 있었다.

"어쩌면 공간까지 이용한 진일지도 모르겠습니다."

그의 말에 완완노가 고개를 갸웃했다.

"공간을 이용해?"

"우리는 땅 위를 걷고 있으니 공간을 사용한다고 해도 평면적으로 이용하는 셈입니다. 그런데 진의 입구가 만약에 허공에 있다면……."

"뭐야?"

완완노는 진의 입구가 허공에 존재할 수도 있다는 가정은 꿈에도 해본 적이 없었다. 물론 그런 진이 존재한다는 사실도 들어본 적이 없었다.

"제가 한번 확인해 보겠습니다."

섬검자는 제자리에서 힘껏 도약하였다. 그 순간 완완노는 확실히 볼 수 있었다. 섬검자가 올라갈수록 작아지는 그림자를. 하지만 그림자가 완전히 사라지기 전에 섬검자는 다시 땅으로 내려왔다.

"뭐가 있나?"

"아니오. 없습니다. 혹시 그림자가 완전히 사라지던가요?"

"작아지기는 했지만 약간 남아 있었네."

"그럼 높이가 모자랐군요. 제 능력으로는 더 이상 오를 수가 없는데……."

"내가 받쳐 줄 테니 다시 한 번 올라가 보게."

"알겠습니다."

완완노는 깍지 낀 손으로 섬검자의 발을 받친 뒤 힘껏 위로 던져 올렸다. 그 순간 섬검자도 힘주어 도약하니 먼젓번에 비해 두 배나 높이 올라갈 수 있었다. 그러자 어느 순간 섬검자의 그림자가 완전히 사라지는 것을 볼 수 있었다.

"사라졌어… 드디어 그림자가……."

완완노가 경이로운 표정으로 중얼거리고 있을 때였다.

"찾았습니다!"

허공에서 섬검자의 외침이 터져 나왔다.

섬검자는 자신의 눈으로 보고 있으면서도 도저히 믿을 수가 없었다. 아무것도 없던 허공에 신세계가 펼쳐져 있으니 어찌 그렇지 않겠는가?

그곳엔 대지가 존재했고, 나무가 우거진 숲이 있었으며, 그 사이로 깔끔하게 청소된 길이 곧게 나 있었다. 그 길 저편에는 지극히 평화로워 보이는 정원이 넓게 자리해 있었고, 그 뒤로 천상의 궁전을 방불케 하는 새하얀 건축물이 우뚝 서 있었다. 그리고…

도복을 입은 한 젊은이가 길을 쓸다 말고 이쪽을 힐끔 바라보았다. 그러나 그 순간 섬검자는 다시 아래로 떨어져 내리고 말았다.

땅으로 내려온 섬검자는 잠시 넋을 잃어 아무런 말도 할 수 없었다.

"뭘 보았나? 뭐가 있었어?"

완완노가 채근하고 질심선녀도 궁금증 가득 담은 눈으로 섬검자를 주시했다.

"궁전입니다. 상제가 기거하실 법한 궁전이었습니다."

"궁전?"

"웬 젊은 도사 하나가 길을 쓸고 있었는데……."

섬검자는 여전히 넋 나간 표정으로 중얼거렸고, 완완노와 질심선녀는 도저히 믿을 수 없다는 표정으로 허공을 올려다보았다. 파란 하늘이 올려다보이는 허공 한가운데 궁전이 있다니 누가 믿을 수 있겠는가?

"내 눈으로 한번 봐야겠네. 이번에는 그냥 내려오지 말고 그 안으로 들어가 보게. 그리고 넝쿨을 가지고 있다가 밑으로 내려주게. 우리는 줄을 타고 올라갈 테니."

완완노의 의견에 따라 섬검자는 칡넝쿨을 잔뜩 모아 든 뒤 완완노의 도움을 받아 다시 허공으로 몸을 솟구쳤다.

허공에 존재하는 하얀 궁전을 향하여……

IO장
태산신궁

"어? 없어졌다!"

완완노가 놀라서 소리쳤다. 허공을 치솟았던 섬검자가 공중제비를 돌아 앞으로 쏘아 나가더니 허공에서 감쪽같이 모습을 감춘 것이다.

"대체 어디로 사라진 거지?"

완완노가 놀란 눈을 두리번거리고 있는데, 허공에서 갑자기 칡넝쿨이 주르륵 내려졌다. 곧 이어 섬검자가 얼굴을 내밀며 말했다.

"올라오십시오."

마치 허공 한 켠을 찢고 들어앉은 듯한 섬검자의 모습은 신기하기 그지없었다. 완완노와 질심은 지체없이 칡넝쿨을 타고 올라갔다.

이윽고 위에 당도한 순간 그들은 입을 쩍 벌린 채 아무 말도 하지 못했다.

말로만 듣던 천상의 세계가 바로 여긴가 싶을 만한 선경(仙境)이 펼

처져 있었기 때문이다. 화려하지는 않았다. 기이하지도 않았다. 극도로 절제되어 있는 듯하면서도 그토록 평온해 보일 수 없는 풍광이었다.

보고 있는 것만으로도 세속의 번뇌가 일시에 사라지는 듯한 느낌, 아무리 낮춰 말해도 인간의 세계라고는 할 수 없었다. 그곳은 신선들이나 살 수 있는 그런 곳이었다.

저쪽에서 한 청년이 길을 쓸어오고 있었다. 새하얀 도복을 입고 있는 그 청년은 섬검자가 처음 도착했을 때 한 번 싱긋 웃어주었을 뿐 아무런 말도, 행동도 취하지 않았다.

일행도 어찌해야 좋을지 몰라 그 자리에 우두커니 서 있었다. 이윽고 일행 앞까지 비질을 해온 청년이 고개를 들었다.

"어쩌다 오셨습니까?"

지나다 던지는 인사말처럼 자연스러웠다.

"천부인을 찾으러 왔습니다."

섬검자는 정중한 예를 갖추어 대하였다.

"그러셨군요. 따라오십시오."

청년은 일행의 정체에 대해 단 한 마디도 묻지 않고 길을 되돌려 걸어가기 시작했다. 섬검자 일행을 믿는 것인지, 무시하는 것인지 일말의 경계심조차 드러내지 않았다.

일행이 청년을 따라 도착한 곳은 하얀 건축물의 앞뜰이었다.

하얀 건축물은 전면의 너비만 해도 무려 오십여 장에 이르는 거대한 규모의 대전이었는데, 그 처마 밑에는 태산신궁(泰山神宮)이라 쓰여진 커다란 편액이 걸려 있었다.

"잠시 기다리십시오. 장로님이 나오실 겁니다."

청년은 한마디를 남긴 뒤 안으로 들어갔다.

"평범함 속에 비범함을 숨기고 있는 청년이로군."

완완노의 말에 섬검자도 고개를 끄덕였다.

"우리에 비해 결코 떨어지지 않는 능력을 지닌 사람이었습니다. 마당을 쓸고 있던 청년이 저 정도라니……."

두 사람이 조심스럽게 대화를 나누고 있을 때 대전 문이 열리며 한 노인이 걸어나왔다. 걸치고 있는 장포뿐 아니라 단정하게 빗어 내린 머리며 길게 늘어진 수염까지 모두 하양 일색인 노인이었다. 나이는 이미 백 세를 훌쩍 넘긴 것 같았는데, 봉황을 연상케 하는 두 눈에서는 맑은 정기가 줄기줄기 뻗어 나왔다.

"속세에서 손님이 내방하신 걸 보니 드디어 때가 온 모양이구려."

자신에 대한 소개도 생략한 채 이렇게 말문을 여는 노인의 얼굴엔 일종의 불안감과 함께 감회가 얽혀드는 듯했다.

"때라 하심은?"

섬검자가 물었다.

"오랜 세월이었소. 고열가 단군께서 천운을 예측하시고 천부인을 세 곳에 나누어 보관케 하신 것이 벌써 오백여 년… 천부인을 잠에서 깨우면 천손민의 시대가 다시 열릴 것이요, 그렇지 못하면 이천 년 동안 쇠퇴의 운을 거듭할 것이라는 예언이 계셨기에 우리 태산신궁의 전인들은 천손민의 후예가 내방하기만을 손꼽아 기다렸소. 그런데 오늘 여러분이 내방했으니 때가 왔다고 한 것이오."

"하면 저희가……."

"여러분이 천부인의 주인일 수도 있고 아닐 수도 있소. 하지만 여러분이 온 이상 천부인이 부활을 시작했다는 점은 분명하오."

"저희가 천부인을 얻기 위해서 무엇이 필요합니까?"

"만민(萬民)의 마음이 필요하오."

"민심을 얻어야 한다는 말씀이십니까?"

"그대의 생각에 따라 다르오."

도무지 알 수 없는 말이었다. 하지만 섬검자는 더 묻지 않았다. 노인은 선문답을 하고 있는데, 자꾸 자세한 답을 요구한다면 철없는 아이와 다를 바가 없기 때문이다.

'만민의 마음이 뜻하는 것이 무엇일까……'

섬검자가 곰곰이 생각에 잠겨 있을 때 입구에서 만났던 청년이 나오더니 조심스럽게 노인에게 다가왔다.

"모두 모였습니다, 풍백(風伯) 장로님."

"알겠다."

풍백 장로라 불린 노인은 고개를 끄덕인 뒤 일행에게 말하였다.

"손님 맞을 준비가 다 된 모양이니 들어갑시다."

풍백을 따라 들어간 대전 안은 아무것도 없는 대전 그 자체였다.

벽, 천장, 바닥까지 온통 새하얀색으로 이루어져 있는 대전 한가운데에는 여덟 명의 도인들이 둥그렇게 둘러앉아 있었고, 그 중심에는 새까만 철 상자가 하나 놓여 있었다.

풍백까지 하면 도인은 모두 아홉 명이었다. 그중 풍백을 포함한 셋은 백 세를 넘긴 노인이었고, 다른 셋은 중년이었으며, 나머지 셋은 청년이었다.

풍백은 두 노인 사이에 자리를 잡으며 일행에게 말하였다.

"노부와 함께 장로 직을 맡고 있는 운사(雲師)와 우사(雨師)요."

섬검자 일행은 정중히 예를 갖춰 인사를 올렸으나 운사와 우사는 고개만 약간 끄덕이는 것으로 인사를 대신하였다. 일행을 깔보는 표정은 아니었지만, 손님을 대하는 예가 아닌 것은 분명했다. 그들이 아무리 백 세를 넘긴 노인이라 하여도 말이다.

질심선녀와 완완노의 얼굴에는 금방 불쾌한 기색이 드러났지만 섬검자는 분명 이유가 있을 것이라 생각하며 개의치 않았다.

풍백이 말하였다.

"세 분은 이 안으로 들어오시오."

"알겠습니다."

일행이 다가가자 입구에서 그들을 맞이했던 청년이 자리에서 일어났다. 일행이 그곳을 통해 안으로 들어가자 청년은 다시 그 자리에 앉았다. 그런데 그가 착석하는 순간, 도인들의 모습이 감쪽같이 사라져 버리고 말았다.

섬검자 일행은 그제야 깨달을 수 있었다. 도인들은 단순히 둘러앉았던 것이 아니라 진식을 펼치고 있었음을 말이다. 아니, 어쩌면 이 대전 자체에 고도로 난해한 진식이 펼쳐져 있는지도 몰랐다.

'놀라운 진식이군. 밖에서 볼 때는 아무렇지 않고 안에 들어왔을 때만 감지할 수 있다니……'

운사와 우사가 예를 차리지 않은 것도 진식을 유지하기 위함이었던 것 같았다.

일행이 놀라움을 감추지 못하고 있는데, 허공에서 풍백의 목소리가 들려왔다.

"신물을 지키기 위하여 여러분에게 미리 말하지 못한 점 양해하시오."

섬검자가 예를 갖추어 대답했다.

"이 정도 방비도 없다면 오히려 이상할 일입니다."

"양해한다니 고맙소. 여러분 앞에 놓인 철 상자 안에 천부인 중 하나가 들어 있소. 이제부터 내 지시에 따라 행동하시오. 여러분이 나쁜 뜻을 갖지 않았다는 것은 잘 알고 있으나, 만약 임의대로 행동한다면 우리는 가차없이 손을 쓸 것이오."

"알겠습니다."

아무런 검증 절차도 거치지 않은 일행 앞에 천부인을 내놓은 것은 충분히 지킬 수 있다는 자신감의 표시였다. 사실 천부인을 가지고 가라 해도 일행은 이 진세를 빠져나갈 자신이 없었다.

"철 상자를 여시오."

풍백의 음성이 다시 들려오자 섬검자는 조심스럽게 철 상자로 손을 가져갔다. 뚜껑이 열리고, 드디어 천부인 중 하나가 모습을 드러내는 순간이었다.

잔뜩 궁금한 표정으로 상자를 들여다본 완완노와 질심선녀는 실망한 기색을 감추지 못했다.

'그 대단하다던 천부인이 겨우……'

푸르스름하게 녹슨 청동제 방울, 더도 덜도 아니고 딱 그것이었다.

다섯 치가량의 청동 막대 끝에 세 개의 가지가 뻗어 있고, 각각의 가지 끝이 다시 세 개로 분화되어 모두 아홉 개의 방울이 달려 있는 모습이었다. 한 가지 특이한 것이 있다면 방울이었다. 아홉 개 모두 크기가 조금씩 달랐으며, 너무 두꺼워서 방울 소리가 나지 않을 것 같았다.

'이상하군 천부인 중 방울 형태를 한 것이 있다는 얘기는 금시초문인데.'

섬검자가 의아한 생각을 하고 있을 때 풍백의 음성이 흘러나왔다.

"꺼내보시오."

그의 말에 따라 하늘이 내린 방울, 천령(天鈴)을 집어 올리려던 섬검자는 하마터면 넘어질 뻔하였다. 상상도 할 수 없을 만큼 무거웠기 때문이다. 보기보다 약간 더 무거운 정도가 아니었다. 한 자 남짓한 그 물건으로는 도저히 가질 수 없는 무게였다.

　근력만으로는 도저히 들어 올릴 수 없었기에 섬검자는 내공을 일으켰다. 그제야 천령은 철 상자에서 천천히 빠져나왔다.

　"높이 들어보시오."

　섬검자는 시키는 대로 천령을 머리 위로 들어 올렸다.

　"나머지 두 분도 들어보시오."

　도무지 영문을 알 수 없는 요구가 이어지자 의아한 생각이 들었지만 일행은 시키는 대로 돌아가며 들어보았다.

　"원래 대로 넣고 뚜껑을 닫으시오."

　이제는 더 못 참겠다는 표정으로 완완노가 물었다.

　"천부인을 얻을 수 있는 자격에 대해서는 언제 물으실 작정이오?"

　"방금 끝났소."

　풍백의 대답은 의외였다.

　"겨우 꺼냈다 넣었을 뿐인데, 끝나다니 대체 무슨 말이시오?"

　"여러분은 천부인을 가져갈 자격이 없소."

　"이런 황당한……."

　완완노가 드디어 성질을 참지 못하고 한바탕 쏘아붙이려 하자 섬검자가 얼른 만류하며 대신 물었다.

　"저희는 우둔하여 연유를 알 수 없으니 자세히 설명해 주십시오."

　"천령은 주인을 스스로 정하오. 한데 여러분이 잡았을 때 아무런 변화도 없었소."

"어떤 변화가 일어나야 주인의 자격이 되는 겁니까?"

"그것은 일러줄 수 없소. 우리가 할 수 있는 말은 여러분에게 자격이 없다는 사실뿐이오."

"이런 우라질! 목숨 걸고 지도를 찾아 해독한 사람에게 자격이 없다면 대체 누가 주인이란 말이오?"

완완노가 드디어 울화를 터뜨리고 말았다. 그러나 풍백의 대답은 여전히 담담했다.

"주인은 천령 스스로 정한다고 분명히 말했소."

"화를 낸다고 될 일이 아니오, 형님."

섬검자는 완완노를 진정시킨 뒤 심각한 표정으로 물었다.

"하면 온 천하에 주인은 단 한 사람뿐이란 말이십니까?"

"시대에 따라 주인이 없을 수도 있고, 수십 명일 수도 있소."

"만약 그 수십 명 중에 악한 자가 끼어 있다면 어찌시렵니까?"

"세상은 선자만의 것이 아니오. 간혹은 악인이 시운(時運)을 만날 수도 있는 법."

"악인임을 알고도 천령이 선택한다면 주시겠단 뜻입니까?"

"당연히 그렇소. 우리는 천령을 보호할 임무만 부여받았을 뿐 그 주인을 선택하거나 거부할 권리가 없기 때문이오."

섬검자는 더 이상 할 말이 없었다.

"궁금증이 더 이상 없다면 철 상자에서 떨어지시오."

섬검자 일행은 미련이 많이 남았지만 천령의 수호자들과 싸울 수는 없는 노릇이었으므로 뒤로 한 발짝 물러섰다. 그러자 철 상자가 스르르 모습을 감춤과 동시에 아홉 도인의 모습이 드러났다.

"여러분의 아쉬움은 알겠으나 이제 그만 떠나주시오."

풍백이 축객령을 내리자 일행은 무거운 발길을 돌려야 했다.

'이젠 보에족의 땅으로 떠난 아이들이 돌아오기를 기다리는 수밖에 없겠군. 그런데 그 아이들 중에 천령의 주인이 과연 있을까?'

천부인을 얻기 위해 수많은 고난을 감수해 왔던 섬검자의 마음은 착잡하기 그지없었다.

＊　　　＊　　　＊

부현 일행을 태운 마차는 장안(長安)에 도착하고 있었다.

그런데 그동안 무슨 일을 겪었는지 마차가 많이 손상되어 있었다. 여섯 필이던 말은 네 필로 줄었고, 마차를 모는 추노의 어깨에도 가볍지 않은 검상이 보였다.

마차에 타고 있는 일행도 예외는 아니었다. 의복이 모두 서너 군데씩 베어져 있고, 간혹은 베인 상처도 드러나 있었다. 아마도 큰 싸움을 벌인 모양이었다.

"오늘은 좀 조용히 넘어가려나……."

부현이 축 늘어진 표정으로 중얼거리자 바람이 무거운 음성으로 대꾸하였다.

"모든 일을 끝내고 국내성에 도착하기까지는 각오해야 할 것이다."

"삼령교 놈들이 좀 조용하다 싶었더니, 이젠 온 무림이 우리를 표적으로 삼고 있으니……."

일행은 화산을 떠나 장안으로 오는 동안 두 차례나 커다란 싸움을 겪어야 했다. 공격을 가해온 자들은 온 무림을 망라한 수많은 군웅들이었다. 정마의 구분도 없었고 방파의 구분도 없었다. 그들은 오직 천부인의 지도라는 한 가지 목표를 가지고 달려드는 부나방들이었다.

"불환동부에서 그렇게 많이 죽었는데, 어디서 또 꾸역꾸역 몰려오는 건지……."

"대륙은 넓다. 소문이 퍼져 나가는 데 몇 달이 걸리고 군웅들이 모여드는 데는 몇 년이 걸리지. 지금도 사방에서 우리를 향해 모여들고 있을 게다."

"이제 그만 좀 싸웠으면 좋겠는데……."

"그들이 원하는 걸 우리가 갖고 있는 이상은 피할 수 없는 일이지."

그때 추노가 객점 앞에 마차를 세웠으므로 일행은 대화를 중단해야 했다.

일행은 객점 마당 한 켠에 마차를 세워둔 뒤 안으로 들어갔다.

저녁 무렵이기 때문인지 일층 식당에는 제법 손님이 많았고, 이층 객실도 빈방이 별로 없었다. 때문에 일행은 나란히 붙어 있는 방을 구할 수가 없었다.

일행은 저녁 식사를 간단히 마친 뒤 각자의 방으로 올라갔다.

추노와 소수연은 각기 방을 구했고, 부현 일행은 세 개의 방을 얻어 나누어 묵기로 하였다. 부현과 바람, 나연과 은강이 각기 한 방을 쓰고 역리상은 혼자였다.

자신의 방으로 들어간 역리상은 조금 열어둔 문틈으로 회랑 건너편에 위치한 소수연의 방을 바라보았다.

'위 낭자가 오늘 밤에도 내 방을 찾아줄까?

지난 며칠 동안 소수연은 다른 사람들의 눈을 피해 역리상의 방을 들러주곤 하였다. 왜 남의 눈을 피해가며 만나야 하는지 이유를 알 수 없었지만, 만남이 거듭될수록 역리상은 그녀에게 점점 더 몰입되어 갔다.

마차를 함께 타고 있을 때는 눈앞의 그녀와 상상의 밀회를 즐겼고, 저녁이 되면 그녀가 들러주기만을 학수고대했다. 그렇게 그는 소수연, 아니, 위서영이라는 여인의 늪으로 깊숙이 빨려들고 있었다.

창밖은 어느새 어둠이 내리고 있었다. 역리상은 빛의 소멸과 함께 흐릿해져 가는 풍경을 넋 놓고 바라보았다. 하지만 그의 신경은 온통 문에 쏠려 있었다.

그녀는 항상 아무런 인기척도 없이 다가와 고양이처럼 살며시 나타나곤 했다. 발자국 소리며 문을 여는 소리, 심지어는 옷깃이 스치는 소리조차 내지 않고 나타났다. 그러나 역리상은 언제나 그녀의 등장을 쉽게 알아낼 수 있었다. 그것은 그녀만이 가지는 독특한 향기가 있기 때문이다. 향수의 냄새는 아니었다. 따끈한 물로 목욕을 갓 마친 여인이 풍기는 듯한 체향, 그녀의 몸에서는 항상 그런 향기가 흘러나왔다.

창밖을 바라보고 있던 역리상은 문득 정신을 차렸다. 그녀의 향기가 느껴졌기 때문이다.

"위 낭자……."

그가 돌아섰을 때 소수연은 문을 살며시 닫고 있었다.

"왠지 쓸쓸해 보이네요?"

그녀가 살며시 다가서자 아찔한 향기가 느껴졌다.

'안고 싶다.'

역리상은 가슴 깊은 곳에서 일어나는 욕망을 힘겹게 제어해야 했다.

"무슨 생각을 그리 깊이 했지요?"

소수연은 역리상에게 몸을 살짝 기대며 물었다. 이런 일은 처음이었다. 대화를 나누더라도 그녀와 역리상은 항상 거리를 유지하고 있었고, 아직 손조차 잡아본 적이 없었다.

"위 낭자가… 오기만을 기다리고 있었습니다."

사정없이 쿵쾅거리는 심장의 무게를 감당할 수 없었기에 역리상의 목소리는 은은히 떨려 나왔다.

소수연은 몸을 조금 더 밀착시켰다.

"제가 그렇게 기다려졌나요?"

"하루 종일 이 시간이 오기만을 기다리고 있었습니다."

역리상이 얼굴을 붉게 물들이며 대답하자, 소수연은 아련한 시선으로 그를 올려다보았다.

"나를 원하나요?"

쿠웅!

역리상은 심장이 멎는 듯한 충격을 느껴야 했다. 꿈에서조차 원하던 일이 아니던가? 하지만 쉽게 대답할 수는 없었다.

"위 낭자……."

"머뭇거릴 필요 없어요. 당신 마음 그대로 말해 봐요."

"원… 하오."

이 한마디가 그렇게 어려웠던가? 역리상의 손바닥엔 땀이 흥건하게 고여들었다.

"그랬군요."

소수연은 작고 하얀 손으로 역리상의 얼굴을 어루만졌다.

"좋아요. 당신의 마음을 받아드리지요."

"그 말… 진심입니까?"

"대신 내 부탁을 하나 들어줘요."

"무슨……."

"어렵지 않은 일이에요."

천하에서 가장 아름다운 여인 소수연, 역리상을 빨아들이고 있는 그녀의 눈동자가 음모의 색으로 물들어간다.

부현은 장안의 번화가를 거닐고 있었다.

"이 넓은 데서 위 낭자를 어떻게 찾는다지?"

그가 밤거리로 나온 것은 소수연을 찾기 위해서였다. 그녀를 만나기 위해 찾아갔을 때 방은 비어 있고, 대신 추노가 나타나 거리 구경을 나갔다고 해서 쫓아 나왔던 것이다.

처음 거리로 나설 때는 이 옛날 도읍이 커봐야 얼마나 되겠나 싶은 마음이었는데, 막상 돌아다녀 보니 번화가는 의외로 넓었고, 사람도 많아서 그녀를 도무지 찾을 수 없을 것 같았다.

"위 낭자야 객점으로 돌아가면 다시 만날 테고, 나온 김에 거리 구경이나 해야겠네."

부현은 뭐 재미난 구경거리가 없나 하는 눈길로 거리를 둘러보았다. 그때 등 뒤로 살그머니 다가드는 인기척이 느껴졌다.

"누구냐!"

일장을 쏘아낼 기세로 돌아선 부현의 시선에 걸려든 사람은 남루하기 그지없는 거렁뱅이 노인이었다.

'뭐야, 거지노인이잖아? 신경이 너무 예민해진 모양이군.'

부현이 맥빠진 표정으로 돌아서려는데, 거지노인이 게슴츠레한 눈으로 중얼거렸다.

"사람을 찾는 게로구면?"

부현이 걸음을 멈추며 돌아섰다.

"방금 뭐라고 그랬어요?"

"자네가 찾는 사람은 여기 없어."

"혹시 점쟁이세요?"

"보면 모르나? 난 거지야."

"그런데 내가 사람을 찾는 걸 어떻게 아세요?"

"얼굴에 그렇게 쓰여 있어. 그런데 여기 없는 사람을 왜 여기서 찾나?"

정말 종잡을 수 없는 노인이었다. 스스로 점쟁이가 아니라고 하면서 말은 점쟁이처럼 하고 있으니 말이다.

부현은 탐구의 눈으로 노인을 바라보았다. 오 척에도 못 미치는 왜소한 키에 깡마른 체구를 지녔고, 감았는지 떴는지 분간이 안 될 정도로 가는 눈을 가진 노인이었다.

"그럼, 그 사람이 어디 있죠?"

"저쪽."

노인이 가리킨 방향은 부현이 묵는 객점이 있는 곳이었다.

"할아버지 점쟁이 맞죠?"

"아니래도 그러네. 난 거지야."

"그럼, 한 가지만 더 물어볼게요. 내가 어떤 사람을 찾고 있는 것처럼 보여요?"

"어떤 사람이냐니?"

"여러 부류의 사람이 있잖아요. 여자, 남자, 애, 어른, 부자, 가난뱅이 등등."

부현은 노인이 점쟁이라면 '세상에서 가장 아름다운 무림 여고수'를 찾고 있다고 말할 것이라 생각했다. 그런데 노인의 대답은 실로 엉뚱했다.

"없는 사람."

"예?"

"자네가 찾는 사람은 없는 사람이야. 허깨비 같은 존재지."

'음… 거지가 맞긴 맞는 모양이군.'

노인의 말을 알아들을 수 없었던 부현은 금방 시들해진 표정으로 돌아섰다.

"그만 가볼게요."

그런데 부현이 한 걸음을 떼기도 전에 노인의 음성이 다시 고막을 파고들었다.

"조심하게, 머지않은 곳에 자네를 노리는 자들이 있으니까."

우뚝.

부현의 걸음이 다시 멈추었다.

"그건 또 무슨 말이죠?"

"정신을 바짝 차려봐. 그럼 자네를 노리고 있는 자들이 보일 테니까."

노인은 그 말을 마지막으로 휘적휘적 제 길을 가기 시작했다.

"잠깐만요!"

"왜, 이 늙은 거지에게 술이라도 한잔 사주려나?"

"할아버지 정체가 뭐죠? 왜 내 앞에 나타나서 그런 말을 해주는 거죠?"

"내가 가던 길에 자네가 있으니 만난 거고, 이상한 자들이 눈에 보이니 말해 준 것뿐일세. 이제 됐나?"

"아직 할아버지의 정체는 밝히지 않았어요."

"내 정체는……."

부현은 침을 꿀꺽 삼키며 노인의 입을 주시했다.

"거지야."

비틀.

"이제 됐지?"

"되긴 뭐가 돼요? 정체를 밝혀야지요!"

"방금 말했잖아."

"못 믿겠어요."

"자네와 나는 오늘이 지나기 전에 다시 만날 운명이니 그때 가보면 알 것 아닌가?"

"다시 만난다고요?"

"그래. 그러니 괜한 신경 쓰지 말고 자네를 노리고 있는 자들이나 신경 써. 저 뒤쪽에 서 있는 두 놈 말이야."

부현은 노인이 눈짓으로 가리킨 곳을 얼른 바라보았다. 노인의 말대로 두 사내가 이쪽을 바라보고 있다가 황급히 돌아서는 모습이 잡혀들었다.

"정말이네요?"

부현은 놀란 눈으로 노인을 바라보았다. 그런데 없었다. 방금까지 옆에 있었던 노인이 감쪽같이 사라진 것이다.

"어디 갔지?"

주변을 둘러보았지만, 노인의 모습은 어디에도 없었다.

"이럴 게 아니라 저 두 놈부터 잡아 족치고 나서……."

부현은 자신을 주시하던 두 사내 쪽으로 돌아섰다. 그런데 이번에는 그들의 모습도 보이지 않았다.

"이 인간들이 숨바꼭질하자는 것도 아니고……."

잔뜩 약이 오른 부현은 근처에 있던 이층 건물로 신형을 뽑아 올렸다.

쉬이익!

이층 용마루까지 단숨에 오른 부현은 거리를 샅샅이 훑어보았다. 그러자 멀리 인파에 뒤섞여 들어가는 두 사내의 모습이 희미하게 잡혀 들어왔다.

"니들은 걸렸어!"

부현은 지붕을 타고 두 사내를 향해 달려가기 시작했다. 그런데 그가 달리는 방식은 내공을 발에 실어 멀리 뛰는 방식이었다. 그러니 몸을 가볍게 하여 달리는 경신술과 달리 지붕에 무리한 힘이 가해질 수밖에 없었다.

와직, 콰직!

그가 한 발 뛸 때마다 거리의 지붕에는 큼지막한 구멍이 생겨나고 있었다.

"까아악! 지붕이 무너졌어!"

"지붕에서 날뛰는 게 어떤 놈이야!"

장안 밤거리를 순식간에 어수선하게 바꿔 버린 부현이 멀리 사라지고 나자 어두운 골목에 모습을 감추고 있던 노인이 거리로 천천히 걸어나왔다.

"인중용이기는 하되 생각이 짧고 재주가 어려 제 능력을 다 발휘하지 못하는 녀석이구면. 지닌 바 능력이 아깝기는 하지만, 우리로서는 다행스러운 일이지."

노인은 부현이 달려간 반대 방향으로 천천히 사라져 갔다.

부현은 두 사내를 쫓아 어느새 인가가 뜸한 지역에 이르게 되었다. 하지만 부현은 아직까지 거리를 조금도 좁히지 못한 상황이었다. 오로지 내공에만 의지하여 달리려니 경신술을 이용하는 상대를 따라잡을 수 없었던 것이다. 그렇다고 거리가 멀어지는 것 또한 아니니 상대로서도 속이 탈 일이었다.

앞서 달려가던 두 사내, 악령과 사령은 뒤를 흘깃 돌아보았다.

"내공 하나만큼은 정말 타의 추종을 불허하는 놈이로군."

"이대로 가면 우리가 먼저 지쳐서 잡힐지도 모르겠다. 뭔가 수를 내야겠어."

"오혈신(五血臣)을 불러야겠군."

"그렇게 하자."

합의를 본 악령과 사령은 휘파람을 높이 불었다. 밤하늘을 타고 휘파람이 널리 퍼져 나가자 얼마 지나지 않아 다섯 명의 혈포인이 저만치에서 모습을 드러냈다. 부상당한 섬검자를 쫓아 완완노의 동굴을 방문했던 자들이었다.

"오혈신! 죽음으로 놈을 막아라!"

악령과 사령은 달려가는 속도를 늦추지 않은 채 명령을 내렸다.

"존명!"

오혈신은 부현의 진로를 재빨리 막아섰다.

"멈춰라!"

그들의 기세가 만만치 않았기에 부현은 걸음을 멈출 수밖에 없었다.

"이건 또 뭐야?"

부현은 급히 멈추며 달갑지 않은 방해꾼들을 한차례 훑어보았다. 그 사이 악령과 사령은 시야에서 까마득히 멀어졌다.

"꽁지 빠지게 도망치는 두 놈의 졸개들이냐?"

안하무인의 말투가 신경에 거슬렸는지 오혈신의 안색이 벌겋게 상기되었다.

오혈신은 삼령교의 호법으로 합격술이 매우 뛰어나 삼령조차도 둘 이상이 모여야 상대할 수 있는 실력자들이었다. 그러나 자신들의 능력으로는 부현을 압도할 수 없다는 사실을 그들은 잘 알고 있었다.

"네가 대단한 능력을 지녔다는 것은 알고 있으나, 우리 다섯의 목숨을 합한 것보다 네 목숨의 무게가 더 나가리라고는 생각지 않는다."

"목숨?"

서서히 움직여 포위망을 형성하고 있는 오혈신에게서 죽음의 냄새가 진하게 풍겨 나오고 있었기에 부현은 덜컥 겁이 났다.

'저 인간들이 나 죽고 너 죽자 식으로 달려들면 곤란한데……'

그토록 당당했던 부현의 기세는 금방 수그러들었고, 죽음을 각오한 오혈신의 눈에서는 번들거리는 광기가 뿜어져 나왔다.

"각오해라, 전부현!"

오혈신은 장검을 뽑아 겨누며 전신의 진기를 끌어올렸다. 그러자 그들의 장포가 팽팽하게 부풀어 오르기 시작했다. 뭔가 대단한 한 수를 준비하고 있는 것이 분명했다.

'기분이 으스스한 게 어째 느낌이 좋지 않은데.'

부현은 불안한 심정으로 진기를 끌어올렸다. 그때 오혈신이 동시에 기합성을 내지르며 공격해 들어왔다.

"멸멸혈공(滅滅血功)!"

셋은 곧바로 짓쳐들어 오고, 둘은 허공으로 솟구친 뒤 신검합일(身劍合一)의 수법으로 내리꽂아 왔다. 일체의 방어를 배제한 필살의 공격,

그야말로 같이 죽자는 의도였다.

"이런 우라질!"

부현은 쌍장을 교차하며 빠르게 다섯 번을 때려냈다.

"백호장!"

사신투영장 중 공수 전환이 가장 빠른 장법이었다.

카르르릉!

은은한 포효성과 함께 쏘아 나간 다섯 마리의 백호가 오혈신의 몸을 갈가리 찢을 듯 달려들었다. 그 기세가 워낙 대단하여 오혈신은 부현의 근처에 도달하기도 전에 피를 토하며 날아갈 것 같았다. 바로 그때,

"폭열신검(爆裂身劍)!"

오혈신의 입에서 비장한 외침이 터져 나왔다. 동시에 그들의 몸은 풍선처럼 부풀어 올랐고, 검신은 수십 가닥의 균열이 세로로 길게 생겨났다. 그리고…

퍼퍼펑!

끔찍한 파열음과 함께 그들의 몸이 폭발하고, 세로로 길게 쪼개진 검이 화살처럼 쏘아졌다.

혈우와 뒤섞여 쏟아지는 날카로운 뼛조각과 검의 화살들, 땅속으로 꺼지지 않는 한 도저히 피할 수 없는 상황이었다.

"주작웅비(朱雀雄飛)!"

부현은 본능적으로 쌍장을 뻗어냈다. 그러자 그의 양손에서 붉은 주작 두 마리가 불쑥 솟아 나와 커다란 나래를 편 채 주변을 휩쓸어 나갔다.

파파파파팟!

쏟아지던 혈우는 주작의 나래짓에 막혀 사방으로 퉁겨 나갔다. 하지

만 목숨을 내던진 오호신의 공격 또한 만만치 않았기에 완전히 막아낼 수는 없었다.

"으억!"

부현은 무거운 신음성을 흘리며 한쪽 무릎을 꺾었다. 날카로운 뼛조 각이 오른쪽 허벅지와 왼쪽 복부에 깊숙이 박혀 있었다. 생명을 위협 할 정도의 부상은 아니었지만, 필살의 의지가 담긴 오혈신의 공격이었 던 만큼 적지 않은 내상까지 입은 상태였다.

"무식한 자식들······."

부현의 상식으로는 도저히 이해할 수 없는 일이었다. 명령을 수행하 기 위해 목숨까지 미련없이 던져 버린 오혈신의 행위가 말이다.

부현은 혹시나 하는 생각으로 쫓고 있던 두 사내를 찾아 주변을 두 리번거렸다. 그러나 그들의 행적은 어디에도 없었다.

"이 우라질 자식들, 다음에 걸리기만 해봐라."

오혈신이 완완노의 거처로 찾아왔을 때 부현은 운기행공을 하고 있 었기에 기억에 없었다. 하지만 그들에게서 풍기는 분위기만으로도 삼 령교의 일원임을 짐작할 수 있었다.

"쫓던 놈들을 놓쳤으니 그만 돌아가야겠네."

힘겹게 몸을 일으키던 부현은 신음성을 흘리며 다시 무릎을 꺾어야 했다.

"흐으으··· 아파 죽겠네······."

객점으로 돌아가려면 몸에 박힌 뼛조각부터 뽑아야 할 것 같았다.

"어이구, 징그러워."

살점이 듬성듬성 붙어 있는 사람의 뼈를 만지려니 머리털이 곤두설 지경이었지만 당장 움직이려면 어쩔 수 없었다.

"사람의 생뼈를 다 만져 보고… 전부현 인생 참 많이 변했네."

부현은 이를 악물고 뼈를 뽑아낸 뒤 절뚝거리는 걸음으로 돌아가기 시작했다.

악령과 사령은 부현과 멀리 떨어진 숲에 몸을 은신한 채 돌아가는 상황을 살피고 있었다.

"오혈신이 동귀어진 수법을 펼쳤는데도 간단한 부상만 입고 막아내다니… 정말 대단한 놈이로군."

"그런데 마령은 왜 아직 기회를 못 잡는지 모르겠군. 놈들을 빨리 처치해야 이 고생도 끝날 텐데."

"토번 땅으로 들어가기 전에 끝내겠다고 했으니 조만간 연락이 오겠지. 그때 실수하지 않도록 돌아가서 준비나 철저히 해두자. 오늘 밤이 될지도 모르니까."

악령과 사령은 부현의 모습이 완전히 사라지기를 기다려 자신들의 은거지로 향하였다.

II장 욕심의 결말

바람 좀 쐰다고 나갔던 부현이 피투성이로 돌아오자 일행이 모두 모여들었다.

"어떻게 된 일이냐?"

"별거 아니니까 걱정 마세요."

바람의 걱정을 부현은 웃음으로 받아넘겼다. 물론 평소의 그였다면 당장 죽는다고 엄살을 피우고도 남을 일이었다. 하지만 소수연이 보고 있었기에 그럴 수 없었다.

그녀가 걱정 가득한 눈으로 응시하고 있는데 어찌 그럴 수 있겠는가?

부현은 호기롭게 어깨를 펴며 조금 전에 겪었던 일을 설명해 주었다. 물론 엄청난 과장을 섞어서 말이다. 상대가 오십 명이었고, 그들 각자가 자신에 버금가는 고수였다는 등.

"하하하! 하지만 천육백공 전부현을 누가 당해내겠습니까? 모조리 때려눕혔지요. 그런데 마지막에 남은 다섯 놈이 이상한 수법을 쓰는 바람에……."

그는 오혈신이 썼던 수법에 대해 말해 주었다. 그 설명을 들은 소수연과 추노는 희생된 자가 오혈신이었음을 알 수 있었고, 바람은 안색을 무겁게 가라앉았다.

"자신의 몸을 분쇄하여 상대를 공격하는 수법이 마도 무리에게 은밀히 전해 내려오기는 하지만 방법이 너무 잔인하여 거의 사용되지 않는 것으로 알고 있었는데……."

"사람이 터져 죽는다는 점이 조금 끔찍하기는 했지만 위력은 별것 아니던데요 뭐."

"그렇지 않다. 그들이 만약 독공을 연마한 자들이었다면 너는 오늘 살아남지 못했을 것이다."

생각해 보니 등골이 오싹해지는 말이었다. 전신에 독을 축적시키고 있는 자가 그런 수법을 쓴다면 뼛조각에 스치기만 해도 죽을 수 있는 일이니 말이다.

"그보다 어서 운기요상부터 하거라."

"외상부터 치료해야 하지 않아요?"

부현이 묻자 바람은 고개를 저었다.

"그들이 비록 독인은 아니었다 할지라도 체독(體毒)은 누구나 지니고 있는 법이다."

"체독이라니요?"

"사람마다 피가 다르고 그것은 서로 섞이지 않는 성질을 가지고 있다. 그것이 섞이면 독성을 띠게 되는데, 이것을 체독이라 한다. 한번 보아라, 네 상처 부위가 단단하게 굳어 있을 테니."

상처를 살펴보니 바람의 말대로 단단하게 굳은 채 잔뜩 부어올라 있었다.

"정말이네?"

"운기행공으로 탁한 기운을 밀어내다 보면 체독도 저절로 빠지게 될 것이다."

"알았어요. 얼른 운기부터 할게요."

부현이 침상에 올라가 가부좌를 틀고 앉자 나머지 일행은 운기에 방해되지 않도록 방을 빠져나갔다.

단전에 모여 있는 진기를 경락에 따라 크게 순환시키자 막혔던 기혈이 뚫리고 체내에 스며들었던 탁한 기운이 밀려 나가며 기분이 상쾌해지는 느낌이었다.

처음 배울 때만 해도 가만히 앉아 있는 것 자체가 고역이었던 부현이었으나 어느덧 운기행공을 즐기는 단계에 이르러 있었다.

부현이 운기를 시작한 지 얼마나 지났을까? 세 번째 대주천이 끝나갈 무렵이 되자 그의 전신에서 아지랑이 같은 기운이 피어올라 정수리로 모여들었고, 그것은 곧 그의 백회혈(百會穴)로 빨려 들어가기 시작했다.

누군가 방문을 조심스럽게 열고 들어온 것은 그때였다.

대주천을 행할 때는 시전자가 아주 작은 기류 변화에도 민감하게 반응하기 때문에 문을 열어 공기를 바꾼다거나 말을 거는 행위도 금지되어 있다. 자칫 잘못하면 주화입마에 들 수 있기 때문이다.

부현도 방문이 열리는 것을 감지할 수 있었다. 행공 중에 누군가 접근한다는 것은 대단히 위험한 일이었음에도 불구하고 부현은 웬일인지 살며시 미소를 머금었다.

방문이 열림과 동시에 확 풍겨오는 이런 향기를 가진 여인은 천하에 단 한 명뿐이기 때문이다.

'행공이 끝나기를 기다리지 못하고 날 찾은 걸 보니 내가 자기를 찾으러 나갔다가 부상당하고 돌아온 게 미안했던 모양이군.'

부현은 이렇게 생각하며 서둘러 행공을 마무리 지었다. 그리고 눈을 번쩍 뜨는 순간이었다. 몇 군데의 혈도가 뜨끔거리는가 싶더니 몸이 움직여지지 않았다.

놀란 눈으로 바라보니 그녀가 빙긋이 웃으며 내려다보고 있다.

'위 낭자답지 않게 웬 장난을……'

이렇게 말하고 싶었지만 아혈(啞穴)까지 점해져 입을 열 수가 없었다.

"내가 장난을 치는 것이라 믿고 싶겠지만 아쉽게도 이건 현실이다, 전부현."

표정은 여전히 웃고 있었으나 그녀의 목소리는 서늘하기 그지없었다.

"내가 누군지 알고 싶겠지?"

소수연은 천천히 다가와 부현의 얼굴을 쓰다듬으며 말을 이었다.

"삼령교의 소수연이라고 하면 믿겠어?"

부현의 눈동자가 경악의 빛으로 물들어갔다.

"물론 믿기 힘들겠지. 믿고 싶지도 않을 테고. 그래도 믿어라. 모습이 조금 변하기는 했어도 내가 소수연인 것은 분명하니까."

부현은 믿을 수가 없었다. 아니, 믿고 싶지 않았다.

산 사람의 몸에 흠집을 내고 태연한 표정으로 손을 집어넣던 여인이

바로 소수연이었다. 자신이 알고 있는 위서영이 어떻게 그런 여인일
수 있단 말인가?

부현은 이것이 꿈이었으면 하고 바랐다. 그때 문이 열리며 역리상이
나타났다.

부현은 역리상을 만난 이후 지금처럼 반가운 적이 없었다. 위서영이
장난을 치고 있는 것이라면 이제는 그만둘 테고, 만약 사실이라면 역리
상을 공격함으로써 다른 일행이 모여들게 될 테니 말이다. 그런데 그
들이 주고받는 대화가 어쩐지 심상치 않았다.

"일은 잘 처리했나요, 역 도사?"

"낭자의 말씀대로."

역리상은 고개를 푹 숙인 채 대답했다. 차마 부현의 눈을 바라볼 수
없었기 때문이다.

'일이 도대체 어떻게 돌아가는 거야?'

부현의 궁금증은 곧 이어 들어온 추노에 의해서 해결되었다.

"역 도사가 미혼산(迷魂散)을 풀어둔 덕에 나머지는 쉽게 제압했습
니다."

"수고했다. 연락은 취했겠지?"

"장안 외곽에 있는 폐장원에서 만나기로 하였습니다."

"좋아. 이들을 마차에 태워라."

"알겠습니다."

추노가 부현을 어깨에 들쳐 메는 모습을 보며 역리상이 소수연에게
물었다.

"이들을 왜 끌고 갑니까? 지도만 얻으면 된다고 하더니……."

"당신은 더 이상 걱정 할 것 없어요. 이제부터는 우리가 알아서 할

테니까."

"하지만 이건 처음 했던 말과……."

"따라오지 않을 건가요?"

소수연이 매몰차게 말을 끊으며 쏘아보자 역리상은 아무런 대꾸도 하지 못한 채 고개를 숙였다.

"가야지요."

"그럼, 군소리 말고 따라오세요. 일행을 마차로 옮기는 것도 도와주고."

"알겠습니다."

부현은 무서운 눈길로 역리상을 쏘아보았다.

'도대체 무슨 일을 저지른 거냐, 이 쓸모없는 인간아!'

마음속으로 이렇게 외쳤지만 역리상은 끝내 부현과 눈길을 마주치지 않았다.

일행을 실은 마차는 거리를 조용히 빠져나가 인가가 보이지 않는 폐장원 앞에서 멈추었다.

"이제 아혈 정도는 풀어줘도 무방하겠지."

소수연이 아혈을 풀어주자마자 부현의 입에서 험악한 말이 쏟아져 나왔다.

"역리상, 이 우라질 인간아! 니가 지금 무슨 짓을 저질렀는지 알기나 해?"

역리상은 입이 열 개라도 할 말이 없었다. 하지만 최소한의 변명은 해야 했다.

"미안하다. 나도 이렇게까지 하고 싶지는 않았지만, 어떻게든 위 낭자의 마음을 얻고 싶었어."

"이게 미안하다는 말로 해결될 일이야? 너 때문에 우리 모두 죽게 생겼단 말이다!"

"죽이지는 않겠다고 위 낭자가 약속했어."

"약속은 무슨 얼어죽을 약속이야?"

"어쨌든 미안하다. 지도는 내가 가져갈게. 나중에 만나서 나를 죽이더라도 원망하지 않으마."

역리상은 지도를 꺼내기 위해 부현의 품을 뒤지려 하였다.

"정신 좀 차려, 이 인간아! 저 여자는 위서영이 아니라 삼령교의 소수연이란 말야!"

흠칫!

"뭐라고?"

"우리를 죽이지 못해 안달하는 삼령교의 소수연이라고!"

"설마⋯⋯."

"저 여자 입으로 한 말이니 직접 들어보면 알 거 아냐?"

역리상은 믿을 수 없다는 눈길로 소수연을 바라보았다.

"부현이 방금 한 말⋯ 사실이오?"

소수연은 얼굴색 하나 변하지 않고 고개를 끄덕였다.

"사실이에요. 그래서 후회가 되나요?"

"왜 그런 거짓말을⋯⋯."

"호호호! 그럼 내가 정말로 당신이 좋아한 줄 알았나?"

"나는 당신이 위서영이고, 단순히 지도가 탐나서 그런 것인 줄 알았는데⋯⋯."

"물론 지도는 탐나지. 그보다 너희 목숨이 더 탐나는 게 문제이기는 하지만."

"내가 바보였어."

"이제라도 그 사실을 알았다니 정말 바보는 아닌 모양이군. 정말 바보들은 죽을 때까지 그 사실을 모르거든."

두 주먹을 움켜쥔 채 부르르 떨고 있는 역리상의 눈가에 물기가 어렸다. 순수한 마음을 배신당한 분노와 자신의 이기심으로 일행을 사지에 몰아넣은 죄책감, 그리고 이런 상황을 되돌릴 능력이 자신에게 없다는 무능력감이 한꺼번에 휘몰아쳐 감정을 억제할 수 없었던 것이다.

"미리 경고하는데, 한쪽에 조용히 찌그러져 있으면 나를 도운 공을 생각해서 특별히 목숨만은 살려주지. 하지만 조금이라도 이상한 생각을 먹는다면 너부터 죽게 될 거야."

소수연은 싸늘한 말로 경고한 뒤 추노에게 시선을 돌렸다.

"괴노가 죽었을 때 잘 참아주었다, 추노. 그 상으로 부현과 은강을 요리할 기회를 주겠다."

"감사합니다!"

추노는 소수연에게 깊숙이 허리 숙여 인사한 뒤에 부현에게 천천히 다가갔다.

"너, 너희들 지금 무슨 짓을 하려는 거야?"

부현이 놀라서 외치자 추노가 징그러운 미소를 말아 올렸다.

"내 눈앞에서 동생을 죽인 대가를 받아내려는 게다."

"동생?"

"화산에서 네 손에 처참하게 죽었던 꼽추가 바로 내 동생이었다."

"……."

"이 정도면 이유가 되겠나?"

"그건 그들이 먼저 걸어온 싸움이었어! 내가 죽지 않으려면 죽일 수밖에 없었단 말야!"

"어쨌든 네 손에 내 아우가 당했다. 그리고 마무리는 은강이란 계집이 했지. 이제 이 추노의 손속이 얼마나 잔인한지 몸으로 느끼게 해주마."

추노는 부현을 마차에서 끌어냈다.

"제발 이러지 마! 왜 나만 못살게 굴어! 내가 뭘 잘못했다고!"

내공이 뒷받침되지 않는 상태에서도 목소리 하나만큼은 밤하늘을 쩡쩡 울리는 부현이었다. 그 소리가 듣기 싫었던지 추노는 엄지와 검지를 갈고리처럼 구부려 그의 울대를 움켜쥐었다.

"끄륵!"

울대를 세게 잡히면 목소리는 물론 숨도 쉬기 힘든 법이다. 부현의 얼굴은 금방 검붉게 물들어갔고, 이마에 핏줄이 툭툭 불거져 나왔다.

"비명을 지르려면 시간은 앞으로도 얼마든지 있다. 다시는 시끄럽게 떠들지 말도록."

추노는 울대를 놓아주며 부현을 바닥에 내동댕이쳤다. 부현이 막혔던 숨을 몰아쉬는 사이 그는 품속에서 손가락 크기의 예리한 칼을 꺼내 들었다.

"고통을 주는 데는 이렇게 작은 칼이 적합한 법이지."

달빛을 파르스름하게 반사하는 소도를 보며 부현의 안색은 허옇게 탈색되어 갔다.

"나는 고문이 싫어… 제발 이러지 마… 세요……."

사지를 움직일 수조차 없는 상황에서 시시각각 다가오는 공포의 그림자… 이보다 더 두려운 것은 없다.

"다 죽어가는 내 동생을 고문해서라도 정보를 알아내려고 했던 놈이 바로 너였다. 그러면서 너는 싫다고?"

"어쨌든 그냥 죽였잖아요."

"겁이 많은 놈일수록 고문이 재미있는 법이지. 자, 어디부터 저며줄까?"

추노는 소도를 움켜쥔 채 부현에게 바짝 다가들었다.

역리상은 이 모든 일이 자신으로 인해 일어났다는 충격에 휩싸여 반실성한 상태였다.

'설마 삼령교일 줄은 몰랐어. 하지만… 나 때문에 이렇게 된 건 분명하잖아. 어떻게든 책임져야 돼.'

한동안 고개를 숙인 채 일행을 바라보지 못하고 있던 역리상은 뭔가 굳게 결심한 듯 눈빛을 빛내며 일행을 쳐다보았다. 점혈당한 채 마차에 앉아 있는 세 쌍의 눈동자가 그를 향하고 있었다. 원망을 가득 담은 채… 아니, 그들은 허탈한 표정을 짓고 있을 뿐이었지만 역리상의 눈에는 원망으로 비쳤다.

'내가 죽는 한이 있더라도 원상태로 돌려놓을게.'

역리상은 소수연을 힐끔 살피며 품속을 조심스럽게 뒤졌다. 도술로 소수연과 추노를 공격할 생각이었다.

다행히 소수연은 그를 그다지 경계하지 않는 눈치였다. 어쩌면 안중에도 없는 것인지 몰랐다.

'솔직히 나는 당신을 해치고 싶지 않소, 위 낭자. 하지만 동료들이 눈앞에서 죽어가는 꼴을 지켜볼 수만은 없소. 용서하시오.'

역리상은 아직도 위서영의 환상에서 벗어나지 못한 듯 부적 꺼내는 손이 가볍게 떨리고 있었다.

'이 도술은 지독하게 잔인하니 목숨이 경각에 달리지 않은 이상 절대로 사용하지 말라고 사부님이 말씀하신 만큼 강력하오. 내 주문이 끝나면 낭자와 추노는 불길에 휩싸여 고통스럽게 죽어갈 것이오. 나는 그 모습을 보기가 솔직히 무섭소. 하지만⋯⋯.'

역리상은 덜덜 떨리는 입술로 주문을 조그맣게 암송하기 시작했다. 뭐라고 하는지 다른 사람은 도저히 알아들을 수 없을 정도로 작은 웅얼거림이었기에 소수연과 추노도 그다지 귀 기울이지 않는 눈치였다. 그러는 사이 역리상은 드디어 주문을 완성했고, 드디어 두 사람을 향해 부적을 던지려는 찰나였다.

"분명히 경고했건만!"

소수연이 갑자기 날카로운 눈매로 쏘아보며 소리쳤다. 동시에 번쩍하는 섬광이 대기를 갈랐다.

"크윽!"

반으로 잘린 부적이 나풀거리며 떨어져 내렸고, 역리상의 오른쪽 어깨에는 깊은 상처가 생겨났다.

"만약 중간에 그만두었으면 네 목숨은 살려주려고 했었다. 그런데 감히 내게 도술을 쓰려고 해?"

소수연은 우수를 가슴으로 끌어당겼다가 빠르게 뒤집어냈다.

파앙!

"크어억!"

피해볼 생각도 못한 채 소수연의 일장을 얻어맞은 역리상은 선혈을 토해내며 멀리 날아가 떨어졌다. 바닥을 두세 바퀴 구르며 널브러진 그의 몸이 미동도 않는 것으로 보아 목숨이 끊겼거나 그에 준하는 중상을 입고 실신한 것이 분명했다.

"제 능력도 모르고 설쳐 대는 미련한 자식."

소수연은 널브러진 역리상에게 야멸차게 쏘아붙이고는 돌아섰다. 그때 부현은 하늘이 무너질 듯한 비명 소리를 질러대고 있었다.

"끄아아아압! 그, 그만! 제발, 그마—안!"

도대체 얼마나 심한 고문을 가하는가 싶어 다가가던 소수연은 어이가 없다는 표정을 지었다.

추노의 소도는 이제 겨우 살갗을, 그것도 아주 조금 파고들었을 뿐이었다. 그런데 죽어라 소리치는 꼴이라니…….

'저런 놈이 천하 최강 고수가 될지도 모른다고 생각했다니… 내가 한심해지는군.'

추노는 부현의 넓적다리에 난 상처 부근을 건드리고 있었는데, 예리한 소도를 거죽과 근육 사이에 끼워 넣고 천천히 밀어 나가고 있었다. 충분히 고통스러울 수 있는 상황이었다.

그러나 정말 부현을 두렵게 하는 것은 이 고통을 얼마나 더 당해야 할지 모른다는 사실이었다. 그래서 고문이 두려운 것이다.

추노가 소도를 두 치쯤 움직였을까? 부현은 이대로 당할 수 없다는 생각에 무리하게 내공을 운용하려 하였다. 그런데 운기를 시도하자 진기가 역류하며 가슴을 답답하게 눌러오지 않겠는가? 점혈된 상태에서 무리하게 진기를 움직인 결과였다.

"크어억!"

부현은 한 사발이나 되는 피를 토해내고 말았다. 그러자 소수연이 다급하게 외쳤다.

"추노, 멈춰라!"

"이제 겨우 시작입니다만."

추노는 불만스러운 기색으로 소수연을 바라보았다.

"놈들을 객점에서 죽이지 않고 군이 여기까지 끌고 온 것은 흡정술(吸精術)을 이용하여 이들의 내공을 취하려는 생각에서였다. 그런데 놈이 심한 내상을 입게 되면 아무런 쓸모가 없어지지 않느냐? 네 분함은 은강에게 풀도록."

추노는 못내 아쉬운 듯 부현을 무섭게 쏘아보고는 소도를 거두었다.

"알겠습니다."

추노의 눈길이 이번에는 은강에게로 향하였다. 잔뜩 긴장한 채 마차에 앉아 있던 은강은 추노와 시선이 마주치자 경련을 일으키듯 바르르 떨었다.

"네가 부현의 몫까지 당해줘야겠다."

"이거 놔! 날 놔두란 말이야, 이 나쁜 자식아!"

은강은 추노의 손에 끌려 나오며 고함을 질러댔다. 그러나 항거할 수단을 가지지 못한 그녀로서는 더 이상 어찌할 방법이 없었다.

추노가 소도를 꺼내 들며 낮은 목소리로 말했다.

"너는 산 채로 뼈를 발라주지. 일단 머리 가죽부터 벗겨낸 뒤 손가락 발가락을 하나씩 발라주겠다."

추노는 한 손으로 은강의 머리채를 움켜쥐며 소도를 이마로 가져갔다.

그때 소수연은 부현에게 작은 환단 하나를 먹이려 하고 있었다.

"먹어라. 그러면 잠시 후에 혈도를 풀어주지."

"그, 그게 뭐요?"

"극락환(極樂丸)이라고 하지. 이걸 먹고 나면 세상에 다시없는 추녀도 선녀로 착각이 들 거야. 물론 나 같은 미녀는 말할 것도 없고."

춘약이었다. 부현도 무협소설에서 읽어서 춘약이 어떤 작용을 한다는 것은 알고 있었다.

"그걸 먹여놓고 내 내공을 다 빨아내려는 거요?"

"후훗. 고문을 당하는 것보다는 나와 실컷 즐기는 편이 좋지 않겠어?"

"그걸 먹으면 정말로 혈도를 풀어줄 거요?"

"혈을 점한 상태에서 내공을 취하는 것은 불가능하니까."

'좋아. 일단 먹어주고 조금 빨리 정신이 혼미해지는 척하자. 그리고 혈도를 풀어주면 싹 쓸어버린 뒤에… 뒤에… 나는 어떻게 하지? 이런 걸 먹으면 여자와 그 짓을 해야 해독된다고 하던데… 지금 주변에 있는 여자라곤 나연 누나와 은강뿐이잖아.'

그들과 알몸으로 뒹군다는 것은 도무지 상상이 안 되었다.

'음… 나중에 알아서들 하겠지. 장안에는 기녀도 널려 있으니까.'

이렇게 생각을 정리한 부현은 순순히 입을 벌렸다.

"넣어주쇼."

"쓸데없는 반항을 하지 않아 마음에 드는군."

소수연이 넣어준 극락환을 부현은 되도록 늦게 삼키려 하였다. 그래야 약효가 조금이라도 늦게 나타날 테니 말이다. 그런데 이것이 입에 들어가자마자 스르르 녹아내리지 않겠는가? 게다가 짜릿한 느낌이 일며 목젖이 저절로 움직이는 바람에 의지와 상관없이 삼킬 수밖에 없었다.

정말 대단한 약이었다. 약이 먼저 닿았던 입과 식도에서부터 짜르르한 쾌감이 퍼져 나가고 있으니 말이다.

'어라? 이러면 얘기가 달라지는데?'

부현은 정신을 가다듬기 위해 애를 썼다. 그러나 어느새 아랫도리엔 힘이 잔뜩 들어가 있었고, 곁에 서 있는 소수연의 체향이 그토록 향기로울 수 없었다.

'안 되겠다. 빨리 취한 척해야지.'

부현은 일부러 호흡을 거칠게 하기로 마음먹었다. 하지만 그것은 쓸데없는 생각이었다. 일부러 그러지 않더라도 호흡은 그가 감당하기 힘들 정도로 거칠어지고 있었으니까.

'으으… 더 이상 참을 수가 없어. 여자… 여자가 필요해……'

부현의 눈빛이 서서히 광기를 띠기 시작하자 소수연의 입가에 묘한 미소가 피어났다.

"조금만 더 참아라, 전부현. 잠시 후에 한꺼번에 폭발할 수 있도록 해주마."

뜨겁게 달아오르는 부현과 달리 은강은 고통스러운 비명을 질러대고 있었다.

"아아악! 이 찢어 죽일 자식! 오라버니가 이 사실을 알면 삼령교 놈들을 몽땅 쓸어다가 태워 죽이고 말 거야!"

추노는 은강의 이마와 머리카락 난 경계를 길게 베어가고 있었다. 정말로 머리 가죽을 벗겨낼 모양이었다.

그 모습을 바라보고 있던 소수연이 추노에게 물었다.

"사령과 악령은 왜 아직 안 오지? 연락을 제대로 한 거냐?"

추노가 손을 멈추며 대답했다.

"장사꾼으로 위장하고 저녁에 들렀던 수하를 통해 분명히 연락을 넣었습니다."

"그런데 뭘 꾸물거리느라 아직도 안 나타나지? 그들이 와야 마음 놓고 흡정술을 펼칠 텐데."

소수연이 짜증스럽게 중얼거리고 있을 때였다.

"그들은 아마도 못 올 게야."

멀지 않은 곳에서 늙수그레한 음성이 들려왔다.

"당신은 누구지?"

어둠 저편에서 천천히 모습을 나타내고 있는 사람은 부현이 장안 거리에서 만났던 늙은 거지였다.

"보시다시피 난 늙은 거지라네."

추노도 소도를 거두며 소수연 옆에 섰다.

"정체를 밝혀라, 늙은이!"

소수연이 다시 소리치자 노인은 누런 이를 드러내며 웃었다.

"열 번을 물어도 내 대답은 똑같아. 난 늙은 거지야."

"좋다, 늙은 거렁뱅이. 그런데 사령과 악령에 대해서는 어떻게 알고 있지? 우리가 여기 있을 거라는 사실은 또 어떻게 알고?"

"나름대로 노력하다 보니 알게 되더군. 그래서 그들이 오는 길에 장난을 좀 쳐두었지."

"장난이라면… 설마……."

"크게 걱정할 것은 없어. 나뭇가지 몇 개 꽂아놓은 것뿐이니까."

"그들을 진으로 가둬두었군."

"진이라고 부를 만큼 대단한 것도 아니야. 그런데 이상하게도 못 빠져나오더군."

"다시 한 번 묻겠다, 늙은이. 대체 정체가 뭐지?"

"나는 늙은……."

"당신의 명호나 이름을 대란 말이야!"

"이런, 화가 단단히 난 모양이군. 그렇게 궁금하면 말해 주지. 동진에서는 이 늙은 거지를 무무자라 부른다네."

"무무자!"

소수연의 얼굴에 경악의 빛이 드리웠다.

무무자는 동진무림의 최고수이자 무화곡(無化谷)이라는 신비로운 집단의 곡주이기도 했다. 따라서 그가 나타났다는 것은 부근에 무화곡 무사들도 와 있다는 얘기였다.

"동진무림의 무무자 선배였군요. 그런데 우리 일에는 왜 관여하는 거지요?"

상대가 무무자라면 함부로 대할 수 없는 일이었기에 소수연의 말투는 어느새 바뀌어 있었다.

"설마 몰라서 묻는 것은 아니겠지?"

"결국 그것 때문인가요?"

"그렇지 않았다면 삼령교처럼 무서운 집단에서 행사하는 일에 내가 왜 끼어들겠나?"

"그렇다면 우리의 격돌은 불가피한 일이겠군요?"

"꼭 그렇게 해야 하겠나? 아무리 봐도 자네 쪽이 불리할 것 같은데."

"선배의 위명은 익히 들어 알고 있으나 나를 이길 수 있다고는 생각지 않아요."

"글쎄… 그야 겨뤄보면 알겠지. 하지만 자네 혼자서 과연 저들까지 감당할 수 있을까?"

무무자의 말을 신호 삼아 수십 명의 백의검수들이 폐장원의 담을 넘어 들어왔다.

휘르르르.

장삼을 표표히 휘날리며 떨어져 내리는 그들의 신위는 개개인의 능력이 추노에 비해 결코 뒤지지 않을 것 같았다.

'무화곡의 최정예를 모두 끌고 온 모양이군. 악령과 사령이 있다면 모를까 나와 추노만으로 이들을 상대한다는 것은 불가능한 일이야. 그렇지만 어렵게 잡은 기회를 그냥 무산시킬 수는 없어. 내공을 취하지 못하는 것이 안타깝기는 하지만 부현과 나연만큼은 죽여야 해. 그래야 태상마령님을 뵐 면목이 서지.'

소수연은 은밀하게 진기를 끌어올렸다. 부현을 일장에 죽이고 재빨리 나연마저 제거한 뒤 포위망을 뚫을 작정이었다.

단단히 결심하고 드디어 부현에게 손을 쓰려는 순간, 무무자가 낮게 외쳤다.

"그들의 목숨도 우리가 맡겠네."

자신의 의도를 간파당한 소수연은 싸늘한 눈초리로 무무자를 쏘아보았다.

"왜 사사건건 우리의 일을 방해하나요?"

"극락환을 먹고 열기가 북받쳐 끙끙거리고 있는 그 아이… 부현이라고 했던가? 그 아이가 내 마음에 들었다고 해두지."

무무자는 만일의 사태에 대비하려는 듯 소수연에게 세 걸음 다가갔다. 이제 마음만 먹으면 언제든 공격을 가할 수 있는 거리였다. 이런 상황에서 부현에게 무리하게 손을 쓴다면 소수연은 무무자에게 당하고 말 터였다. 분하지만 물러설 수밖에 없었다.

"좋아요. 오늘은 이대로 물러가지요. 하지만 조심해야 할 거예요. 우리 삼령교의 힘은 결코 무화곡의 아래가 아니니까."

"명심하지. 삼령교가 대단하다는 건 이 늙은 거지도 잘 알고 있는 일이니까."

소수연이 후퇴를 결정하자 추노는 마차에 남아 있던 나머지 일행을 밖으로 끌어냈다.

마차에 오른 소수연은 도무지 분이 가시지 않는지 이를 바드득, 갈며 무무자에게 한마디 더 쏘아붙였다.

"마령 소수연의 이름을 걸고 맹세하지요. 무화곡을 반드시 피로 씻고야 말겠어요."

"그럼, 잘 가게."

마차가 움직이기 시작했다. 소수연의 분노를 가득 실은 마차가 무거운 바퀴 소리와 함께 까마득히 멀어질 때까지 무무자는 눈을 떼지 않았다. 이윽고 마차가 완전히 보이지 않게 된 뒤에야 무무자는 천천히 돌아서며 백의검수들에게 명하였다.

"지도를 회수해라."

지도를 누가 가지고 있는지 이미 알고 있었던 듯 백의검수들은 바람과 부현의 몸을 뒤져 다섯 장의 원본 지도와 완완노가 그린 여섯 번째 지도까지 찾아냈다.

"가자."

그가 검수들을 이끌고 자리를 뜨려 할 때였다.

"우리를 이대로 두고 가실 건가요?"

나연이 소리쳤다.

"걱정 말게, 처녀. 막힌 혈도는 시간이 흐르면 저절로 풀어지게 마련이니까."

"하지만 소수연이 다시 돌아올지도 모르잖아요."

"자네들이 죽을 운명이라면 그렇게 되겠지."

"부현이 마음에 든다고 하더니 죽어도 좋단 말인가요?"

나연이 계속 말을 걸자 무무자는 어쩔 수 없다는 듯 돌아섰다.

"난 자네들과 부딪치고 싶지 않아. 그런데 혈도를 풀어주면 자네들은 우리가 가진 지도를 다시 뺏으려 들 것 아닌가? 그러면 싸워야 할 테고, 양측 모두 치명적인 피해를 입겠지. 부현이 극락환에 중독되어 있으니 물론 우리가 이기기는 하겠지만."

"그럼, 부현이라도 해독해 주고 가세요."

"극락환은 해독약이 없어."

"그렇다고 저대로 두면 죽을 수도 있잖아요."

"그것도 운명이겠지. 사람의 목숨은 하늘에 달린 법이야. 아직 명이 다하지 않았다면 살길이 열리겠지."

"그런 말이 어딨어요?"

"고집이 센 처녀로군. 그래, 이 늙은이가 해혈(解穴)해 주면 그냥 가도록 해주겠나?"

"그건······."

"그럼, 우리는 가겠네."

"잠깐만요!"

"아직 할 말이 남았나?"

"혹시 산공독이 있으면 우리에게 먹인 뒤에 혈도를 풀어주면 되잖아요."

"복잡하군."

"그렇게 하면 최소한 싸울 일은 일어나지 않을 테니까요."

"좋아, 처녀의 말대로 하지."

무무자는 품속에서 작은 약병을 꺼냈다.

"사실 이것은 최악의 경우에 처녀 일행에게 쓰려고 준비해 두었던 것인데, 결국 이렇게 쓰는군."

무무자는 약병을 열어 일행에게 산공독을 조금씩 먹인 뒤 혈도를 풀어주었다. 하지만 부현에게는 산공독만 먹였을 뿐 혈도를 풀어주지 않았다.

"이 아이는 자네들이 해혈시키도록 하게. 하지만 조심해야 할 거야. 이미 극란환의 약효가 절정에 달해 여자만 보면 달려들 테니까."

"어떻게 해야 해독할 수 있죠?"

나연이 물었다.

"그건⋯⋯."

나연에게 말해 주기가 조금 난감한 듯 잠시 머뭇거리던 무무자는 어쩔 수 없다는 표정으로 입을 열었다.

"남녀 합궁만이 해결책이라네."

"남녀 합궁이라면⋯⋯."

나연의 얼굴이 붉게 달아올랐다.

"서둘러야 할 거야. 앞으로 한 시진 내에 합궁을 이루지 못하면 혈맥이 터져 죽게 될 테니까. 그럼 우린 이만 가보겠네."

무무자가 움직이려 하자 바람이 무거운 음색으로 입을 열었다.

"구명지은에 감사드립니다, 무무자 어른."

"구명지은이랄 것까지 있나? 그저 내 일을 하다 보니 이렇게 된 것이지. 그런데 자네, 할 말이 그것뿐인가?"

마치 바람의 속내를 훤히 들여다보는 듯한 말투였다.

"저는 고구려 대왕 폐하의 명을 받고 움직이는 중입니다."

"그래서?"

"만약 다음에 다시 마주치게 된다면 저는 무무자 어른께 결례를 범할 수밖에 없을 겁니다."

"사적인 감정은 없으되 공적인 책무에 따라 나와 겨룰 수밖에 없다는 얘긴가?"

"그렇습니다. 제게는 잃어버린 지도를 되찾아야 할 책임이 있습니다."

"이해하네. 다음에 만나면 조심하도록 하지. 그런데 나도 사실은 황제 폐하의 명을 받고 움직이고 있다네. 그래서 자네들과의 마찰을 원치는 않지만, 우리의 일을 방해하려 든다면 격돌은 불가피하다고 보고 있네."

"잘 알겠습니다."

"자, 나는 이제 갈 테고… 자네들에게는 시간이 별로 없네. 한 시진이 지나기 전에 저 아이를 살릴 방법을 강구해야 하지 않겠는가?"

"알겠습니다."

"그럼, 우린 이만 가겠네."

"되도록 흔적을 남기지 마십시오."

"알겠네. 자네들이 쫓아올 일이 없도록 흔적을 깨끗이 지우며 움직이도록 하지."

"안녕히……."

무무자는 백의검수들을 이끌고 폐장원을 빠져나갔다. 멀어지는 그들을 보며 바람은 다시 마주치지 않기를 기원했다. 이제 지도는 사실 의미가 없었다. 일행의 머리 속에 다 기억되어 있기 때문이다. 또한 사부에게 아직 여섯 번째 지도 한 장이 남아 있지 않은가? 하지만 천부인이란 공통 목표를 갖고 있는 이상 무무자와의 격돌은 불가피할 것 같았다.

　'동진 황실에서 나섰다면 장강 이북의 여타 제국들도 모종의 움직임을 보이고 있을 것. 갈 길이 점점 더 험해지는구나.'

　"이러고 있을 시간이 없어요. 역 도사는 의식불명이고 은강도 부상을 당한 데다가 부현이는 언제 죽을지 모르는 상황이에요."

　깊은 생각에 잠겨 있던 바람은 나연의 다급한 외침에 의해 현실로 돌아왔다.

　"알겠소. 급한 대로 조치를 취해봅시다."

　바람과 나연의 움직임이 바빠졌다.

12장

밤사이에 일어난 일

부현 일행은 초췌한 모습으로 장안 거리에 들어섰다.

역리상은 정신을 겨우 차려 제 발로 걷고 있기는 했지만 연신 각혈을 해대고 있어 앞섶이 온통 선혈로 낭자했고, 은강도 길게 찢어진 이마를 헝겊으로 동여맸지만 얼굴에 선혈이 낭자했다.

하지만 누구보다도 위험한 것은 부현이었다. 바람의 등에 업혀 있는 그는 온몸의 혈관이 툭툭 불거져 나와 금방이라도 피를 뿜어댈 것만 같았다.

"어떻게 하지요? 이제 시간이 얼마 없어요."

나연이 발을 동동 굴렀다. 하지만 뾰족한 대책이 없기는 바람도 마찬가지였다. 남녀의 은밀한 행위에 의해서만 해독이 가능한 일이니 그에게 무슨 방법이 있겠는가?

그때 역리상이 기어들어 가는 목소리로 말했다.

"기루를 찾아보면……."

지은 죄가 있는지라 해결책을 내놓으면서도 자신감없는 목소리였다.

"기루?"

지금까지 여인을 가까이 해본 적이 없었던 바람으로서는 생각조차 못해본 일이었다.

"그래, 기루에 가면 해결될 수도 있겠군."

일행은 홍등가를 향해 발걸음을 옮겼다. 하지만 밤이 늦어서인지 홍등가의 기루들은 모두 대문을 굳게 걸어 잠근 상태였다.

나연은 제일 먼저 눈에 들어온 기루의 대문을 두드렸다.

"이봐요! 아무도 없어요? 문 좀 열어주세요!"

그녀가 다급하게 소리치자 얼마 지나지 않아 노인 하나가 문을 열고 나왔다.

"이 늦은 밤에 무슨 일로……."

불만스럽게 중얼거리던 노인은 일행의 행색을 보고는 침을 꿀꺽 삼켰다.

"호, 혹시 숨을 곳을 찾는 중이라면 다른 곳으로 가보시우. 우리 집엔 들일 수 없소."

"그게 아니에요."

"그럼……."

"여기 기녀, 기녀 있지요?"

"기루니까 당연히 기녀야 있지만……."

나연은 바람의 등에 업힌 부현을 가리키며 말했다.

"쟤와 하룻밤을 보내줄 기녀가 한 명 필요해요."

"저 실신한 사람과 말이오?"

"실신한 게 아니에요. 우리가 잠시……."

"됐소. 보아하니 다 죽어가는 사람 같은데… 아무리 몸 파는 창기라도 저런 사람과는 살을 섞으려 하지 않을 것이오."

"아니에요. 기녀와 하룻밤만 보내고 나면 괜찮아질 거예요."

"어쨌든 일없으니 다른 집을 찾아보시오."

"그러지 말고……."

"댁들을 대문 안으로 들였다가는 내가 쫓겨날 판인데 뭘 어쩌란 말이오?"

"그럼 여기 주인이라도 만나게 해줘요."

그때 대문 안쪽에서 카랑카랑한 중년 여인의 음성이 들려왔다.

"무슨 일인데 한밤중에 소란이오?"

노인이 얼른 돌아서며 대답했다.

"다 죽어가는 청년 하나를 데리고 와서 기녀와 하룻밤을 묵게 해달랍니다요, 마님!"

"뭐야? 한밤중에 재수없게스리… 얼른 대문 걸어 잠그고 소금 뿌려요, 황 노인."

"알겠습니다요, 마님!"

"잠깐만요! 이건 사람 생명이 걸린 문제라고요!"

나연이 대문 안으로 밀고 들어가며 소리쳤다.

그러자 대문이 활짝 열리며 일행의 모습이 주인 여자의 눈에 들어왔다. 온통 피투성이 행색이니 달가울 리 없었다.

"황 노인, 얼른 대문 닫지 않고 뭐 해요?"

"춘약에 중독된 사람이 있어요. 여자와 자지 못하면 죽고 말 거예요.

제발 기녀와 하룻밤만……."

"이봐요, 소저. 여긴 기루지 의원이 아니에요."

"하지만 춘약은 의원에 가도 해약이 없잖아요."

"그렇게 급하면 소저가 하룻밤을 보내주면 될 일 아닌가요? 왜 싫다는 우리에게 생떼를 부리죠?"

"네?"

"소저는 여자가 아닌가요?"

"하지만 저는……."

"기녀도 소저와 똑같은 여자예요. 소저가 싫은 일을 왜 우리에게 부탁하냔 말이에요?"

나연은 할 말이 없었다. 기녀들도 싫은 손님은 받지 않을 권리가 있다. 보통의 여인네가 싫은 남자를 거부할 수 있듯이.

"황 노인, 어서 대문 닫아요. 소금 뿌리고."

"예, 마님!"

황 노인은 나연을 밖으로 밀어낸 뒤 대문을 쾅 닫았다.

일행이 당황한 표정으로 서 있는 사이 황 노인은 소금 한 되박을 내다 뿌린 뒤 다시 대문을 닫았다.

일행은 어쩔 수 없이 다른 기루를 찾아보았다. 하지만 일행의 행색을 보고 받아들일 기루는 한 곳도 없었다.

십여 곳에 이르는 기루를 돌아다니는 동안 시간만 허비한 셈이었다.

그동안 상태가 더욱 심해진 부현은 입가에 거품을 물기 시작했고 급기야는 코피를 쏟기 시작했다. 약한 곳부터 혈관 터지기 시작한 것이다.

"안 되겠어요. 일단 객점으로 가요."

나연의 말에 바람이 반문했다.

"객점으로 간다고 뾰족한 수가 생기겠소?"

"부현이를 죽게 놔둘 수는 없잖아요."

"그럼……."

"어서 가요."

무슨 생각을 하는 것일까? 나연의 얼굴에 비장한 각오가 어려 있었다.

'나연 낭자…….'

바람은 나연의 뜻을 알 수 있었기에 무거운 발걸음을 객점으로 향하였다.

"이게 전부 당신 때문에 일어난 일이야!"

그동안 조용히 있던 은강이 울화를 터뜨리고야 말았다. 대상은 당연히 역리상이었다.

"죄송합니다, 공주님……."

서로 말을 트고 지낸 지 오래건만 역리상은 은강을 공주님이라고 불렀다.

"책임져! 당신이 책임지란 말이야!"

은강이 달려들어 역리상을 마구 때렸다. 내상이 심했던 역리상은 금방 각혈을 하였지만 반항하지 않고 묵묵히 은강의 손길을 받아들였다.

"그만 하거라, 은강! 이미 지난 일이다."

바람이 소리쳤다.

"지난 일이라고 다 용서가 되는 건 아니잖아요."

"역리상이 잘못한 건 분명하지만, 자신의 목숨을 던져 그걸 만회하려 노력했지 않느냐!"

"그래도 난 용서가 안 돼요."

"역리상은 소수연에게 이용당했을 뿐이다. 그도 마음이 아플 테니 그만 하거라. 그보다 지금은 부현의 목숨을 살리는 게 급선무야."

"살릴 방법이 없으니까 이러는 거잖아요."

"일단 객점으로 돌아가자."

바람은 은강의 노기를 가라앉힌 뒤 객점으로 향하였다.

객점으로 돌아가는 동안에도 부현의 상태는 점점 심해져 갔다. 호흡은 금방이라도 멎을 듯 컥컥거렸고, 안구의 실핏줄도 터지기 시작하는 듯 눈에서도 붉은 핏물이 흐르기 시작했다.

자신의 몸을 던져서라도 부현을 구하기로 결심을 굳힌 나연은 객점이 가까워질수록 가슴이 오그라드는 심정이었다.

'바람…….'

부현을 구하기 위해 그에게 몸을 준다면 바람은 분명 크게 실망할 터였다.

'오늘 밤이 지나면 당신은 더 이상 날 좋아하지 않겠군요.'

나연은 마음이 아팠다. 그동안 지내오면서 서로에게 좋아한다는 직접적인 표현을 해본 적은 단 한 번도 없었다. 하지만 그녀는 그에게 관심이 많았고, 그 또한 자신에게 관심이 있다는 사실을 직감적으로 느끼고 있었다.

잠시 후 일행은 객점 앞에 당도하였다.

계단 앞에 이르자 나연은 잠시 주저하였다. 하지만 속마음과 달리 단호하게 말했다.

"어서 올라가요."

객실로 올라온 일행은 먼저 부현을 침상에 눕혔다.

"이제 어떻게 할 거예요?"

은강이 물었다.

"살려봐야지."

나연이 가라앉은 음성으로 대답하자 은강이 의아한 표정으로 물었다.

"무슨 재주로 살려?"

나연은 대답이 없었다. 자신의 몸을 주겠다는 말을 바람 앞에서 할 용기가 없었기 때문이다.

하지만 몸은 여자이되 마음은 그렇지 못한 은강으로선 이런 심정을 전혀 알 길이 없었다. 아니, 생각조차 하지 못하고 있었다.

"이제 모두 나가줘요."

나연이 비장한 표정으로 말했다. 그제야 은강도 눈치를 채고 되물었다.

"언니, 설마……?"

"역 도사와 함께 나가 있어라."

"언니……."

"나가 있으래도!"

은강이 나연에게 갖고 있는 감정은 조금 특별한 것이었다. 단순한 언니가 아닌…… 그러니 어찌 담담할 수 있겠는가?

"안 돼! 왜 부현이 때문에 언니가 희생해야 되는데?"

"그럼, 네가 할 테냐?"

"그건……."

"이도 저도 아니면 부현이를 이대로 죽게 두자는 말이야?"

"……."

은강은 고개를 숙인 채 방을 나갔고, 역라상은 참담한 표정으로 뒤를 따랐다.

"바람도 나가세요."

바람은 나연의 행동을 말리고 싶었다. 하지만 그러면 부현이 죽게 되지 않겠는가?

"나연 낭자, 나는……."

"나가세요."

"…알겠소."

바람은 떨어지지 않는 발길을 돌려 문으로 향하였다. 이윽고 문을 나서려는 순간,

"바람……."

나연의 떨리는 목소리가 울려 나왔다. 바람은 돌아섰고, 눈물을 흘리고 있는 그녀를 볼 수 있었다.

"이 밤이 지나면… 이 밤이 지나면……."

뭔가 할 말이 있는 듯했지만 나연은 말을 잇지 못하였다.

"말씀하시오, 낭자."

"나는 다른 사람이 되는 건가요?"

"오늘도 내일도 나연 낭자는 나연 낭자일 뿐이오."

"고마워요."

나연은 눈물을 닦으며 억지로 웃어 보였다.

"이제 그만 나가보세요."

"알겠소."

바람은 방을 나간 뒤 문을 닫아주었고, 나연은 떨리는 손으로 옷고

름을 풀기 시작하였다.

*   *   *

콰앙!

"뭐야? 지도도 뺏지 못하고, 놈들도 죽이지 못했다고?"

알키루스는 시퍼런 녹색 안광을 쏘아내며 노기를 터뜨렸다. 그 앞에는 소수연을 비롯한 삼령이 부복한 채 떨고 있었다.

"생각지 못한 무무자의 방해로 그만… 하, 하지만 지도의 내용은 알고 있습니다, 태상마령님."

소수연이 떨리는 목소리로 대답했다.

"천부인의 위치를 알고 있다는 얘기냐?"

"그렇습니다."

"좋아. 그럼, 한 번 더 기회를 주겠다."

"감사합니다, 태상마령님!"

"대신 놈들을 죽이기 위해 섣불리 나서지 마라. 우리의 목적은 천부인이다."

"이제까지는 천부인보다 그들을 죽이는 게 더 중요하다고 말씀하셨었는데……."

"놈들을 위한 조치는 내가 따로 해두었다. 그러니 너희는 천부인을 찾는 데 주력하도록."

"알겠습니다. 명대로 행하겠습니다."

"그만 물러가라."

"예, 태상마령님!"

삼령이 물러가고 혼자 남게 된 알키루스는 자리에서 일어나며 낮은 목소리로 중얼거렸다.

"천부인… 그 힘만 얻을 수 있다면……."

검은 날개를 가진 악마 알키루스의 눈에 탐욕의 불길이 번져 나간다.

* * *

다음날 늦은 아침.

부현은 매우 만족스러운 표정으로 잠에서 깨어났다.

"우우웅… 잘 잤다."

부현은 지난밤의 그 황홀했던 기분을 좀 더 유지하기 위해 기지개를 켠 뒤에도 이불 속에 웅크린 채 기억을 더듬었다.

백옥을 다듬은 듯 새하얀 살결로 휘감아오던 나체의 여인… 극락환에 취한 상태였기에 그게 누구였는지는 선명하게 기억나지 않았다. 하지만 극치의 쾌감을 수없이 반복했던 기억만큼은 생생했다.

'정말 환상적인 밤이었어.'

절정에 달했던 순간이 떠오르자 부현은 자신도 모르게 몸을 부르르 떨었다.

'나도 이제 어른이 된 거야. 어른이 된 거라고!'

그렇게 알몸으로 이불 속을 뒹굴던 부현의 뇌리에 소수연의 함정에 빠졌던 지난밤 일이 문득 떠올랐다.

'가만… 이게 어떻게 된 일이지? 나는 분명히 소수연에게 잡혀 있었 잖아?'

곰곰이 기억을 더듬어보았지만 소수연이 준 극락환을 먹고 열기가 치밀어 오르던 기억까지가 전부였다. 그 뒤로는 누군지 모를 하얀 나신의 여인과 밤새 정사를 나누었던 기억만 아련하게 떠오를 뿐이었다.

"여기가 어디지?"

부현은 자리에서 벌떡 일어났다.

"어? 우리가 묵던 객점이네? 어떻게 여기 돌아와 있지?"

영문을 몰라 혼자 중얼거리던 부현은 자신 말고 또 한 사람이 방 안에 있다는 사실을 깨달을 수 있었다.

"당신은 누구……."

질문하던 부현은 화들짝 놀라 눈을 부릅떴다.

"낭자는?"

침상 곁에 놓인 의자에 다소곳이 앉아 있는 여인, 하얀 면사로 얼굴을 가린 채 목덜미까지 붉게 물들이고 있는 그 여인은 바로 음월이었던 것이다.

"혹시 낭자가 우리를 구했습니까?"

부현의 물음에 음월은 말을 더듬으며 대답했다.

"아, 아니에요. 저와 문주님은 여러분들이 장안에 도착해 있다는 소식을 듣고 어젯밤에 찾아왔을 뿐이에요."

"그럼……."

"그보다 옷부터 입으시는 게……."

화들짝!

부현은 얼른 이불을 끌어당겨 중요한 부위를 가렸다.

"미, 미안합니다. 알몸인 걸 모르고 그만……."

음월은 고개를 반쯤 옆으로 돌린 채 다소곳이 대답했다.

"아닙니다, 주인님."

'주인? 내가?'

부현은 뜨악한 표정으로 음월을 바라보았다. 그런데 음월은 왠지 부끄러운 듯 시선을 마주하지 못했다.

'혹시 지난밤의 그 환상적인 기억이 바로…….'

부현의 뇌리로 음월과 알몸으로 뒹구는 그림이 빠르게 스쳐 지나갔다. 귀신보다는 괴물에 가까운 용모를 지닌 음월과 밤새 뒹굴었을지도 모른다는 생각은 온몸에 소름을 돋게 만들었다.

"내가 왜 낭자의 주인이라는 거요?"

"그것은 주인님이 지난밤……."

"지난밤이라면… 혹시 극락환에 중독된 나를 구해준 것이 바로……?"

"네, 맞습니다."

'난 몰라… 날 구해준 게 음월이래…….'

부현은 눈앞이 캄캄했다. 자신의 목숨을 구하기 위해 몸을 던진 여인인데 얼굴이 아니라고 모른 체할 수도 없는 일이고 말이다.

음월이 면사를 걷어 젖힌 얼굴로 '서방님, 서방님' 하고 따라다닐 생각을 하니 소름이 쫙 끼치는 부현이었다.

'나연 누나도 있고, 은강이도 있었는데 왜 하필 음월이냔 말야! 가만… 음월이 왔다는 건 진 낭자도 왔다는 얘긴데… 으아아아! 난 몰라. 이제 진 낭자도 완전히 물 건너간 거잖아!'

부현은 미친 듯이 소리라도 지르고 싶은 심정이었다.

부현을 제외한 나머지 일행은 진소희와 마주 앉아 있었다.

"그런데 우리를 찾아오신 이유가……."

바람이 묻자 진소희는 담담한 표정으로 대답했다.

"사실은 여러분을 죽이기 위해 왔었어요."

생각지도 못했던 말에 일행은 모두 놀라움을 나타냈다.

"어째서……."

"불가피한 사정이 있었어요."

"그런데 어젯밤에 왜 손을 쓰지 않았소? 우리는 산공독에 중독된 상태였는데."

진소희가 객점을 찾은 것은 일행이 들어오고 얼마 지나지 않았을 때였다. 일행은 그녀를 전혀 의심하지 않았기에 자신들이 처한 상황을 모두 설명해 주었다. 그러니 그녀가 마음만 먹었다면 산공독에 중독되어 있던 일행은 죽음을 피할 수 없는 상황이었다.

"여러분을 도저히 해칠 수 없었으니까요."

"그런데 불가피한 사정이란 것이 무엇입니까?"

"문도 백여 명이 인질로 잡혀 있어요."

"누군가 그 인질을 담보로 우리의 목숨을 요구한 모양이군요."

"맞아요."

"진 낭자에게 또 한 번 큰 은혜를 입었습니다. 백 명의 문도와 우리의 목숨을 맞바꾸시다니……."

"아니에요. 제가 만약 그의 말에 따른다 해도 그는 절대로 식솔들을 풀어주지 않을 거예요. 아마 저까지 죽이고 말겠지요."

"그가 대체 누굽니까?"

"이름은 알 수 없어요. 얼굴도 보지 못했고요."

"어떻게 그런 일이……."

"사흘 전 늦은 밤이었어요. 난데없이 붉은 안개가 저희 도격문을 뒤덮었어요. 그리고 그가 나타났죠. 진붉은 안개로 모습을 감춘 채. 저와 음월은 손 한 번 쓰지 못하고 그에게 제압당했어요. 붉은 안개를 들이마신 나머지 식솔들은 그 자리에서 모두 쓰러졌고요."

"붉은 안개를 몰고 다니는 자라니……."

"닷새의 시간을 줄 테니 친분을 이용해 접근한 뒤 수급을 베어오라고 하더군요."

"우리 때문에 도격문이 멸문의 위기에 처하다니……."

"여러분의 잘못이라고는 생각하지 않아요."

"어쨌든 우리는 낭자에게 목숨을 빚진 것과 같습니다. 그 빚을 갚기 위해 도격문을 돕겠습니다."

"그렇게 해주신다면 감사할 따름이지요."

"부현이 일어나는 대로 출발하기로 하겠습니다."

일행이 얘기를 마무리 지을 즈음이었다.

방문이 무겁게 열리며 후줄근한 표정의 부현이 들어왔다. 뒤 이어 들어온 음월은 부현이 자리를 잡고 앉자 그 뒤에 시립하였다.

"마침 일어났구나, 부현아."

바람이 반갑게 맞았지만 부현의 반응은 시큰둥하였다.

"뭐, 좋은 일이라도 있어요?"

"지금 진 낭자 얘기를 듣고 있던 참이었다."

바람은 진소희의 사정을 세세하게 설명해 주었지만 부현은 듣는 둥 마는 둥이었다.

'치사한 인간들… 내가 죽어가는 걸 뻔히 보고도 누구 하나 나서지 않았단 말이지? 그래서 음월이 대신 나서게 된 것이고.'

부현은 지레짐작으로 상황을 추측하며 나연과 은강을 흘겨보았다.

완완노의 약상자에 남아 있던 외상약을 바르고, 깨끗한 헝겊으로 동여맨 은강의 상처는 그다지 심해 보이지 않았다.

역리상 또한 내상 치료약을 복용한 덕에 낯빛이 많이 좋아져 겉보기에는 큰 문제가 없어 보였다. 상황이 이렇다 보니 더욱 부아가 치미는 부현이었다.

'저 썩을 인간들은 모두 멀쩡한데, 왜 나만 이런 일을 겪어야 하냔 말야!'

부현의 심기가 그대로 드러난 눈빛을 받은 은강이 기분 나쁜 투로 쏘아붙였다.

"너, 눈빛이 어째 곱지 않다? 나에게 뭐 불만이라도 있냐?"

"왜 괜히 시비야?"

"시비는 니가 걸었잖아. 왜 기분 나쁜 눈빛으로 사람을 흘겨보냔 말야?"

"관두자. 너하고 말싸움할 기분 아니니까 괜히 건드리지 마."

누가 보아도 심통이 났다는 걸 알 수 있는 말투였다.

"혹시… 나 때문이냐?"

역리상이 조심스럽게 입을 열었다.

"댁과는 말도 섞고 싶지 않으니 아는 척도 하지 마쇼!"

역리상은 고개를 푹 숙였고, 바람이 나직이 나무랐다.

"어제의 일은 더 이상 문제 삼지 않기로 했으니 그만두거라!"

"누구 맘대로 문제 삼지 말자고 결정을 봤어요? 최대 피해자는 바로 나인데!"

"네가 최대 피해자라고?"

"그럼, 아니에요?"

일행은 이해할 수 없다는 표정으로 부현에게 시선을 집중했다.

"니가 무슨 피해를 봤다는 거야? 나처럼 이마가 길게 찢어진 것도 아니고 역 오라버니처럼 내상이 중한 것도 아니고."

은강이 빠르게 쏘아붙이자 부현은 인상을 확 긁으며 그녀를 노려보았다.

'그걸 내 입으로 어떻게 말하냐, 이 웬수야! 못생긴 여자와 평생 살 일이 걱정이란 말을 어떻게 하냐고!'

이렇게 소리치고 싶었지만, 차마 입 밖으로 낼 수 없으니 냉가슴만 앓고 있을 뿐이었다.

"언니, 쟤가 저러는 게 혹시 언니가 마음에 들지 않아서 그러는 거 아니에요?"

'저게 지금 무슨 말을?'

뜨악한 표정으로 얼른 은강의 입을 막으려던 부현의 머리 위로 물음 표가 잔뜩 생겨났다.

'쟤가 지금 누굴 보고 하는 말이야?'

은강은 진소희를 보고 있었고, 진소희는 얼굴을 잔뜩 붉힌 채 고개를 숙이고 있었다.

"은강아, 그런 실례가 어디 있어?"

나연이 나직이 나무라자 부현의 의구심은 더욱 짙어졌다. 그는 음월 을 한 번 돌아보고는 다시 진소희를 바라보았다. 아무리 생각해도 은강이 말한 상대는 진소희였고, 그 말속에는 분명 지난밤의 일을 연상시킬 만한 의미가 내포되어 있었다.

'아까 음월은 자기가 나와 함께 잤다고 했는데… 그럼 두 사람이 함께?

이런 황당한 상상을 하고 있는 부현의 귀로 바람의 전음이 흘러들어 왔다.

"너, 혹시 지난밤 일에 대해 기억을 못하는 게냐?"

도리도리.

부현은 전음 대신 행동으로 대답했다.

"극락환에 중독된 너를 살리기 위해……."

바람은 기루를 찾아갔다가 쫓겨 나온 일부터 시작해서 나연이 비장한 결심을 했었던 대목까지 모두 설명해 주었다.

"그럼, 나연 누나가……?"

부현은 저도 모르게 크게 소리쳤다. 그러자 바람이 얼른 전음을 전해왔다.

"그럴 뻔했지. 그런데 우리는 산공독에 중독된 상태라 소수연이 점해놓은 네 혈도를 풀 수가 없었다. 완완노 어른이 준 약 상자에도 산공독을 풀 해약은 남아 있지 않았고. 어쩔 수 없이 내공이 회복되기만을 기다리는데, 마침 진 낭자가 나타났다. 고맙게도 진 낭자가 자진해서 나서주더구나. 너를 살리기 위해서 말이다."

부현은 안도의 한숨을 몰아쉬었다. 그러자 이번에는 나연의 아미가 상큼 치켜 올라갔다.

'뭐야? 내가 아니라 진 낭자였다는 게 그렇게 다행스럽다는 거야? 은근히 자존심 상하네?'

나연의 내심이야 어떻든 부현은 행복한 생각에 잠겨 있었다.

'정말 다행이야, 음월도 아니고 나연 누나도 아니라는 게. 아무리 목숨이 걸린 일이라 해도 추녀보다는 미인이 좋고, 나연 누나처럼 주먹

센 여자보다는 진 낭자처럼 나긋나긋한 여자가 훨씬 낫지.'

생각에 잠겨 입을 헤벌쭉 벌리고 있던 부현은 문득 이상한 생각이 들었다.

'그럼, 음월의 말은 무슨 뜻이지?'

부현은 자신의 뒤에 시립해 있는 음월에게 시선을 돌렸다.

"그런데 음월 낭자는 왜 나를 주인님이라고 부르고, 또 뒤에서 호위까지 하나요?"

부현의 얼굴을 보고 있자니 알몸으로 벌떡 일어났던 조금 전의 일이 생각나는 듯 음월은 목덜미를 붉게 물들이며 대답했다.

"문주님의 부군 되시는 분인데 마땅한 호칭이 떠오르지 않아서 그랬습니다. 거북하시다면 다른 호칭을 생각해 보겠습니다. 그리고 호위를 서는 것은 문주님의 명이 계셨기에……."

"그럼 음월 낭자가 아까 나를 구해준 것처럼 말했던 것은……."

"네? 제가 언제… 문주님이 구해주셨다고 드린 말씀이었습니다만."

그제야 자신이 오해하고 있었음을 확실히 깨달은 부현의 얼굴에 함박웃음이 피어났다. 하지만 지난밤에 대한 얘기가 계속되자 당사자인 진소희는 얼굴과 목덜미를 새빨갛게 물들인 채 어쩔 줄을 모르고 있었다.

'제발 그만 하세요, 낭군님.'

그 모양이 재미있었는지 은강이 짓궂은 농담을 던졌다.

"누군 좋겠네, 예쁜 색시 생겨서. 그런데 새색시 얼굴이 왜 저렇게 발갛데? 열병이라도 걸렸나?"

진소희의 얼굴은 더욱 붉어졌고, 나연은 은강을 나무랐다.

"은강, 너무 짓궂게 굴지 마라!"
"내가 뭘? 없는 말 했나?"
일행의 얼굴에 모처럼 환한 웃음이 피어났다.

〈제4권 끝〉

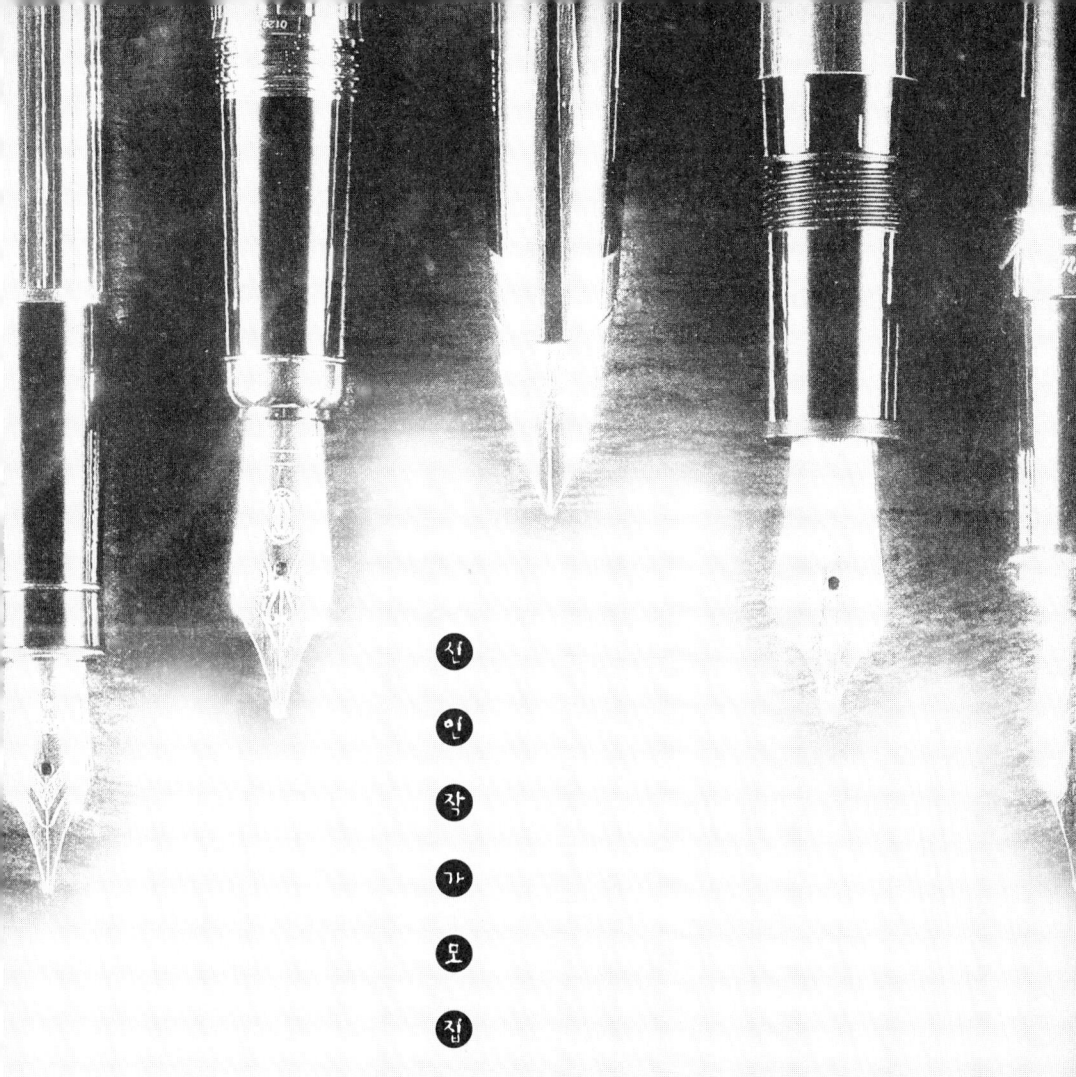

신인작가모집

**시작이 반이라고 했습니다.
작가의 길에 대한 보이지 않는 벽을 과감히 깨뜨리십시오!
청어람은 작가 지망생 여러분들의
멋진 방향타가 되어드리겠습니다.**

저희 도서출판 청어람에서는
소설 신인 작가분들을 모집합니다.
판타지와 무협을 사랑하시는 분들의 많은 참여를 바랍니다.
소정의 원고(A4용지 150매)를 메일이나 우편으로 보내주시면
검토 후 출판 여부를 알려드리겠습니다.

주소:경기도 부천시 원미구 심곡1동 350-1 남성B/D 3F 우편번호420-011
TEL:032-656-4452 · **FAX**:032-656-4453
http://**www.chungeoram.com**
e-mail:chungeoram@chungeoram.com